中公文庫

笑うハーレキン

道尾秀介

中央公論新社

目次

笑うハーレキン

第一章

（一）

いまの俺は爆弾だ――額の汗を袖口で拭《ぬぐ》いながら、東口《ひがしぐち》太一《たいち》は胸の内で呟《つぶや》いた。

問題は、隣でニコニコしている善良そうな老婆が、その事実をまったく知らないという点だった。

「ああもう、出来上がりが本当に楽しみ。だってこれ、引き出しがすんなり出てくるようになるし、見た目もピカピカに戻るんでしょう？」

箪笥《たんす》の修繕を依頼してきた老婆は、皺《しわ》くちゃの顔を皺くちゃにして笑う。

「おまかせください。ピカピカのしっとりです」

「しっとり」

「こうした古い家具は古色《こしょく》も大事にしながら直すんです。せっかくの貫禄を消してしま

ようだ。

う気をつけながら、日盛《ひざか》りの路地へ出る。九月初めの太陽は、まだまだ脳天に突き刺さる

軽く首を突き出して誤魔化《ごまか》し、東口は台車を引いた。載せた箪笥を門柱にこすらないよ

「いいのよ」

「はい――いえ」

「あたしがお化粧するみたいなものだわね」

わないように」

長年使いつづけた箪笥に寄り添うように、老婆もついてきた。

「あの……もういいですよ、ここで」

何故なら俺は爆弾だから。

「最後まで見送るわ。ところであなた、おいくつ？」

「今年で四十《しじゅう》になりますが」

「あらま、お若い」

えっと思ったが、どうやら若く見えるという意味ではなかったらしい。

「もうちょっと上かと思ったわ。うっふ、ごめんなさいね」

「まあ、これでなかなか苦労も多いもんで、皺が最近」

「あらやだ、そんなのまだ皺じゃないわよ」

老婆は東口の肩をぶっ叩《たた》くような仕草を見せたが、幸いにして素振《すぶ》りだった。いま身体《からだ》に刺激を加えられるのがどれだけ危険なことかを承知していたので、東口は心底ホッとした。が、その瞬間にうっかり括約筋《かつやくきん》をゆるめてしまい、素早く締めなおした。締めたまま、塀に寄せて停めてあるトラックへと台車をじりじり引いていく。

「ねぇえ」

ちょうどミドソくらいの音階で、老婆が可愛らしく言う。

「ちょっとだけ、お待ちになっていてくださる？」

「は」

「ちょっとだけ、ね」

よちよちと歩き、老婆は玄関のドアを入っていってしまった。まずい——限界が近い。東口は歯を食いしばって台車を引きつづけ、トラックの幌《ほろ》を急いでひらくと、冷や汗と通常の汗を同時にかきながら簞笥を荷台に積み込んだ。

「お待たせ」

やっと老婆が戻ってきた。右手にポチ袋を持っている。

「これ、ビール代にでもしてちょうだいな」

「いえ、社長に叱《しか》られますので」

「平気よ、ほら持ってって」

「はうっ！」
　ポチ袋を無理やりつなぎのポケットに入れようと、老婆は腹に手を押しつけてきた。
「どうなすったの？」
「いえ……何でも」
　震える手でポチ袋を受け取り、怪訝《けげん》そうな顔の老婆にぎくしゃくと挨拶して、東口は運転席に乗り上がった。エンジンをかけ、ギアをローに叩き込んでアクセルを踏むと、助手席に座っていた老人が青白い顔を向ける。
《何が社長に叱られるだ……社長はお前じゃないか》
「いいんだよ」
《見栄《みえ》か》
「うるせえ」
《〝ちっぽけな虚栄が、往々にして人間の一生を破滅させる大きな力になることもある〟》
「小幡欣治《おばたきんじ》、戯曲家」
《ご名答。ところで、お前はまた笑い方が変わったな》
「そうかい」
《卑屈になった》
「商売用だ」

カーブでハンドルを切る。老人は真っ白な顎鬚《あごひげ》をゆるゆるとしごきながら、じっと東口の顔を眺めている。

《もれそうなのか》

「土俵際だ」

出掛けに食べてきた饅頭《まんじゅう》に違いない。三日前に客の家でもらったものを、トラックの中に隠しておいたのが失敗だった。せめてアパートの涼しい場所にでも置いておけばよかったのだが、下手《へた》をすると誰かが食べてしまう可能性がある。ジジタキさんあたりが、こっそり。

《大変だな……人間というのは》

哀れむように呟く老人を無視して、東口はアクセルペダルを踏み込んだ。荷台にロープで固定した簞笥がギリギリ倒れないほどのスピードで角を折れ、すぐそこにあるスーパーの駐車場へトラックを滑り込ませ――いや駄目だ、車が多くて空《あ》いているスペースが見当たらない。咄嗟《とっさ》の判断で東口は駐車場の入り口を過ぎ、そのまま路肩に車を停めた。運転席を飛び出してスーパーの入り口を駆け抜け、すぐ左手にあるトイレの個室へと突入し、高速の脱皮のようにつなぎを脱ぎ捨て、

「おぉ……！」

爆発は、尻を出すのとほぼ同時だった。

溶けるような安堵《あんど》の中、ふと思い出して上体を屈《かが》め、つなぎのポケットを探ってポチ袋を取り出してみた。厳しいこのご時世、ときおりこうしてチップをくれる客がいるのは本当にありがたいことだ。

「銅……いや、銀メダルとみた」

五千円札を予想しながらポチ袋を覗《のぞ》いたが、つぎの瞬間「いっ」と首を突き出した。中に入っていたのは紙幣ではなく、ただのメモ紙だったのだ――『うちの簞笥を宜しくお願い致します。これでビールでもどうぞ』。

どうやら金を入れ忘れたらしい。

「かあぁ……」

便器に座ったまま首を垂れた。まさか客の家に戻って金の話をするわけにもいかない。落胆に肩を落としながら尻を拭き、傍《かたわ》らにあるウォシュレットのボタンを押すと――。

「ふっ！」

怖ろしいほどの勢いで下から水が噴出した。慌てて「弱」のボタンを押すが、どうしたことか水は一向《いっこう》に弱まらない。もう一度押すが変わらない。強く押しても変わらない。連打してみても変わらない。

「壊れてやがるっ」

しかも壊れているのは「弱」ボタンだけではなかった。「止」を押したが何も起きない。

指を叩きつけるようにして押し込んでみるが、それでも止まらない。そうしているあいだにも水はレーザー光線のように尻を突き刺しつづける。立ち上がって逃げ出すこともできなかった。何故ならいま尻をどけたら、水が天井に向かって飛び出すことになるからだ。助けを呼ぶべきか、それとも上手《うま》いこと尻の下に手を入れ、その手で水を受け止めつつ身体を起こし——しかし、そのあとどうするというのだ。恐慌をきたした東口は操作パネルのボタンをでたらめに押した。全部押した。水は止まるどころか、ちょっとだけ強まった。「強」のボタンだけ生きていたらしい。

が、そのとき天啓《てんけい》が降りた。

「コンセント！」

上体をひねって背後を見ると、ウォシュレットの脇から電源コードが延び、壁の差し込み口にささっている。すぼめた肛門で水を受け止めたまま、精いっぱい右手を伸ばしたら、なんとか指先が少しだけコードに引っかかった。摑《つか》もうとした。滑った。二度目で摑めた。引いた。抜けた。水が止まった。

「……ちくしょう」

ぐったりと背中を丸め、両足を引《ひ》き摺《ず》りながら個室を出ると、誰もいないとばかり思っていたのに、そこには小学校低学年くらいの少年が立っていた。ぽかんと口をあけてこちらを見ている。隣に父親らしき男もいた。父親は息子《むすこ》の肩に両手を添え、見ちゃ駄目だよとでも言いたげに自分のほうへ向き直らせた。

「……ちくしょうめ」

トラックに戻ると、右のサイドミラーが曲がり、鏡に罅《ひび》が走っていた。

「誰か、ぶつけていったのか」

力なく運転席のドアを開け、助手席の老人に訊《き》いてみる。

《ああ、そうらしいな》

力の入らない両足から、さらに力が抜けた。

東口はミラーをぐっと元の位置に戻した。いや、戻らなかった。金具がひん曲がってしまっている。それでもなんとか後方を確認できる位置には固定できたので、適当なところで諦《あきら》めて運転席に乗り込んだ。

《相変わらずだな》

「いいかげん慣れたよ」

この老人と出会ってから、毎日がこうだ。

自分の人生からはあらゆる幸運が一掃《いっそう》され、不運だけが残されている。

「なあ、俺さ――」

少々ぐらつくサイドミラーで後方を確認しながら、トラックを発進させた。

「ずっとこうなのかな」

老人は答えなかった。ちらっと顔を見やると、垂れた目尻のあたりをぽりぽり掻《か》きながら、フロントガラスの先をぼんやり眺めている。

ずいぶん経《た》って、東口が忘れかけた頃に、老人はやっと言った。

《自分で考えろ》

荒川を越える手前で携帯電話が鳴ったので、路肩で停車した。

「お電話ありがとうございます。家具の製作と修理、東口家具でございます」

電話は椅子《いす》の修理依頼だった。チラシを見て、かけてきたらしい。

「ああ座面の布地が——ええ古くなって——ほう汚れも——へえなるほど。今日はこれから？　あ、お忙しい。では明日お伺いします。新しい布のサンプルを、そのときにお持ちして、ええ」

先方の名前と住所と電話番号をメモして通話を切った。どうだという顔で隣の老人を見ると、鼻で嗤《わら》われた。

《座面の交換など、一脚千円の安い仕事じゃないか》

「一人の食い扶持《くぶち》にはなるだろうが」

《いつまでも一人では仕方がない》

「いいんだよ、なんたって俺はホームレスなんだから、自分だけ食えりゃ十分なんだ」

カーラジオをつけたが、電波が悪くてどこも入らなかった。

赤羽《あかばね》の住宅地でチラシを配り、住処《すみか》であるスクラップ置き場に戻った頃には、初秋の太陽はずいぶん傾いていた。

「ああヒガシさん、お帰り」

敷地の隅で水道を使いながらしゃがみ込んでいたジジタキさんが、肩越しに笑顔を向ける。山と積まれたスクラップたちが夕陽を受けて、腐食した表面を光らせている。

「あれ、なんだジジタキさん、仕事は？」

「今夜はあぶれた。警備員もさ、需要がどんどん減っちまって」

「やっぱりそうかい」

「そんでほら、やっぱし若い人らを優先的にとるんだよ」

ジジタキさんはキュッと水道を止め、痩《や》せて無精髭《ぶしょうひげ》の生えた頬をぱしんとやる。

「こんな爺《じい》さんじゃ、悪者を追っかけんのも難しいもんなあ」

「経験だよ、経験。どんな仕事だって」

「いやまあ、そうは言ってもさ」

ジジタキさんは長年、警備の派遣会社に世話になっている。たしかタキザワだかタキガワだかという名字なのだが、彼がこの場所へ流れてきたとき、たまたまタキさんというあだ名の男がすでにいて、ジジタキさんになったそうだ。そのタキさんのほうには、東口は会ったことがないが、いまでは郷里の島根県で墓の下にいると聞く。あるときこのスクラップ置き場で胸を摑んで倒れ、その夜に病院で死んだらしい。福祉団体がさんざん手間取った末に家族を見つけて連絡をし、兄だという人が遺骨を引き取りに来たそうだ。

——それが、あからさまな迷惑顔でさ。

ジジタキさんが以前に話してくれた。

——あれじゃ、ほかのホームレスたちみたいに、無縁仏にしてもらったほうがよかったよ。

「ん、なんだその茄子《なす》」

ジジタキさんの尻の後ろには笊《ざる》が置かれ、Cの字に曲がった茄子が山盛りになっている。

「バーベキューだよ。今夜みんなでバーベキューやろうって話になったんだ。向こうで畑やってる、ほらあの頭真っ白な婆さんがさ、ナスビとかモロコシとか、たくさん持ってきてくれて。自分じゃ食べきれないからって」

「へへえ、茄子とトウモロコシと——？」

「シシトウとカボチャ。それからウナギ。いま向こうで、チュウさんたちがウナギ釣ってるんだ。蒲焼きだってさ」

スクラップ置き場の奥、左右に延びるコンクリートの堤防を、ジジタキさんは顎で示す。

堤防の手前にはブルーシートの小屋が三つ並んでいる。トラックを持っている東口以外はみんな、ああした小屋で寝起きしているのだ。そこはスクラップ置き場よりも一段高く、コンクリート敷きになっているので、雨が降ってもぬかるむことがない。ホームレスの小屋といっても馬鹿にできるものではなく、中はそれぞれちゃんと採光の工夫などが施《ほどこ》してあるし、間取りもなかなか凝《こ》っている。小屋全体を覆うシートもつぎはぎではなく、みんな桜の時期に上野公園の花見客と交渉してもらってきた大判のものを使っているので、雨漏りも滅多にしない。室内には小型のテーブルや座椅子。造花の入った花瓶。読書が趣味のジジタキさんなど、小屋の端に東口が廃材でつくってやった本棚を置き、古紙回収の日に少しずつ集めた小説をずらっと並べていた。ジャンルへのこだわりもあり、蔵書の中でとくに多いのが中国の戦史もので、吉川英治の『三国志』も全巻揃《そろ》っている。

「そう上手くウナギが釣れるかね」

「釣れるよ、チュウさんだもん」

チュウさんは東口より少し年上の四十代半ばで、本名を根津《ねづ》という。「み」をつけてネズミだからチュウさん。そして、糸切り歯から奥歯にかけて虫歯がひどく、前歯だけが白く目立っているからチュウさんだ。夫婦者で、奥さんのトキコさんと二人で廃品回収をしているが、仕事をしたくないときは堤防の向こうに椅子を並べ、いつも二人で釣り糸を垂れている。そうして荒川から食料を釣り上げては、自分たちで食べたり、みんなに分けてくれたりするのだ。釣り道具はすべてどこかから拾ってきたものらしいが、こんな仕掛けでどうしてというくらい、よく釣れた。ただしそれはチュウさんだけで、トキコさんはいつもボウズだ。役に立てなくて恥ずかしいと、トキコさんはすきっ歯を見せて笑うけれど、堤防の向こうで釣り糸を垂れるチュウさんの隣にトキコさんがいないと、やはり不自然な気がするし、チュウさんの針に魚が引っ掛かるのも、隣に寄り添っているトキコさんのおかげのような気がする。

「そっちはどう、ヒガシさん、今日の仕事は」

「箪笥の預かりが一件と、椅子の修理依頼が一件だけだね。あとはまたチラシ撒《ま》いてきたから、反響待ちだな」

「じゃんじゃんかかってくるといいねえ」

近くにある製紙工場の植え込みからだろう、ヒグラシが透明な鳴き声を響かせた。ジジタキさんがその声のほうをちょっと見て意味もなく頷《うなず》くと、地面に伸びた長い影も首を揺らした。

ジジタキさんはいつもきちんとワイシャツを着て、スラックスを穿《は》いている。ただアイロンは持っていないので、毎晩寝押しで布地を伸ばしていて、近くで見ると細かい皺が寄り、全体的に黄ばんでいた。

東口がここへ来たのは二年前だ。

当時、訪問販売のかたちで家具修理の注文をとりながらトラック暮らしをしていた東口が、たまたまスクラップ置き場の前を通りかかったのがきっかけだった。敷地の隅に金属クズがこんもりと積まれ、その脇で、数人の男女が一脚の椅子を囲んで何か言い合ってい
た。それはチュウさんが釣りのときに使っている椅子だったのだが、もちろんそのときは知らなかった。屈んで下を覗いたり、両腕をTの字にして何やらジェスチャーで説明している人もいて、椅子の脚がぐらついているのを、彼らがなんとか直そうとしていることが遠目にもわかった。東口はトラックから降りて手を貸してやった。

以来、東口は彼らの仲間入りをした。

住人は現在全部で五人。ただし数はいつも、増えたり減ったりしている。

このスクラップ置き場の持ち主は橋本《はしもと》という、独り身で初老の男性で、敷地に隣接したぼろアパートに住んでいる。そのアパートの大家も橋本がやっていて、一階にある五畳一間の一室を、ここに暮らす仲間たちが共同で借りていた。といっても実際に住んでいるわけではない。風呂やトイレのため、また住民票を取得したり郵便物を届けてもらったりするために使っているのだ。とくに住民票は大事で、これがあるのとないのとでは生活がまったく変わってくる。じっさい東口なども、以前は飛び込みで家具の修理を請け負っていたのが、いまではチラシを撒いて携帯電話で仕事を受けられるようになり、受注件数も収入も格段に増えた。といっても住む部屋を借りられるほどではないが。

橋本が経営していたスクラップ工場は、もう十年近く前に潰《つぶ》れている。アパートと反対

側に建っていたのだが、いまは均《なら》されて月極駐車場になっていた。スクラップ置き場のほうは橋本が処理を面倒がり、そのまま放置していたので、いつしかこうしてホームレスたちのたまり場となったのだ。それを迷惑がるどころか、ときおりやってきては一緒になって酒を飲んでくれたりする変わり者の橋本に、ここの連中はみんな感謝していた。アパートの部屋を共同で借りるというのも、そもそも橋本が提案したことらしい。

——流行《はや》りのルームシェアだよ。

アル中気味の橋本は、酒臭い息をはずませて楽しそうに言ったそうだ。

「ヒガシさん、まだ切るの早いかなあ、このナスビ」

「あんまり早く切ると、色が悪くなるよな」

「俺ちょっとウナギ見てくるよ。釣れてるか」

「俺も一仕事したら覗きに行くわ」

ジジタキさんは堤防へ向かってのろのろと歩いていった。堤防の壁には、梯子《はしご》のようにコの字の鉄が打ち込まれていて、それを上れば向こう側へ行ける。チュウさんたちはそこで釣りをしているのだ。

「さ、て、と」

トラックの幌をひらいた。預かってきた箪笥の状態を点検しておかなければならない。ヨッと荷台に飛び乗り、天井からぶら下がった白熱灯のスイッチを入れると、「東口家具」

の侘《わ》びしい全貌が浮かび上がった。

　正面奥に、生活用品が詰め込まれた段ボール箱。丸められた布団。十二Vのバッテリーが二つと、十三インチのブラウン管テレビ。地デジ化されるまでは、あのテレビで放送も見ていたのだが、いまではビデオを再生するときにしか使えない。そしてVHSのビデオデッキ。洗面用具。荷台の右側には種類分けして積まれた木材。左側には木製棚。棚の中には家具の修理に使う材料や薬剤や塗料、使い込まれた工具たちが詰め込まれている。

「ヒガシさんいる？」

　幌の向こうから首を突き出したのは芹沢《せりざわ》さんだった。芹沢さんは東口たちが共同で借りている部屋の隣で暮らしている、二人の小学生の娘を持つ肝っ玉シングルマザーだ。

「ああ、いたいた。ちょっといいかしら、これ見てもらって」

　丸々とした両腕で芹沢さんが持ち上げてみせたのは、寝ぼけたような灰色の、肘掛《ひじか》けのついた座椅子だった。

「うちのじゃないんだけどね、アパートの裏のほら、おじいちゃん、一人暮らしの。あの人が、この椅子に染みつけちゃったって言うもんだから、預かってきたのよ。知り合いに、そういうの上手に消してくれる人がいるからって」

「どれ」

　座椅子を受け取り、芹沢さんが指さしたあたりを電球の光にさらしてみた。右の肘掛けの端が、ちょうどひょうたんみたいな形に黒ずんでいる。布巾か何かでこすってとろうとしたのだろう、輪郭がぼやけていた。鼻を近づけてみると、微《かす》かに甘辛いにおいがする。

「煮物か何かの汁だな、これ」

「ねえ、そんなにおいするわよねえ。なんか、嗅いでるとお腹すいてきちゃう」

「ちょっと待ってな」

　棚からシェービングクリームの缶を取ってくると、芹沢さんは怪訝な顔をした。

「こいつが一番いいんだよ、こういう染みには」

　缶を振り、シュッと親指の腹ほどの泡を出して染みの上に載せる。ちょっと待ってから布で拭き取り、また泡を載せ、ちょっと待って拭き取る。三回ほどで染みは消えた。見せてやると、芹沢さんはへええと感心し、東口の全身をよく見ようとするように上体を引いて顔を向けた。二重顎が三重になった。

「細かい泡なら何でもいいんだ。弾けるときの力で汚れが浮き出てきて、それを拭き取る。ほら泡風呂とか、身体洗わないでも勝手に綺麗《きれい》になるだろ」

「入ったことないわ、泡風呂なんて。ね、でもどうして髭剃《ひげそ》りの泡が一番なの？」

「安いからね」

「おじいちゃん、喜ぶわ」

「よろしく言っといて」

芹沢さんはふくふくと笑い、座椅子を持って歩き去った。

「あそうだ、バーベキューやるってさ、夜」

芹沢さんは振り返って「え？」と訊き返したが、東口が言い直す前につづけた。

「ああ……夜はねえ、娘たちとご飯食べないと。あたしだけ出てくるわけにはいかないからねえ」

連れてくればいい——と言いかけて、危ういところで言葉を呑《の》んだ。偏見のかけらも見せず、こうして東口たちと気軽に付き合ってくれているのは、芹沢さんの善意だ。甘えすぎてはいけない。

しかし、東口が呑み込んだ言葉を芹沢さんは察したらしい。椅子に目を落として頬だけで微笑《わら》った。

「夜だし、娘たち連れてくるのも、あれだものね」

「夜遊び憶えちゃ、まずいもんなあ」

「ねえ」

「そう」

夕陽の路地へ、芹沢さんはゆっくりと出ていく。

シェービングクリームを棚に戻し、東口は荷台の奥へ向かった。老婆から預かってきた大きな箪笥が、そこにロープで固定してある。

ロープを解《ほど》き、東口はくたびれた簞笥の状態を確認していった。

「なかなかこりゃ、直し甲斐《がい》がある」

表面のところどころ——とくに引き出しの前板に、細かい傷がたくさんついていて、取っ手の錆《さび》やぐらつきも目立つ。それでも、老婆がこの簞笥を大切に使いつづけてきたことはわかった。全体の佇《たたず》まいから伝わってくるものがある。

「ん」

引き出しに何か入っている。

《写真だな》

いつの間にか、老人が横から青白い顔を寄せていた。

東口は頷いて写真をつまみ上げた。L判のカラーで、右下に「1992　08/16」と入っている。二十二年前だ。夏祭りだろうか。たくさんの浴衣《ゆかた》姿。背景に夜店の日よけが写り込み、画面の真ん中では、青い甚平《じんべい》を着た男の子が、頰を上気させて得意げにピースサインを突き出している。

《同じ年頃だな。お前の息子と》

「かもな」

《五歳くらい……六歳にはなっていない。小さな手だ。指が短くて可愛らしい》

「ああ」

《子供というのは、いつピースサインをおぼえるのだろうな。お前の息子も、カメラを向ければ必ずこのポーズをとっていた。ちょっと顎をそらして、得意そうに――》
「もういいよ」
含み笑いを残して、老人は消えた。

（二）

「そんでさ、立てねえんだよ。だってほら、立ったら水がぴゅーって飛び出ちまうわけだもん」

かはははははとジジタキさんはワイシャツの肩を揺らして笑う。

「で、コンセント抜いたわけか。肛門も命拾いしたなあ」

「いやほんと、肛門もそうだけどさ、『強』のボタンだけ生きてて、水がどんどん強くなっていくもんだから、俺あのまま自分が浮かんでいっちまうんじゃないかと思って」

「そうしたらヒガシさん、きっと新聞に載ってたよ。……あそれ、シシトウ、もう食えるね」

うずたかく積まれたスクラップの陰にコンロを設置し、野菜を焼いていた。ウナギはチユウさんが七匹も釣り上げたのだが、まだ骨抜きが終わっていない。毛抜きで丁寧に骨を取っていくトキコさんのふくふくした横顔を、コンロの炭火が赤く照らしている。みんなで使っているテーブルは、東口が以前に客から引き取ってきた天板をビールケースにのっけただけのものだが、白いテーブルクロスがかかっているのでなかなか見栄《みば》えがする。テーブルクロスの端にはトキコさんの趣味である刺繡《ししゅう》が丁寧にほどこされていた。

「うわ、駄目だこれ、中がやられてるよ」

虫食いだったらしく、東口が選んだシシトウは中が真っ黒になっていた。それを見て、みんな自分のシシトウを確認してみたが、どうやら虫が食っていたのは東口のやつだけらしい。

「相変わらずツイてねえなあ、ヒガシさん」

ジジタキさんがとがった鼻に皺を寄せて苦笑し、そうかと思うといきなり自分の頰を右手でぶっ叩いた。

「蚊だ、ちくしょう」

「しかし、今日はあれだなあ、新月だから星が綺麗だ」

マグカップを掲げて嬉《うれ》しそうに夜空を見上げたのはモクさんで、五十代半ばの、これもスクラップ置き場の仲間だ。大きな足にでも踏まれたような平べったい顔に、つながった眉毛。それに似合わず声が細く、ゆっくりと喋《しゃべ》るのは、若い頃に肺の手術をやったせいらしい。「一個ないんだ、ほら」と言って以前に触らせてくれた胸は、左側が大きくへこんでいた。

「天の川。その周りを囲んでるのが、夏の大三角」

モクさんは何故《なぜ》か星や月に詳しい。

東口も空に顔を向けた。野菜の汁が炭火に落ちて、じゅ、と白い煙が立ちのぼっていく。仲間たちの陽気な話し声とともに、煙は天の川へ溶け込むように消えていった。

「んまいねえ……やっぱし外で食うと」

前歯でシシトウを噛《か》みながら、チュウさんがしみじみと呟く。

ウナギの下処理をトキコさんにまかせ、チュウさんはのんびり酒を飲んでいた。今夜の酒は、近くの酒屋からモクさんがもらってきた古い日本酒で、それぞれ持参したカップやグラスに注いで飲んでいる。トキコさんだけは下戸《げこ》なので、急須で淹《い》れたお茶だ。

「そうそ」

アパートの大家の橋本が、膝を叩いて傍らの紙袋を探った。橋本は、ジジタキさんがためしに誘ったら、集合時間よりもずっと早く現れて支度を手伝ってくれた。

「すっかり忘れてた。私ね、ソーセージ持ってきてたんだ。焼いたら美味《うま》いかと思って」

焼こう焼こうとみんなで盛り上がった。モクさんのそばで腹ばいになっていたサンタも、土を蹴って立ち上がる。

サンタは赤毛の雑種犬で、七、八年前の冬の夜に突然現れ、以来ずっとモクさんに飼われている。現れたのがクリスマスの夜だったので、サンタと名付けたのだが、名前に似合わず純日本的な顔立ちをした短足の雌犬だ。最初はスクラップ置き場や小屋の周りをうろつくままにさせておき、ときどき餌をやっていたのだが、ある日警官が来て、飼うのはいいが繋《つな》いでくれというようなことを言われた。はじめにモクさんがロープを利用して首輪とリードをつくり、それを見た芹沢さんが、革の首輪を買ってプレゼントしてくれ、いまもそれを身につけている。

「私今日ね、犬のうんこ踏んじゃった」

言いながら、橋本はソーセージをぱらぱらと網の上に転がし、一つをサンタの口もとに持っていく。サンタはちょっと嗅いでから一口で食べた。

「生みたてのやつ。あれサンタのだったのかなあ」

「いやいや、こいつんじゃないよ橋本さん」

モクさんが細い声で反論する。

「こいつ、朝からずっと俺といっしょだったもの。いっしょに集積所まわって、雑誌集めてたんだ。サンタにはアリバイがあるよ」

「じゃ、野良犬なのかなあ、道の端にね、ぽろんって落ちてたもんだから踏んじゃったの。くさかったなあ」

「ああ、そういえば、なんか一匹いるわよねえ、ほら黒い犬。小屋の食べ物とか大丈夫かしらって心配しちゃう」

　トキコさんが言うと、隣のチュウさんが割り込む。

「食べ物もそうだけどよ、心配なのはサンタだよサンタ。ほら雌だから」

「ああ、もしあの黒いのが雄だったら？」

「うん、危ねえ」

「やあねえ、野良犬って。あ、みんなそのぬか漬けも食べてね。いまちょうどいい漬かり具合だから」

　トキコさんが小屋でつくっているぬか漬けは、ものすごく美味い。東口は茄子を一つつまんで口に放り込んだ。噛み締めると、ぎゅっと奥歯が鳴って味が染み出てくる。

「ねえ、ウナギの骨抜き、まだちょっとかかるけど、お野菜足りてる？」

「足りなくなったらお前、あっちの畑に行きゃいいんだ。誰の畑だか知らねえけど、ニンジンとか、けっこう肥《ふと》ってそうだった」

「チュウさん、馬鹿言うな」

　ジジタキさんが急に大きな声を出した。自分で思っていたよりも大きかったようで、ちらっとみんなの顔を見てからつづけた。

「そりゃ犯罪じゃないか。駄目だよそんな、犯罪なんて。俺たちは、ただでさえ空き缶集めやなんかで条例違反してんだからさ、ほかに悪いことしちゃ絶対駄目だよ」

理屈が通っているのだかいないのだかわからないが、ジジタキさんはこういったところに厳しいのだ。

「この人、冗談言っただけじゃないの、やあねえもうジジタキさん。あら電話」

東口のポケットで携帯電話が鳴っていた。

「お、ヒガシさん、仕事かな？」

自分のことのように嬉しそうな顔をして、ジジタキさんが煙の向こうで首を伸ばす。

「だといいけどな。ちょっと失礼」

つなぎの胸ポケットから携帯電話を取り出し、その場を離れた。

「お電話ありがとうございます。家具の製作と修理、東口家具でございます……あれ」

切れた。と思ったらもう一度鳴った。

「はいもしもし？……あ、お疲れさんです、どうも」

電話は宮本《みやもと》家具からだった。

宮本家具は東口が以前に経営していたトウロ・ファーニチャーのライバル企業で、会社が倒産したとき、メンテナンス業務の一切を引き継いでくれた。社長の宮本が、ライバルのよしみということで引き受けてくれたのだ。宮本は東口よりもいくらか年上の、情に厚い男だった。

「あ、はいわかります」

電話の相手はまだ二十代だろうか。若々しい声をしている。

「その現場なら憶えてます。最初に施工したとき、私もたまたま同行しまして……はい」

同業者とはいえ別のメーカーなので、メンテナンス関係では不明な点が頻繁に生じ、そのたびこうして東口に問い合わせが来る。儲《もう》けにならない仕事とわかっているのだろう、相手はいつも横柄な口調だった。販売した家具や普請《ふしん》の修理は、有料ではあるが、ほぼ人件費のみの価格設定になっている。つまりメンテナンス業務だけではまったく利益が出ないのだ。

「赤羽警察の留置所ですよね……ええ、はい。布団張りの」

留置所の壁には、布団張りといって、怪我《けが》や自殺防止のためのクッションが張られている。あれはもう十年以上前だったか、赤羽警察署の留置所にその布団張り施工をしたのがトウロ・ファーニチャーだった。

「ああ、表面の合皮が……なるほど」

綻《ほころ》びがいくらか生じてきたので修繕してほしいと、警察署から依頼があったのだという。

宮本家具で扱っていない類《たぐい》の商品なので、東口も現場に来てくれと言われた。——が、おそらくは単なる人員確保なのだろう。布団張りの修繕など、心得《こころえ》のある人間なら誰にでもできる。

宮本家具からのこうした電話は珍しくなかった。なにしろ東口はウデも知識もあり、その上ただで使える人員なのだ。

「承知しました、明後日の十四時からですね。ええ、じゃ、私そこの警察署の前におりますんで。ええはい、では当日よろ」

言い終える前に切られた。

誰も見ていないのに、つくり笑いをして、東口は携帯電話をポケットに戻した。

「さ、やっと一匹終わったわ。焼くから、端のほうあけてくれる？」

スクラップの裏に戻ると、トキコさんが骨抜きを終えたウナギを網に載せるところだった。じゅじゅじゅじゅといい音が聞こえ、早くも香ばしいにおいがした。

風のない空に、煙がすじになって伸びていくのを見上げながら、東口は懐かしく思い出す。ここで暮らしはじめた頃、自分はこういった食事や酒をどうしても受け容《う い》れられなかった。あれも秋口で、酔ったから川の風にあたってくると言って場を離れ、見えない場所で食べたものをもどしながら、東口は涙を堪《こら》えていた。

（二）

テレビ画面から放たれる光が、幌の内側に映り、せわしく濃淡の度合いを変えている。

トラックの外は静かだが、テレビにはイヤホンのプラグがささっているので音が洩《も》れることはない。

何度も何度も、繰り返し見てきた映像だった。

とりわけ今日のように仲間たちと笑い合った日の深夜に、東口はこの映像を再生した。

砂利《じゃり》敷きの広場を、不器用な走りかたで、笙太《しょうた》が夢中になって駆けていく。青い半袖の、小さな背中越しにゾウが見える。ゾウは本物ではなく、身体の左側に階段が、右側にはすべり台が延びている。笙太は高い笑い声を上げながら走っていく。ときおり振り返っては、身体中に溢《あふ》れる喜びを放つように、精いっぱい大きく口をひらいてカメラに呼びかける。

《パパ！》

そうして転びそうになり、危ういところで前に向き直ると、また一直線にすべり台を目指す。背の高いスズカケノキが何本も青空に枝を伸ばしている。画面の右端には、コンクリート製の大きなすべり台が見える。そちらはゾウのすべり台よりもずっと迫力がある。だから笙太は、そちらには行かなかったのだ。臆病な子だったたから。

場面が切り替わる。カメラは下から笙太を撮っている。画面の一部をゾウの鼻がふさいでいる。その鼻の向こうで、地面へと延びる真っ直ぐなすべり台を見下ろして、笙太は怖がっている。不安に黒目を光らせて、心細げな顔をカメラに向ける。

《パパ……》

《怖くないよ、笙太》

《怖いよ》
《大丈夫、じっとしてれば勝手に滑っていくから。ほら、しゃがんだまま、ちょっとだけ前に行って》
そう、もう少し。
《お尻を下につけて、もうちょっと前――》
笙太の身体が、すっと前に動く。そこでいったん止まったかと思うと、またじわじわと動き出し、笙太は《あ》と口をあける。慌ててすべり台の縁《ふち》を摑もうとするが、小さなその手は汗ばんでいたせいか、つるりと滑って宙を泳ぐ。身体は勢いを増し、真っ直ぐに地面へと向かっていく。夏の午後の太陽がカメラに入り込み、画面は白く光る。何も見えない。眩《まぶ》しくて見えない。しかしまだカメラはしっかりと笙太に向けられている。画面から光が消え、ふたたび笙太が映る。先ほどよりも勢いのついた身体が一直線に、一直線に、ぐんぐん地面との距離を縮めていき――。
《パパ……！》
笙太が目を瞠《みは》って叫ぶ。カメラはそれを捉えている。
やがてすべり台は傾斜角度をゆるめ、笙太の身体はスピードダウンする。その動きが完全に止まったとき、小さな身体はちょうどすべり台の下端へと行きつく。笙太は身体を固まらせている。横顔が恐怖で強張《こわば》っている。しかしその顔はすぐに、ほどけるように笑顔

へと変わる。笙太はカメラに笑いかけ、
《パパ！》
　両目と口を同時にあけて嬉しそうな声を上げる。
《簡単だろ？　ぜんぜん怖くない》
　怖くない、大丈夫。
《怖くなかった！》
　笙太は男の子らしい嘘《うそ》をつく。そして立ち上がり、自分の嘘がばれてしまうことなど考えず、こちらに向かって両手を差し伸べて走ってくる。嬉しさと安心に満ちた、汗ばんだ顔が近づいてくる。それを見送るように、背後にゾウが映っている。笙太に抱きつかれ、カメラはぶれる。画面全体に地面が映り、そのまま声だけが聞こえてくる。
《怖かったくせに》
《怖くなかった》
《もう一回やろうか》
《うん、いいよ》
《パパが撮ってあげる》
《いいよ》
《じゃあほら、上にあがって》

《いいよ》

しかし映像はそこで終わる。

けっきょく笙太は二度目のすべり台を滑らなかったのだ。

画面は暗転して音声が途切れ、もう何も映らない。何も聞こえない。

このビデオを撮ったほんの数日後、笙太は死んだ。

「あんたを最初に見たのは、笙太の一回忌が終わった頃だったな」

青色に切り替わった画面を眺めたまま、東口は呟いた。

《ああ……この一年後だ》

一回忌を終えた数日後の夜、老人は路上にぽつんと立っていた。

もっともそのときはまだ、はっきりと容貌を捉えることはできなかった。全身を黒い影がぼんやりと覆っていて、顔立ちも、服の様子もわからなかったのだ。それがだんだんと鮮明になっていき、いまでは人間と同じくらいはっきりと見える。痩せて青ざめた顔。ふざけているように両の目尻が垂れ、かといって笑顔というわけではなく、いつだって完璧な無表情。黒目はぽっかり開いた二つの穴で、覗き込んでも底は見えない。

東口は老人を疫病神《やくびょうがみ》と名付けた。

これがきっと、世に言う疫病神なのだろうと。

その姿を見た翌日、智江《ともえ》が離婚の話を切り出した。いつものように伏し目がちに、小さな声で、彼女は淡々と言葉をつづけた。東口は引き留めたが、妻は話し合いを拒んで家を出ていった。数日経つと、慎《つつ》ましい、几帳面《きちょうめん》な文字で書かれた嘆願の手紙とともに、離婚届が送られてきた。智江の署名と捺印《なついん》のあるその紙を見つめながら、東口は酒を飲み、何杯も飲み、十分に酩酊《めいてい》してから自分の名前を書き込んで印鑑を押した。一人きりの暮らしがはじまり、まだ炊飯器や洗濯機の使い方を憶える前に会社が傾きはじめ、あっというまに倒産した。

みんな消えてなくなった。

「もう、五年の付き合いか」

《そうなるな》

「あんた、このままずっと俺に取り憑《つ》いてんのか？」

《悪い関係じゃない》

「悪いだろ」

《お前のそばは居心地がいい》

「こっちゃよくねえよ。自分自身のそばにいて居心地が悪いってのも妙なもんだが」

東口は舌打ちし、足でテレビの電源を切った。

「いつか追い出してやるからな」

疫病神の痩せた肩が、嘲《あざけ》るように揺れた。

（四）

おう、おう、おう、と半分裏返ったサンタの声がした。

「ああヒガシさん、おはよう」

洗面用具を持って荷台の外へ出たら、朝陽に目がくらんだ。モクさんが水道の蛇口に上手いこと指をあて、サンタに水をかけている。サンタは前脚で跳ね上がりながらそれを受けてビショビショになっていた。

スクラップ置き場の奥ではチュウさんとトキコさんがいちに、いちに、と日課の柔軟体操をはじめている。ジジタキさんは自分の小屋の前で、逆さにしたビールケースに座ってモーニングインスタントコーヒーを飲んでいる。足を組み、こちらに向かって優雅に片手を上げたので、東口も同じ仕草を返した。

水道で両手を濡《ぬ》らして顔をこすっていると、隣でサンタが頭から尻尾《しっぽ》へ震えを走らせて水を払った。

「モクさん、今日は降らねえよな？」

「そうだなあ……」

か細い声で言いながら、モクさんは平らな顔を天日干《てんぴぼ》しでもするように上へ向ける。

「午後は、危ないかもしれないよ」

「あそう？　じゃチラシ撒きは難しいかな」

モクさんの天気予報はたいてい当たるのだ。

「とりあえず新聞読んで、仕事行ってくるわ。朝イチで椅子の修理が入ってっから」

「うん、行ってらっしゃい」

サンタの顎をちょっと撫《な》でてやり、東口はトラックに乗り込んだ。向かった先は図書館だ。

《あの男は、顔色が悪かったな》

助手席で疫病神が呟く。

「あんたほどじゃねえだろ」

《肺の病気が、また悪くなったのだろうな》

「病院でも行かせるってのかよ。行くわけねえだろ、金かかるんだから」

鼻で笑い飛ばし、ハンドルを切った。

毎朝、図書館で新聞に目を通すのが東口の日課だった。受付カウンターにいつも座っている、こけしのように薄い目鼻立ちの女性事務員とも顔なじみだ。

「どんも」

「おはようございます」

もっとも、興味を惹《ひ》かれるニュースなどあったためしがない。今日もなかった。たいがいの新聞記事というのは、まっとうな暮らしをしている人々のためのものなのだ。自分もその人々に含まれているのだという確信がほしくて、こうして新聞を読むのだが、そのことで逆に、自分が別のグループに含まれることを思い知らされる。

《それでも毎朝読むのか》

「読むね」

閲覧席を立った。

客の家に向かうには、まだ少しばかり早い。東口はつなぎのポケットに両手を突っ込んで、クーラーの効いた館内をぶらついた。書架を眺めると、読書家を自認していた頃に読んだ本の、懐かしい背表紙がいくつも目に入った。しかし新刊コーナーに並んだ本は、知らない著者のものばかりだ。

ふと東口は足を止めた。

「置いてあっかな」

児童書のコーナーだった。背の低い棚に近づき、屈み込んで絵本の背表紙を眺めてみる。絵本はタイトルの五十音順に並んでいる。

「た……た……だいすきなグー……たかしとお花ぎつね……たこきちとおぼうさん……ねえかな」

声が聞こえる。

《何だ》

「竹の子童子《どうじ》」

幼い頃、大好きだった童話だ。

三吉という桶屋《おけや》の小僧が、桶のたがに使う竹を探して竹山を歩いていると、どこからか声が聞こえる。

――小僧、小僧。

声は竹の中から聞こえているらしい。三吉は急いでその竹を切ってみた。すると中から小さな子供が出てきて礼を言った。三吉は子供に名を訊《たず》ねた。

――あんたの名は、なんというんです。

――竹の子童子。

――では、あんたの歳《とし》は。

――千二百三十四歳。

――それで、これから、どこへ行くんですか。

――天へ帰る。

しかしその前に、世話になった三吉に、恩を返すと竹の子童子は言う。

願いを七つまで叶《かな》えてくれるらしい。

ならばと三吉は目をつぶり、口の中で願いを言った。

――竹の子、竹の子、さむらいにしておくれ。

するとどうだろう、目を開けてみると、三吉は侍になって腰に刀をさしていた。

三吉は大喜びし、竹の子童子に礼を言って、さっそく武者修行に出立《しゅったつ》した。

――あと六つ、すきなものをいいなさい。

竹の子童子が呼び止めても、

――もういいです。これでいいです。

そう言って歩いていくのだった。

あの話を読んだとき、東口はわけもわからず興奮したのを憶えている。家具職人だった父親と、その職場で手伝いをしていた母親が、仕事に出ている日中のことだった。一人きりの居間に絵本を広げ、東口は最後のページをいつまでも見つめていた。かぐや姫の話は、もっと以前から知っていたが、東口はどうしてもあの物語を好きになれなかった。かぐや姫が、なんだかあまりに勝手な人に思えたのだ。男たちに無理難題を言って危ない目に遭《あ》わせ、最後には育ての親のもとを離れて月に帰ってしまう。その点、竹の子童子は何というか、ちゃんとしている。世話になった三吉の願いを、七つも叶えてくれようとするのだから。それに対して、一つの願いで満足して出かけていく三吉もまた恰好《かっこう》よかった。

本を好きになれたのも、思えば『竹の子童子』のおかげだった。あれから東口は、図書館で借りたり、書店で母親に買ってもらったりして、たくさん本を読んだ。小遣いをもらえるようになると、そのほとんどを本につぎ込み、父親がつくってくれた書棚はどんどん背表紙で埋まっていった。小学校、中学校、高校、大学と、童話が児童小説になり、児童小説が一般小説になり、やがて書棚には哲学書と経済学の本が増えていった。会社を興《おこ》す勇気、経営のノウハウ——すべて、読み尽くした大量の本に裏打ちされている。『竹の子童子』には感謝せねばなるまい。

《いまや、すべて消えてなくなってしまったがな》

「ほっとけ」

『竹の子童子』との出会いから二十数年が経ち、初めてできた息子に笙太と名付けたときにも、あの物語が頭の片隅にあった。「笙」は、「竹」に「生きる」と書く。竹のように、真っ直《す》ぐに、しなやかに。そして三吉のように素直に。そんな思いを込めてつけた名前だった。

《息子の墓参りには行ってやらないのか》

「こんな姿、見せられるかよ」

舌打ちをして立ち上がった。駐車場まで戻り、運転席のドアを開け、トラックに乗り込もうとした。

しかし乗り込めなかった。

助手席に誰かが座っている。

度の強そうな眼鏡《めがね》の奥からこっちを見ている。

「あんたは……」

相手の顔を見つめ、東口は訊いて当然のことを訊いた。

「誰だ?」

ニシキナナエですと相手は答えた。ひどく早口で平坦な言い方だったので、どこまでが名字なのかわからない。彼女は左の手をひらき、会議で挙手するときのように肩口まで持ち上げて、そこに右手の人差し指で西木奈々恵と綴《つづ》った。

「……で」

もう一つ、当たり前の質問をした。

「そこで何やってんだ?」

「わたしを使っていただけないでしょうか」

「は」

「東口さんの弟子にしてほしいんです。家具をつくったり直したりしたいんです」

東口はいちおう考えるようなポーズをとってみたが、すぐにやめた。

「あんた、どうして俺のこと知ってる」

「どうしてかと訊かれれば、それは学生時代からトウロ・ファーニチャーの家具が好きで、大学を出たら絶対に就職しようと思い、会社のことをインターネットや雑誌の記事で調べているうちに東口さんのインタビューなどを読むようになったからです。ずっと憧《あこが》れていました。でもいざ就職活動をはじめようとしたちょうどそのときに、会社がなくなりました」

「倒産したからな」

「ですから仕方なく諦めて、ちょっと人に言えないような生活をしていたのですが、昨日、偶然にも東口さんと巡《めぐ》り合いまして」

「巡り合った憶えがねえんだけど」

西木奈々恵という若い女は無言でピースサインをした。

「それは何かな」

「憶えがありませんか？」

「ない」

彼女は頷いて、ジーンズの尻ポケットから一枚の写真を取り出す。昨日、老婆の家から引き取ってきた簞笥に入っていたやつだ。

「何であんたが持ってんだよ」

「先ほど荷台で見つけました」

「勝手に入ったのか」

「よく見てください」

西木奈々恵は写真を東口の顔の前に突きつける。それは二十二年前の、夏祭りで撮られたらしい一枚で、夜店を背景に、青い甚平を着て眼鏡をかけた子供がピースサインを突き出していて――。

「わたしです」

「それ男の子じゃねえか」

「いいえ女の子です。わたしです」

さあどうだというように、奈々恵は顔を近づける。右手はピースサインのままだ。

《ははあ……面影《おもかげ》があるな》

席を奪われた疫病神が耳もとで呟く。

なるほどよく見ると似ている気がする。とくに髪の毛の感じが。いまのほうが少し長いが、ほとんど同じ髪型だ。類似点が髪型だということに、はたして意味があるのかどうかはわからないが。

「あの簞笥を東口さんに預けたのは、わたしの祖母です。木之宮多恵《きのみやたえ》。母方の祖母なので名字は違います」

確かに昨日の老婆は修理申込書にそんな名前を書いていたような。

「ええと……あの婆さんが、あんたの祖母《ばあ》さんで、そいで」

「祖母の家から走り去っていく東口さんのトラックを、わたしが追跡しました」

「何で」

「バイクで」

「そうじゃねえよ」

《遅れるぞ》

東口は腕時計を見た。

「俺、これからお客さんのとこ行かなきゃならねえんだけど」

「もちろんお供します」

（五）

「勢いだけで動くタイプか」

「はい、昔から」

「俺に人を雇う余裕なんてあるわけがねえ」

「雇ってほしいのではありません。お金なんていらないんです。ずっと旅をしていたので、厳しい生活には慣れっこですから」

「旅」

「旅です」

奈々恵は勝手に助手席の窓を全開にし、朝の風にショートカットの髪をなぶらせながら目を細めた。東口がわざとアクセルを踏み込むと、ヘッドレストに後頭部をぶつけてこちらを見る。

「何で俺のトラックに勝手に乗り込んでた」

「昨日ずっと東口さんをバイクで尾《つ》けていて、どこでどんな暮らしをしているのかを知りました。今朝は早くからスクラップ置き場の近くで張っていたんです。東口さんが犬とおじさんと一緒に顔を洗っているところなどを覗き見たあと、トラックをふたたび尾行し、隙《すき》を見て近づこうと思っていたところ、隙があったので近づきました。ちなみに荷物とヘルメットは荷台に」

親指で背後を指す。

どうやら伝わっていないらしい自分の不快感を伝えようと、東口は強めの舌打ちをしたが、奈々恵は気にせずつづけた。

「そのとき荷台で祖母の箪笥を見ていたら、懐かしくなって、あっちの引き出しこっちの引き出しと開けて遊んでいたところ、自分の写真が出てきたんです。説明にちょうどいいと思い、こうして手もとに用意した上で、東口さんが図書館から出てくるのをお待ちしていました」

「助手席でな」

「はい、助手席で」

赤信号でトラックを停めた。ダッシュボードから道路地図を取り出し、客の家の場所を確認する。古い一軒家が並んだ地域なので、道がひどく入り組んでいる上、一方通行が多い。

「わたし見ましょうか」

「いいよ」

「青ですよ」

東口はふたたびアクセルを踏み込んだ。ちょっと迷ったが、けっきょく奈々恵の膝に地図を放り、目指す住所を教えた。

「二キロほど真っ直ぐです」

九月の朝陽に照らされ、路面が白く光って眩しい。

「とにかく、弟子入りだの何だのは断るぞ。あとで家まで送るから、ちゃんと帰れ」

「帰る家はありません」

「あんたの住んでたとこだよ」

「ですから、どこにも住んでいなかったんです。旅をしていたもので」

「親は」

「都内にいます。でも大学卒業時に書き置き一枚残して家出をしたもので、いまさら帰れません」

「じゃ、祖母さんの家に行けよ。昨日もいたんだろうが」

「え、いませんよ？」

急に意外そうな顔を向けるが、意外なのはこっちだ。

「だってあんた、あの家で俺のトラックを見たって言わなかったか？」

「はい。久しぶりに日本へ戻ってきて、帰る家がないことに気づき、小さい頃から大好きだった祖母の家に行こうと思ったんです。でも祖母はわたしのことを両親に連絡する可能性があるので、家のそばをうろうろしながら迷っていました。そしたら東口さんのトラックがやってきて……ところでトイレに寄る時間なんてないですよね」

「行きたいのか」

「わざとです」

「なんだそれ」

「最近の研究で明らかになったことなのですが、人は尿意などの生理現象を我慢している状態にあると、物事に的確な判断が下せるようになるらしいんです。原理としては、〝尿を我慢しなければならない〟という脳内のシグナルが、ほかの衝動的な行動の抑制にまで働き、たとえば衝動買いなど不的確な行為を抑えてくれるんです。飛び込みで東口さんに弟子入り志願することが、自分にとって本当に正しいことなのかどうか、わたしは完全に自信を持っていたわけではありませんでした。だから尿を我慢してみました」

「あんた、何も見ないでよくそんなこと喋れるな」

感心はしたが、言わんとしていることはいまいちわからなかった。

「で？」

「それでも自分の考えは変わりませんでした。だからこうして自信を持って東口さんにお会いできたのですが、もう限界です」

「尿が？」

「尿が」

三度目の舌打ちをして、東口は路地を折れた。この先に児童公園があったはずだ。

トラックを停めると、奈々恵はぎくしゃくした足取りで公園の中へ向かった。

「そんなに我慢してたのかよ」

頷くような頷かないような、中途半端な動きをして公衆便所へと歩いていく。

《俺の居場所がないな》

いつのまにか場所を交代していた疫病神が、助手席で呟いた。

「あいつを弟子入りさせたら、あんたを追い出せるかな」

《そう上手くいくものではないだろう》

灰皿を引き出して長めの吸い殻を探し、東口はシガーライターで火をつけた。窓の外に煙を吐き出しながら、思わず苦笑した。

「だよな」

《俺は消えないさ。お前が……》

至近距離をタクシーが走り抜け、言葉の半分を掻き消した。東口は訊き直さなかった。窓枠に腕を載せると、煙がすじをひいて車外へ伸びていった。

「お待たせしました」

奈々恵が不器用な動きで助手席に乗り込んできた。疫病神の姿は消えている。二度目の吸い殻となった煙草《たばこ》を灰皿に押し込んで、東口はサイドブレーキを下げた。

「すっきりしたか」

「おかげさまで」

「言えないことって何だ」

「え？」

「人に言えないような生活をしてたって言ったろ、さっき」

「ですからそれが旅です。放浪です」

ふたたび幹線道路へと滑り込む。

「いろんな町で、いろんなことをしました。イタリアの違法カジノで給仕をやったり、盗んだライフル一丁持って真冬の北海道の山中で暮らしたり、ヨットでたどり着いたイギリス領の無人島に二ヶ月いたこともあります。その信号を右です」

「これ？」

「いえ、そのつぎ」

右折待ちで停まった。ウインカーの単調な音だけが車内に響いた。

「とにかく弟子なんて御免《ごめん》だ。この仕事に興味があんなら、まあ一日くらいは連れ回してやるけど、今日の仕事が済んだら早いとこ出てってくれ」

「どうしてです？」

「面倒くせえし、気をつかう。そもそも俺とはいっしょにいないほうがいい。疫病神がついてんだ俺には。いつもそこに座ってる。いまあんたが座ってる場所に」

奈々恵は一瞬言葉を詰まらせ、ふっと笑いのような吐息を洩らした。

「言いたいことはわかってる。でもな、いるもんはいるんだ。弟子入りなんて馬鹿なことしたら、ろくな目に遭わねえこと請け合いだ。やめとけ」

苦しい言い訳をしてまで自分を受け容れまいとしていると思ったのか、奈々恵は初めて表情を曇らせた。

その横顔を見て、少しだけ可哀想になった。

「だいたい、いまは家具の修理しかやってねえんだよ。つくってねえんだ」

「でも電話に出るとき、〝お電話ありがとうございます、家具の製作と修理、東口家具でございます〟って」

「何で知ってる」

「昨日の尾行中、東口さんが車を停めてスーパーに入っていったとき、荷台にあったチラシを一枚いただいて、あとで試しにかけてみたので」

そういえば昨夜、宮本家具からの連絡の前に、すぐに切られた電話があった。

「とにかく、製作のほうはやってねえ。だから間近で仕事を見たところで、大した勉強にはならねえよ。修理依頼が来んのは、どこの家庭にでもある、ごく普通の家具ばっかりだしな。家具職人なら新人でもできるようなことを、ただ毎日やってるだけなんだ」

「違うと思います」

「あんた素人《しろうと》だろうが」

「荷台にあった道具を見ました」

奈々恵は急に強い声を出す。

「ノミもカンナもハンマーも、木の部分が東口さんの手のかたちに黒ずんで凹《へこ》んでました。それを見て、わたし何かを連想したんです。何かな何かなって考えていたら、ついさっき用を足しながら思い出しました。秋田の山中で出会った伝説のマタギ、なんとかさんが所持していた猟銃です。名前は忘れましたが、猟銃のことははっきりと憶えています。東口さんが使っているあの道具たちのように、やっぱりなんとかさんの手のかたちに黒ずんで、凹んでいました。なんとかさんはその銃を使って、五発の弾で五頭の鹿を仕留《しと》めたんです。わたし見ました。あの自動販売機がある角を左折です。それからすぐ右、二十メートルほどでまた左に」

けっきょく断りきれたのかどうかわからないまま、トラックは客の家へ到着してしまった。時間ぴったりだったので、もたもたしている暇はない。東口は運転席を降りた。

「仕事見るんなら、その恰好はまずいだろ、つなぎを貸してやる」

車の後ろへ回り、荷台の幌を上げたが、奈々恵はなかなかやってこない。

「早く来いよ」

苛々《いらいら》しながら助手席のほうへ首を突き出すと、彼女はちょうどドアを閉めるところだった。ぎくしゃくとした足取りで、こちらに歩いてくると、東口と目を合わせ、ふと視線を下げる。

「……悪いのか」

相手の右脚を見て訊いた。

奈々恵は頷き、顔を上げて早口で言う。

「でも仕事には差し支えありません。生まれつきで、昨日今日こうなったわけじゃないので大丈夫です。本当です」

さっきの歩きかたは、小便を我慢していたせいではなかったのか。ひょっとするとトラックの助手席に勝手に乗り込んでいたのも、脚が悪いことを最初に知られると弟子入りを断られると思ったからかもしれない。

まあ、いずれにしても断ることに変わりはないのだが。

「ほれ、つなぎ」

荷台から予備のつなぎを出して奈々恵に放った。奈々恵はそれを受け取ると、途惑《とまど》ったような顔をして、何故か道の左右をちらりと見た。こくりと頷き、思い切ったように両腕を下向きにクロスさせたので、東口は慌てて止めた。

「馬鹿、そのまま着りゃいいんだよ」

「あ、上から」

奈々恵がつなぎを着込むあいだ、東口は荷台の棚を探り、椅子の座面の生地サンプルを用意した。

（六）

客の家を辞してトラックに乗り込むと、奈々恵は眼鏡の奥の両目を大げさにうるませて、かん、かん、かん、と言った。

「感無量です。わたし本当に、心から感激しました」

「ああそう」

イグニッションキーを回してトラックを出す。

客は四十代後半くらいの主婦で、結婚当初から使っているダイニングの椅子の、座面が古くなったので交換してほしいという依頼だった。生地サンプルを見せたところ、たまたま荷台に在庫がある布地を選んでくれたので、椅子の預かりはせず、その場で座面を張り替えてきたのだ。半日がかりで、四脚四千円の商売だった。

「わたし、東口さんの技術を初めて間近で――」

「あんなの誰だってできるよ。家具職人なら」

実際には座面の張り替えは専門性が高く、外注に出す家具職人さえいるのだが、面倒なので黙っていた。

客の家で、奈々恵は別人のように礼儀正しく挨拶をし、東口の仕事を手伝った。作業の手順などはもちろんまったく知らないが、言われたことを正確に理解して、脚が悪いながらもテキパキと動いた。奈々恵がいなかったら、もう少し時間がかかったかもしれない。が、これも口には出さなかった。

「あれだけ綺麗に生まれ変わるなら、もっと値上げしてもいいと思います。わたしなら三倍は出します」

「いいんだよ千円で。あんまし高《たけ》えと、新しいのを買おうって思っちまうからな」

「今夜はあのダイニングで、生まれ変わった椅子たちに座って、ご家族がテーブルを囲むんですね。きっとみんな喜びます。ご夫婦と――」

「子供が一人」

「言ってましたっけ？」

「椅子の背でわかる。人が毎日引く椅子は、背の上の、手が触れる部分に脂《あぶら》がついて変色するんだ。あの家の椅子で変色してたのは三脚だけだっただろ。二つは濃く、一つは薄く変わってた。だから子供が一人いるんだろうなって」

「色なんて変わってました？」

「ほんの少しだよ。あんたにはまだわからねえ」

返事がないので助手席を見た。奈々恵が両目を感動でいっぱいにして東口を見つめていた。しまったと思った。

「いや〝まだ〟って、そういう意味じゃねえぞ。あんたを使う気なんて全然ねえぞ」

「ありがとうございます」

「話を聞け」

「何でも聞きます」

面倒くさくなってハンドルに上体をあずけた。革バンドの擦《す》れた腕時計を覗くと、午後二時。昼飯を食べていないので腹が減っていた。

「どっかで弁当でも買って、それから例の箪笥に取りかかるからな。見たいんなら見てろ」

「あ、祖母の」

「そう。まあ、大仕事だから、今日だけじゃ終わらねえだろうけど」

相手が何か言う前に、東口は急いでつづけた。

「だから、あんたは完成を見られないってわけだ。残念だな」

（七）

「で、ここに湯気をあてておく」

「どうしてです？」

「木工用の接着剤は水溶性だから、湯気で溶かすんだ。接着剤が溶ければ継ぎ目《つめ》を剝《は》がせるだろ」

「なるほど、このヤカンはそういうときのためにあるんですね」

「いや、主にカップラーメンをつくるときのためだ」

荒川土手の上の、見晴らしのいいスペースにトラックを停め、箪笥の修理に取りかかっていた。金具をすべて外し、歪《ゆが》みのひどい引き出しを取り出して分解しているところだった。大きく反《そ》った木材は、新しいものと交換していかなければならない。

「映画みたいですね」

「何が」

「景色が四角くて」

幌を全開にしてあるので、荷台の後ろに景色が広がっている。川の手前の広場では、少年野球のチームが練習をしていた。遠くて声や音は聞こえないが、ときおりバットを使ったり、速い球を受けたり、高い声で笑ったりすると、その音や声がやや遅れて響いてくる。

「今日一日しかねえんだから、ちゃんと作業を見とけよ」

「はい」

木之宮多恵の箪笥は、大切に使われてはきたようだが、やはり相当に古いので、湿気によって全体が歪んでいた。上にずっと何か重い物を載せていたと思われる歪みもあった。引き出しの動きが鈍くなっていたのは、おそらくそのせいだろう。箪笥の正面と側面には、落書きやシールの跡《あと》や細かい引っ掻き傷がいくつもあり、それらは下のほうに集中している。この悪戯《いたずら》はほとんど自分がやったのだと、作業を手伝いながら奈々恵が打ち明けた。

「これ、祖母が結婚当初から使っている箪笥なんですけど、母は小さい頃から大人《おとな》しくて、こういう悪戯をぜんぜんしなかったそうなんです。だから、わたしが遊びに行くようになるまでは、すごく綺麗だったみたいですよ、この箪笥」

「修理屋の仕事をつくってくれて、ありがたいよ」

「いつも妹といっしょに行っていたのですが、妹は真面目《まじめ》で大人しくて、悪戯なんて絶対にしないタイプだったので、傷や落書きはみんなわたしがやったものなんです」

「妹がいんのか」

「あ、名前」

見れば下から二番目の大引き出しの端に、マジックで小さく「ななえ」と書いてある。

「そういや、あんたの祖母さんに、チップをもらいそこねたよ」

思い出して言ってみた。

小首をかしげる奈々恵に、東口はポチ袋の一件を話してやった。

「祖母は、昔から忘れっぽいんです。わたしが高校生のときに、祖父が亡くなったのですが、それで一人暮らしになってからは、もっと忘れっぽくなっちゃって」

「ま、歳とりゃ忘れっぽくもなるわな」

かん、と金属バットの音が響いた。二人でそちらを見たが、ただ眩しいだけだった。

「消しちゃうんですよね。このシールの跡とか、落書きとか傷とか」

「リペアってのはそういうもんだからな。サンダーで表面を削るから、いっぺんで綺麗になるぞ。これがなかなか気持ちいい。——そっちのやつも、継ぎ目に蒸気あてといてくれるか」

奈々恵は慎重に部材を持ち上げてヤカンに近づけた。顔もいっしょに近づけたので眼鏡が曇り、外してTシャツの腹で拭いた。意外と臆病そうな目をしていた。

「写真でも撮っときゃいいだろ」

「え？」

「落書きだの傷だのが、そんなに懐かしいんなら」

冗談で言ってみたのだが、奈々恵はずっと待っていた許可がやっと下りたというように、即座に頷いてジーンズのポケットから携帯電話を取り出した。二、三度ボタンを押すと、四つんばいになってピロピロと撮影しはじめる。これまで自分に修理を依頼した客たちも、ひょっとしたら家具を預ける前に、こんなふうに落書きや傷を懐かしんでいたのだろうか。

「〝すぐに忘れることは、記憶するに値しないこと〟」

携帯電話を仕舞い、奈々恵が急に呟く。

「何だそれ」

「伝説のマタギが言った言葉です」

「秋田の山奥の、なんとかさん」

「はい。こうして見るまで、わたしこの箪笥のことなんてすっかり忘れていました。だからきっと、自分にとってはどうでもいいものだったんです。でも、見てしまうと、やっぱり懐かしいものですね。落書きも傷も、シールの跡も」

小さく笑ってつづける。

「どうでもいいものなのに、今日でこの世から消えちゃうと思うと寂しいです」

奈々恵はふたたび部材に蒸気をあてはじめた。眼鏡が曇らないように、こんどはちゃんと顔を遠ざけている。

東口は傍らの書類入れに手を伸ばし、ちらっと中を見てから立ち上がった。

「ちょっと便所」

荷台は蒸し暑いが、外へ出るとまた別の暑さがある。日向《ひなた》の、乾いた暑さだ。風が吹いて、斜面の尖《とが》った葉群《はむら》を鳴らした。

ぶらぶらと土手を下って公衆便所へ向かう。尿のにおいがたちこめる便所で、しかし便器には向かわず、ポケットから携帯電話を取り出すと、少し迷ってからボタンを押した。

先ほど書類を見て憶えてきた番号だった。

『木之宮でございます』

ころころと玉が転がるような声が、すぐに応答した。

「あ、私ですね、昨日伺いました東口家具の者ですが――」

東口は、いかにも毎回こういう連絡をしているのだというような口調で、落書きや傷のことを話してみた。

「ああいうのは、消しちゃうと、消えちゃうもんでね。当たり前ですけど。ぜんぶ綺麗にしちゃっていいものかどうか、いちおう確認で」

消してくれと、多恵は答えた。

予想していたよりもずっと迷いのない、はっきりとした物言いだった。

「あ、そうですか？　でもほら、けっこう古い落書きやなんかも――」

『いいんです、消してください』

遮られた。

『一つも残さないで消してほしいんです。お願いします』

それから二、三の言葉を交わして通話を切った。

何だろう、あの様子は。東口は首をひねって小便器に向かった。奈々恵は大学卒業後、書き置き一つ残して家を飛び出したらしいが、そのことを祖母の多恵も怒っているのだろうか。だから彼女の残した落書きや傷を消してしまいたいのだろうか。しかし、いままで二十年ほども放ってあったのに、どうしていまさら。

《関わり合うな》

気づけば疫病神が隣の便器に向かって並んで立っていた。

「しょんべんか？」

《忠告だ》

顎をそらし、白い鬚を揺する。

「ありがたいね」

《〝忠告はめったに歓迎されない。しかも、それをもっとも必要とする人が、常にそれを敬遠する〟》

「チェスターフィールド、イギリスの政治家」

《〝忠告は、とんでもない異常なことが行われた時に受け入れられる〟》

「フランスのことわざ。——何だよ、異常なことって」

しずくを切り、ものを収納しながら訊いてみたが、疫病神は答えなかった。

「ま、関わり合うつもりなんて、はなからねえさ。少しばかり親切心を起こしてみただけだ。日が暮れたらあいつはどっかに送って、いつもどおり一人でスクラップ置き場に帰るよ。なにしろ俺は孤独なホームレス家具職人だからな」

（八）

「ああヒガシさん、お帰り」

トラックを停め、汚れた手を洗おうと水道のほうへ歩いていくと、ちょうどモクさんが洗面器に水を汲《く》んでいるところだった。サンタの水皿に使っているやつだ。もう空は暗く、モクさんがそこにいることに気づかなかったので、東口は慌てた。

「……何、どしたの？」

　モクさんは眉根を寄せる。

「ん。いや何でもない」

「ああそう。ヒガシさん、今日の商売はどうだった？」

「うん、まあまあかな。そういや、天気はもったなあ。ほら午後が危ねえとか言ってたろ、モクさん」

「たまには外れるときもあるよ。でもせっかく晴れたから、今夜はサンタといっしょに星空観察でもしようと思ってね」

「え……どこで？」

「どこって、そのへん。寝っ転がって空見るだけだよ」

「ああ、そのへん。なるほど」

　モクさんの小屋の前で、サンタの吠え声がした。

「なんだろ、サンタのやつ。珍しい」

　モクさんは首をかしげた。

「知らない人間が来たときにしか吠えないのに」

「どうしたんだろうなあ、ハッハッハッ、わかんねえよなあ動物ってのは。では失礼」

そのままモクさんと目を合わせないようにして、手を洗うのも忘れてそそくさとトラックに戻った。

「……あの、訊いていいですか」

荷台の暗がりから奈々恵の声がした。

「何だ」

「間違っていたら申し訳ないんですけど、わたし、ひょっとして見つかったらまずいんですか？」

「まずい」

「どうしてです？」

そう訊かれても、うまく答えられなかった。

ただなんとなく、まずい気がしてしまうのだ。

荒川土手で箪笥の仕事に一段落つけると、東口は奈々恵がバイクを置きっぱなしにしてあるという図書館の駐車場までトラックを走らせた。そこで別れるつもりだった。

——帰るとこは決めたのか？　両親の家か、祖母さんの家か。

——どちらも難しいですね。

——妹んとこはどうなんだよ。妹がいるって言ってたろ。

――妹は……。

奈々恵はどうしてか言いよどみ、目をそらしてつづけた。

――わたし、妹とは仲が悪いんです。

図書館の駐車場で奈々恵を降ろした。奈々恵のバイクは新聞配達員が乗っているような安物のカブで、ヘルメットは白いドラえもんのようなジェットヘルだった。

――まあいいや、じゃあな。

運転席で片手を上げたときになって、東口は初めて気がついた。

――……ちゃんと乗れんのか？

脚のことだ。

――乗れます。

運転免許は持っていませんがと奈々恵はつづけた。

――は？

――脚に問題があるので、取るのが大変だと思って取っていません。だからずっと無免許です。ちなみにこのバイクは廃棄処分になる予定のものをもらい受けて、自分で修理して走れるようにしました。でもべつに危険ではありません。ときどき部品が外れますが。

右手を右脚に添えて持ち上げ、慣れた様子ではあるが苦労してバイクにまたがろうとする奈々恵を、東口は思わず止めていた。

——送ってやるから、そのぽんこつバイクは荷台に積んじまえ。

——え、事故なんて起こしませんよ。大丈夫です。

——そう思ってるもんなんだよ、事故に遭う人間はみんな。

直前まで、そう思っているのだ。だから周囲の人間が止めなければいけない。取り返しのつかないことが起きてしまう前に。二度と会えなくなる前に。

東口は奈々恵を無理やりバイクから降ろすと、荷台を手早く整理して、バイクを積み込んだ。そのまま彼女をどこかへ送っていくつもりだったのだが、帰る場所はないと言い張るものだから、もう面倒になり、ガソリン代ももったいないので、とりあえずスクラップ置き場へ戻ってきたのだ。


「今日だけここで寝かしてやるけど、明日はちゃんと出てけよ」

「そうですね」

むかっときたが、言い返しても無駄だろう。明日、無理やりにでも追い出せばいいだけのことだ。

「みんな早寝だから、ここで作業でもしてるあいだに寝るだろ。モクさんだって、まさか何時間も星空観察なんてしねえと思うし」

「モクさんというのは、今朝、肥った犬といっしょだった?」

「飼ってんだ、サンタって犬なんだけどな。飼い主はホームレスだけど、犬のほうはホームレスじゃねえ。え、肥ってたか？」

「はい、ちょっとそんなふうに見えました」

「あれで、けっこういいもん食ってるからな。まあいいや、とにかくしばらく荷台で作業だ。それから風呂入って寝ろ」

「お風呂なんてどこに？」

東口はスクラップ置き場に隣接するアパートの説明をした。

「石鹸《せっけん》もシャンプーもある。アカスリはジジタキさんって人の私物だから使うな。軽石はトキコさんが踵《かかと》用に拾ってきたやつだから、これも駄目だ。ちなみにトキコさんってのは今朝ここの奥で柔軟体操してたうちの片っぽだ」

奈々恵が了解したようなので、東口は幌に隙間がないかどうか確認してから、荷台の明かりをつけた。

「暑くて申し訳ねえな」

奈々恵に手伝わせて箪笥の修理作業のつづきに取りかかる。錆《さ》びて埋まったネジ山をカナノコで復元したり、木材の幅をカンナで調整したりするたび、奈々恵は眼鏡がぶつかりそうなほど顔を近づけて観察し、嘆息した。

「ものすごく簡単そうにやりますね」

「簡単なことしかやってねえよ」

「こういう道具って、何年くらい使えば手のあとがつくものなんです？」

「こいつらはもう二十何年使ってる」

もっとも、ずっと使いつづけてきたわけではない。社長として会社を動かすのに夢中だった頃は、道具に手を触れることさえなかった。

「みんな名前が入ってますね、『東口』って」

「自分の仕事に責任を持つって意味で、職人はこうやって銘《めい》を入れんだ」

しばらくすると、幌の隙間から顔を出して外を確認してみた。チュウさんもトキコさんも、ジジタキさんの姿もない。そろそろいいかと思って幌を上げようとしたら、微かな月の光で、スクラップ置き場の隅にある廃車の上に人が寝ているのが見えた。隣に犬らしいシルエットが盛り上がっている。

「ちくしょう、モクさんだな」

仕方なく、もう少し待つことにした。

「……そろそろどうだ」

汗を拭き拭き作業をつづけ、いいかげん疲れてきたので、また外を見た。

「お」

モクさんとサンタの姿は消えていた。小屋に戻ったのだろう。

「おい、あんた、風呂行け。チャンスだ。玄関の鍵は開いてっから、サッと入って、サッと戻ってこい」

「わかりました」

「言っとくけど湯船にお湯なんて張るなよ、時間も水道代もかかっちまうからな。シャワーもこまめに止めんだぞ。それから、明かりは点《つ》かねえからな。節約で、電球を外してあるんだ。便所のほうは点くけど」

「誰かがトイレに来るということは？」

「夜は大丈夫だ。みんな、したくなっても、わざわざ便所まで行くのが面倒くせえから我慢するか、そのへんでする」

　奈々恵は頷いて、旅行バッグを探り、手早く着替えなどを取り出した。使い古され、あちこちに擦り傷のあるバッグだった。荷物を胸に抱えて荷台を降りるのを、東口はいっしょに降りて支えてやった。彼女はアパートのほうへ向かおうとしたが、そのときになって初めて気がついた。

「おい」

　小声で呼び止めた。

　奈々恵は「？」と振り返る。

「あんた……さっき、バッグ持って出たか？」

「はい？」

「図書館の駐車場に行ったときだよ。トラックを降りてバイクにまたがったとき、あんたその旅行バッグ持ってたか？」

「さあ」

すっと目をそらす。東口は思わず溜息をついて額をこすった。

「まあいいや……早く風呂入ってこい」

奈々恵はアパートへと向かった。ドアが開閉される微かな音がし、また静かになった。

《予想していたのだろうな。お前が引き止めることを》

「ああ、だから図書館の駐車場では、はじめからバッグを持って出なかったんだ」

《無免許だの、バイクの部品がときどき外れるだのも――》

「ほんとかどうかは知らねえが、いずれにしてもわざと言ったに違いねえ。俺が心配して引き止めると思って」

《やっかいな女だな》

荷台に戻り、溜息まじりに棚から砥石《といし》を取り出した。床に置いて胡座《あぐら》をかくと、ペットボトルに溜《た》めてある水をちょろっと垂らし、今日の作業で使ったノミと小刀を磨《と》ぐ。使った道具は必ずその日のうちに手入れをするのが、東口のささやかな決めごとだった。

「……そういや、あんた、今日はあんまり現れなかったな」

砥石の上で刃を前後させながら言ってみたが、疫病神は返事をしなかった。

猛烈な勢いで近づいてくる足音が聞こえたのは、それから数分後のことだ。

「ヒガシさん、おいヒガシさんっ！」

幌を払って上体を突っ込んできたのはジジタキさんだった。ほとんど悲鳴に近い声を上げ、瞠った両目が荷台の白熱灯を映してぎらぎら光っている。

「大変なことが起きたっ！」

「なんだ、どうした」

勢いに圧《お》され、背後の床に両手をついて尻を浮かせるという恰好で、東口は相手と向き合った。ジジタキさんは歯を剝《む》いて口をがくがくさせ、何か説明しようとしているのだが、言葉がまったく出てこない。ただしきりに右手の人差し指で自分の背後を指さしたり、そうかと思うと胸のあたりで何かを持ち上げる仕草をし、あうあうと無意味な声を洩らすばかりだ。——が、その仕草だけで、何が起きたのかは知れた。

「ふふふふ風呂場に……いま風呂場にっ！」

東口は思わず頭を抱えた。

「若くて無茶苦茶べっぴんな女の子がいた！　はだはだはだ裸で！」

（九）

「――で、まあ風呂くらい入らせてやろうと思ったわけだよ」

騒ぎを聞きつけて起きてきた面々を前に、東口は事情を説明していた。チュウさんとトキコさん、モクさんはふんふん頷きながら聞いてくれたのだが、ジジタキさんだけは、

「ほんとかねえ……ええ？　ヒガシさんよう」

そんなことを言ってわざとらしく目をすがめるのだった。片手にスーパーの袋に入った弁当のようなものを持っているが、まさか買ったのではないだろうから、どこかで見つけてきたのだろう。

「若い彼女なんじゃないの、ほんとは。そんで風呂なんて入れちゃってさ、これから何しようとしてたわけ？」

「馬鹿言うなって」

夜の地面の湿ったにおいが立ちのぼり、草陰でじーじーと虫が鳴いている。奈々恵のバイクは荷台から降ろし、いまはスクラップ置き場の隅に置かれていた。

近くの公園のベンチで、ジジタキさんは読書をしていたらしい。一晩中ともっている街灯が、そこにはあるのだ。ジジタキさんはスクラップ置き場へ戻ってくると、寝る前に用

を足そうとアパートのトイレへ入ろうとしたのだが、そのとき急に風呂のドアが開いて誰かが出てきた。風呂の電気は点かないが、トイレの電気は点く。ひらいたトイレのドアから放たれた六十ワットの光が、目の前に素っ裸《すぱだか》の若い女を浮かび上がらせたというわけだ。

「本当に申し訳ありません、お騒がせして。西木奈々恵と申しますので、今後ともよろしくお願いします」

「今後なんてねえだろうが、朝になったら出てくんだからよ」

東口が舌打ちをすると、急に四人が口々に文句を言い出した。

「そんなヒガシさん、せっかくあなたに憧れて弟子入り志願してきたっていうのに、追い出すなんてひどいわ」

「ひどいね」

トキコさんとチュウさんがゲジゲジでも見るような目を向ける。モクさんも聞こえないくらいの声で「ひどいな」と呟いて口を曲げ、ジジタキさんも「ひどすぎるよ」と唇を尖らせて言った。

「そういうことなら、いいじゃないかヒガシさん。ここで俺たちといっしょに暮らさせてあげれば」

「いいわけねえだろ。とにかく今日はもう遅いから、寝よう。話は明日だ明日」

サッサと片手を振り、トラックの荷台に戻った。そのあともまだ、外で奈々恵と仲間たちが喋っているのが聞こえていた。奈々恵は訊かれたことに淡々と答えているようだが、その淡々とした様子が面白いのか、ほかの連中は急に若返ったように笑いながら、かわりばんこに口をひらいて何か言っている。東口は奈々恵のための布団を敷き、自分は荷台の床に寝そべって目をつぶってみたが、声が気になって眠れなかった。

《だから関わり合うなと忠告したんだ》

「早いとこ放り出したかったよ、俺だって」

《そうかな》

疫病神を横目で見る。青白い顔にぽっかりと開いた、穴のような黒目が東口に向けられている。

「……残業でもすっか」

溜息とともに起き上がった。

端に寄せてあった木之宮多恵の簞笥を、荷台の真ん中へと引っ張り出す。落書きや傷、シールの跡を取り除いた部分には、夕方のうちにワックスを塗っておいた。そこに磨きをかけようと、東口は棚を探ったが、必要なものがなかなか見つからない。どこへ仕舞ったかと、あちこち引っかき回していたら奈々恵が戻ってきた。

「楽しい人たちですね」

「そらよかった。ところであんた、ストッキング持ってねえか」

「持ってます」

「いらないやつは？」

「伝線したのが一足」

　奈々恵はバッグを探って取り出した。

「ワックスの仕上げには、これがいちばんいいんだ」

　ストッキングを丸めて部材の表面をごしごしこすると、奈々恵は四つんばいで顔を近づけ、じっと観察した。

「艶《つや》が出るだろ」

「本当ですね。いつもはご自分で購入してらっしゃるんですか？」

「ストッキングか？　いや、モクさんにもらってる。買うのは恥ずかしいし、モクさんにもらえば無料《ただ》だ」

「モクさんにはそういったご趣味が？」

「拾ってくるんだよ、捨ててあんのを。ホームレスってのはよくゴミの中から必要なものを探して頂戴するんだ。必要じゃないものだって、たまに頂戴する。法律的にはそりゃ、禁止されてるかもしれねえけどさ、物を再利用してんだから、なんとなく悪くない気もするだろ」

「再利用」

「そう、長持ちさせてやってんだ。何でも――」

少し迷ってから、東口はつづけた。

「何でも、長持ちしたほうがいいんだよ」

それからしばらく無言の作業をつづけた。部材の表面を光らせながら東口は、自分が五年前、酩酊した状態で名前を書き入れた離婚届のことを思った。視線を転じて荷台の隅を見る。段ボール箱の中に、雑多な生活用品が詰め込んである。古布に包まれた小さなフォトフレームが、箱のいちばん端に入れられていて、見えない写真の中では笙太が口をあけて笑っている。

「ん」

気がつけば、奈々恵が四つんばいの体勢のまま、ししおどしのように船をこいでいた。顔が荷台の床にゆっくりと近づき――しかし触れる直前でびくんと上に戻り、またゆっくりと下りてくる。三往復するまで見守ってから声をかけると、奈々恵はぱちっと目をひらき、眠っていたことに自分で驚いて顔を上げた。

「すみません」

「疲れてんだろ。その布団、厭《いや》じゃなけりゃ使っていいから、もう寝ろ」

「作業を最後まで見ています」

「じゃ最後だ。これで終了」

　東口は箪笥を押して荷台の隅に片付けた。奈々恵はやはりずいぶん疲れていたらしく、今度は素直に頷いて小声で礼を口にし、何の抵抗もなさそうな素振《そぶ》りで布団の上に身体を横たえた。そして眼鏡を外すのも忘れ、すとんと寝てしまった。東口はその様子をぼんやり眺めていたが、やがて小さく溜息を洩らすと、眼鏡を外してやろうと奈々恵のそばに屈み込んだ。

「なぁなぁえ、ちゃん」

　という声がして、背後でいきなり幌が開けられた。

「お近づきのしるしに、ほら水ようかん——あああ！」

「何だよジジタキさん」

「ヒガシさん、あんたやっぱり！」

「うん？」

　東口は自分の姿を確認してみた。布団で寝ている奈々恵のそばで、前屈みになり、片手にストッキングをぶら下げている。

「いやこれは脱がしたわけじゃ——」

「もう信じねえ！」

　ジジタキさんは乱暴に幌を戻すと、つづけざまに地面を踏みつけるようにして去っていった。慌てて追いかけ、事情を説明して信じてもらうまで二十分ほどかかった。

（十）

翌朝、スクラップ置き場よりも少し下流の川べりに、それは流れ着いていた。

見つけたのはチュウさんだった。

モクさんの天気予報が半日遅れで的中し、夜中になって強い雨が降りはじめた。まるで台風のような風も吹き、そのまま明け方まで天気が荒れていたので、川の様子はどうだろうかと気になって、日課の柔軟体操をはじめる前に見に行ったらしい。

うつぶせの状態で動かないその身体を発見すると、チュウさんはすぐさまトキコさんを呼んだ。トキコさんは悲鳴を上げて取り乱し、チュウさんがなだめているうちに、モクさんとジタキさんがやってきた。最後に東口と奈々恵が駆けつけ、全員で息を詰めてそれを見下ろした。護岸のコンクリートから一メートルほど下の川べりに浮かぶその身体は、全身に枯れ草やビニール袋や、なんだかよくわからないゴミをまとわりつかせていた。ずっと前に誰かが投げ棄てた、腐ったような自転車に引っ掛かり、ゆっくりと揺れていた。

「しかし、これを見て——」

起き抜けの声が咽喉《のど》につっかえ、東口は咳払《せきばら》いをしてからつづけた。

「よく騒げたもんだな、トキコさんもチュウさんも」

「慌てちゃったのよ」

「うん、慌てちゃって」

「メビウスですね」

言葉の意味がわからず、全員が奈々恵の顔に注目した。

「ウルトラマンメビウス。シリーズ四十周年記念で生まれた主人公です」

「たいしたもんだなあ奈々恵ちゃん、後ろ姿だけでわかるなんて」

ジジタキさんが感心する。

川べりにぷかぷかと浮いているウルトラマンメビウスは、人間の大人と同じくらいの背丈がある。ゆうべの大風で、どこかのデパートの屋上からでも飛んできたのだろうか。

さてこの珍しいゴミをどうするかという話になった。べつに使い道はないが、なんだか面白いのでとっておこうとジジタキさんが言い出した。モクさんがサンタの首輪とロープを外してきて、西部劇のカウボーイのようにクルクルと回し、ん、という貧弱なかけ声とともに水面へ飛ばした。首輪は上手いこと左足首に引っ掛かり、みんなで協力してウルトラマンメビウスを護岸へと引き上げた。正面から見ると、顔が今ふうというか、とても切れ長の目をしている。水道で適当に洗い、ウルトラマンメビウスはスクラップ置き場の隅に飾られたが、これでは泥棒したと思われるかもしれないということで、みんなで借りているアパートの畳に転がされた。

そして面々は、それぞれの一日をはじめるために解散した。

「あんなの水から引き上げて、何に使うんですか？」

「べつに使い道はねえよ。でも、とりあえず何でもかんでもとっておくってのが、ふっ、こういう暮らしをしてる人間の特徴なんだ」

「東口さん、なんだか元気がないですね」

「そんなことねえよ……あちっ」

朝食は、買いだめしてあるカップラーメンを、荷台の端に並んで座って食べた。猫舌の東口の隣で、奈々恵はコマーシャルのように勢いよく麺をすすり、ぐぐっとスープを飲み下す。

のろのろと麺をすすりながら東口は、笙太が欲しがったウルトラマンに思いを向けていた。百貨店の玩具《おもちゃ》売り場で、息子が欲しがったのは、ショーケースに並んだ人形ではなく、その上に浮かんでいる風船だった。ずんぐりむっくりの、ばかでかい風船で、とても家に置けるようなものではなかったのだが、笙太はどうしても欲しいとねだったのだ。

――どこに浮かせとくんだよ。

――庭。

――飛んでっちゃうだろ。

――二階のベランダ。

――邪魔。

――テレビの部屋。

――叱られるよ。

そう、叱られる。

けっきょくあのウルトラマンは、しばらくリビングに浮いていた。

「あんたの親父さんは、どんな人だ？」

スープを飲み終えたカップを脇へ置き、東口は秋の空を見上げた。質問が唐突すぎたかと思ったが、奈々恵は頓着《とんじゃく》せずに答えた。

「公務員です。とても堅い、生真面目な人で、人の気持ちを理解するのが得意ではありません。とくに自分の子供の気持ちは」

「そういう父親は多いだろ」

「わたしの父は特別だと思います。わかろうとしないんです。たぶん人の気持ちというものに興味がないのだと思います。たとえ相手が家族でも」

空《から》になったカップをじっと見下ろす奈々恵の横顔は、まるでたったいま誰かに気持ちを理解されなかった人のように寂しげで、ウルトラマンの風船を見上げていた笙太のように、ものほしげだった。

「――特別じゃねえよ」

両足で勢いをつけ、東口は地面へ跳び下りた。

土はゆうべの雨のせいで色濃く、鼻先に苦いにおいが立ちのぼってくる。ところどころに生じた水たまりで、朝の太陽が切れ切れに反射し、積み重なったスクラップのあいだでは、蜘蛛《くも》の巣にビーズのような水滴が連なって輝いていた。

「そういや今年は台風、ひどいの来なくてよかったなあ」

「去年は大きなのが来ましたね」

「そのときは日本にいたのか?」

「スペインです。でも日本のことはよくニュースで見ていました」

奈々恵は両手を脇につき、尻を前へずらすようにして、左足から先に地面へ下りる。

「みんなの小屋は飛ばされそうになるわ、このトラックも幌の隙間から雨が入ってくるわで、ひどかったぞ。信じねえかもしれねえけど、サンタなんて浮いたんだ。台風が珍しくて喜んじまってさ、ウワオゥなんていってジャンプしたら、凧《たこ》みたいに浮いた。首にロープがつながれてなきゃ、どこまで飛んでいってたかわからねえよ」

図書館に新聞を読みに行くと言うと、奈々恵もついてきた。

「どんも」

「おはようございます」

こけし顔の女性事務員に挨拶をし、閲覧スペースでのんびり新聞に目を通し、冷水器で咽喉をうるおしてからトラックに戻った。

「箪笥の修理のつづき、ここでやっちまうか」

「作業場ごと移動できるというのは便利ですね」

厭味かと思ったが、そうでもなさそうだ。

「駐車場が空いてるから迷惑にもならねえだろ。よし、あんたも手伝え」

荷台で木之宮多恵の箪笥に取りかかった。そのまま午前中いっぱいを使って作業を進め、昼どきにスクラップ置き場へ戻ると、ふらりとやってきた橋本が、もらいものだという稲荷《いなり》寿司を分けてくれたので、それで昼飯を済ませた。

《あの女をすっかり受け容れたように見えるな》

奈々恵がトイレに立った隙に、待ってましたとばかり疫病神が現れた。

「だから、受け容れるっつっても、今日一日だけのことだよ。昨日からそう言ってんだろうが」

鼻くそをほじり、荷台の外へピンと飛ばした。

（十一）

「じゃ、東口さんはそっちの一面を」

「あ、こっちですね、わかりました。——西木くん、手伝って」

「はい」

午後は宮本家具の職人二人とともに、赤羽警察の留置所にいた。

先日連絡があった、壁の補修作業だ。布団張りの壁は敷設から十年以上が経ち、なるほど電話で言われたとおり合皮がかなり綻びている。

宮本家具の若い職人たちは、相変わらずのろのろと作業を進めた。本気を出せばもっと速く手を動かせるのだろうが、無料《ただ》で使える東口に、なるべくたくさん仕事をさせようという心づもりなのだ。その意図を隠そうともしないことに腹が立ったが、もとはといえば会社を潰し、余計な仕事を引き継がせたこちらが悪い。奈々恵に手伝わせ、東口は黙々かつテキパキと作業を進めた。猥談《わいだん》をまじえた無駄話をしながら、のんびり動いている宮本家具の職人たちが、それでもときおりちらちらと目を向け、手際の良さに驚いたような顔をするのが、気持ちよくないこともなかった。

奈々恵が室内を移動するたび、畳の上に張った養生《ようじょう》シートに右足がこすれて、小さく音を立てた。窓は切られておらず、部屋の隅に置かれた簡易トイレがかなりにおったが、奈々恵はその近くの壁を補修するときにも、顔色ひとつ変えずに手伝った。

ようやく三面の壁を補修し終えたときには夕刻になっていた。

「あの、これで終わりましたんで——」

宮本家具の二人にそう声をかけたとき、知っている顔が部屋の前を横切った。

二人の制服警官に支えられて、足をひどくよろつかせた男が、廊下の左から右へ連れられていく。警官の身体に隠れてよくは見えなかったが、間違えようがない。広い顎、骨張った高い鼻、太い眉。

あの男だった。

ボウリングの球でもぶつけられたように、心臓が大きく一回鳴った。そのあとは、とっとっとっとっと小刻みに鳴りつづけた。

「どうしたんですか?」

奈々恵が小声で訊く。

「……べつに」

声を返すまで、しばらくかかった。

「じゃ、俺ら担当者に声かけてきますんで、東口さんたち、もう上がっていいすよ」

宮本家具の職人たちが、いいかげんな会釈をして廊下に出ていく。東口は努力して頷き、奈々恵に目を向けた。眉をひそめてこちらを見ている。

「あの、東口さん――」

そのとき、いきなり大声が聞こえた。先ほどの男が何か叫んでいるのだ。明らかに泥酔していて、陽気な声で俺のなんとかかんとかと言っているのだが、聞き取れない。男はそれから意味不明のことをつづけざまに叫び、そのとおり！　と最後にひときわ大きな声を上げて黙った。

「まだ夕方なのに、ひどい酔いかたですね」

奈々恵が廊下を覗こうとする。ちょうどそのとき、ワイシャツ姿の職員が入り口にやってきた。もしもう片付けが終わっているのなら、すぐにこの部屋を使いたいのだという。

「ひょっとして、あの人が入るんですか？」

ふたたび大声の響きはじめた方向を、奈々恵が目線で示す。職員は人の良さそうな顔で苦笑し、手で口を隠すようにして顔を近づけた。

「こんな時間にも、たまにいるんですよ、ああいうのが。酔いがさめるか、ご家族の誰かが迎えに来るまで、ここに入っていてもらいます」

職員はのんびりと身を引き、部屋全体を眺めた。

「しかしこれ、綺麗になりましたね。酔っ払いにはもったいないなあ」

「行くぞ」

東口は荷物を担ぎ上げ、職員の脇を抜けて廊下へ出た。右手で額を掻くふりをして顔を隠し、そのまま足早に階段のほうへと向かう。

《こんなところで奴《やつ》に会うとはな》

「これも、あんたのせいか」

《関係ないさ》
　これまででいちばん耳につく高い声で、疫病神は笑った。
「東口さん」
　ツタン、ツタン、という奈々恵の危なっかしい足音が近づいてくる。東口は振り返らずに立ち止まり、彼女が追いつくのを待った。もう廊下の角を一つ折れているので、振り返ったところで男に顔を見られることはないのだが、それでも後ろを向くことがどうしてもできなかった。

「何してるんです？」

「何も」

「車、出さないんですか？」

　警察署の駐車場で、東口はトラックのハンドルに上体を預けていた。空はすでに暗く、警察署の壁には矩形《くけい》の光が並んでいる。視線の先にあるのは正面玄関だった。

「差し出がましいようですが、さっきの男の人はお知り合いですか？」

「まあ……昔の知り合いだよ」

「どういった？」

　うん、と適当に声を返して誤魔化そうとしたが、奈々恵の眼鏡がまだこちらを向いているのがわかった。

「あんたとは、どうせ今日かぎりだしな」

わざわざそんな前置きをしてから、東口は話した。

「あれは井澤《いざわ》っていってな、家具の商社の、社長をやってた男なんだ」

イザワ商事はトウロ・ファーニチャーの、いちばんの取引先だった。付き合いは長く、東口が会社を興した当時から、大量の家具を仕入れて売ってくれていた。

「景気がどんどん悪くなって、うちみたいな、いわゆる〝こだわりの職人家具〟をつくってるとこは、みるみる潰れていった。でもうちだけは、イザワ商事のおかげでなんとか商売をつづけていられたんだ」

不景気になっても材料費などを抑えず、合板まで自社でオリジナルのものをつくって使用していたトウロ・ファーニチャーは、採算ラインぎりぎりで商売をしていた。それができていたのは、まさにイザワ商事のおかげだ。

しかしあるとき、井澤が東口を呼び出し、取引の終了を告げた。笙太が死に、智江が出ていき――それでも一人で会社を大きくしながら生きていこうと思っていた矢先のことだった。

「イザワ商事が、近々倒産するってんだ。だからもう、家具を仕入れることはできねえって。当時は家具を扱ってる商社もばたばた潰れてたから、べつに驚きゃしなかった。驚かなかったけど、自分の会社も、もう駄目だと思ったよ」

「どうしてです？」

「だってそりゃ、最大の取引先が潰れちまうんだ。ぎりぎりで商売やってたうちも、連鎖倒産は免れねえ。もちろん努力はするつもりだった。材料の仕入れ先と必死で価格交渉したり、工場の光熱費をなんとか抑えたりしてな。でも、〝こだわり〟だけは捨てたくなかったから、必要経費を削るのにも限界があった」

いまにして思えば、その〝こだわり〟を早々に捨てていればよかったのだ。そうすれば、会社は生き残れていたかもしれない。百人からの社員を路頭に迷わせずに済んでいたかもしれない。

「土地建物を抵当に入れて、それでも足りねえもんだから工場の機械まで抵当に入れて、銀行から金借りてさ。なんとか社員に給料払いながら、新しい取引先を探してた」

這《は》いずり回るようにして。

「でも、イザワ商事みたいに、こっちの採算が合うほどの好条件で取引してくれる商社なんて、どこにもなかった。直販でやろうにも、インフラ整備の金がねえしな。八方塞《はっぽうふさ》がりだった。しまいにはローン会社から借金して社員に給料払ってたよ」

そんな中、井澤に密《ひそ》かに告げられていたとおり、イザワ商事が倒産したという連絡が入った。行ってみると、ビルの正面玄関に倒産の告知書が貼られ、開かない自動ドアの前で、イザワ商事の社員たちが通勤カバン片手に呆然《ぼうぜん》と立っていた。彼らにとっては突然の出来事だったのだ。

あとを追うように、トウロ・ファーニチャーにも限界が訪れた。二度の不渡りを出して銀行との取引が不可能になり、ローン会社も首を横に振って、社員に給料を支払うことができなくなった。

「それでも社員たちには、やれるだけのことはしてやりたかったからな。家も競売にかけて処分して、最後の給料に充《あ》てたんだ。足りなかったけどさ」

そして東口は、長年使ってきた工具たち以外、すべてを失くしたのだ。このオンボロトラックを手に入れ、ホームレス家具職人として再起する、半年ほど前のことだった。

奈々恵はダッシュボードのあたりに視線を落としていたが、そのまま僅《わず》かに首をかしげた。

「でも……さっき、どうして東口さん、逃げるように出てきたんです？」

訊かれるかもしれないと思っていたことを、やはり訊かれた。

「こんな姿、見られたくねえからな。社長だった頃の俺を知ってる相手には、さすがにさ」

納得してくれたのかどうか、奈々恵は小さく顎を引き、シートに背中をつけてフロントガラスに視線を向けた。東口もふたたびハンドルに上体をあずけ――そのとき警察署の正面玄関に一人の女の姿が見えた。警護の警察官のあいだを、顔を伏せるようにして抜け、四角い光の中へ消えていく。

小柄なシルエット。

髪のあいだから一瞬だけ覗いた横顔。

「……どうなってんだおい」

警察署の中で井澤の顔を見たときよりも、はるかに大きな衝撃だった。

手足が冷たくなり、咽喉が勝手に塞がって呼吸《いき》が止まった。東口はフロントガラスの向こうを凝視したまま動くこともできず、やがて喘《あえ》ぐように息をつぐと、隣で奈々恵が驚いて顔を向けた。東口の顔と、その視線の先を見比べて訊く。

「何です？」

黙って首を横に振った。場違いで無意味な、歪んだ笑いが自分の顔に浮かんでいるのがわかった。

「たぶん……井澤を迎えに来たんだろうな。さっき職員が言ってたろ。酔いがさめるか、家族の誰かが迎えに来るまで、あそこに入れとくって」

「ええ、はい」

「井澤って男は独身だったから、誰かが迎えに来ることはねえと思ったんだけどな。どうやら家族ができていたらしい。いま玄関を入っていった」

奈々恵は正面玄関をちらっと見て、また東口に目を戻した。

「で、入っていったのがな」

無様《ぶざま》な笑いを浮かべたまま、東口は教えてやった。

「俺の、別れた女房だった」

（十二）

「いっしょに、飯どう？」

ジジタキさんが幌の外から声をかけてくれた。

「酒、ちょっとあるからさ、分けるよ。飲もうよ。今日はわりと涼しいだろ、だからみんなで鍋やろうって話になったんだ。急に決まったんだけどさ」

動く気になれず、ただ「ああ」と短く声を返した。

「何か嫌《や》なことあったみたいだけど、俺たちの生活なんて、もともと嫌なことばっかりだろ？　いっしょに鍋つっついて、酒飲んで、忘れちゃおうよ」

今度も東口は短い返事をしたが、情けないほど弱々しい声になったので、聞こえたかどうかわからなかった。ジジタキさんはしばらくそこに立っていたが、やがて土を踏む足音がゆっくりと遠ざかっていった。

「行ってこいよ。腹減ってるだろ」

　奈々恵は東口と向き合って体育座りをし、さっきからずっと黙り込んでいる。

「そうやって見られてると、余計に情けなくなる」

「じゃあ……行ってきます」

　奈々恵は立ち上がって荷台を出ていった。変則的な足音が遠のいていくのを聞きながら、東口はたったいま自分が彼女といっしょに見てきた光景を、頭の裏側によみがえらせていた。


――あとを、尾《つ》けるんですか？

　東口がトラックを出すと、奈々恵はフロントガラスの向こうをじっと見つめたまま訊いた。智江が運転し、助手席に井澤が乗った高級セダンは、警察署の駐車場を出て幹線道路に滑り込むところだった。東口は、警察署の前だというのにウインカーも出さず、セダンのすぐ後ろにトラックをつけた。

――見りゃわかんだろ。

――やめておいたほうがいいと思います。

――あんたにゃ関係ねえ。勝手に転がり込んできたくせに余計なこと言わないでくれ。

　セダンは安全運転で走行していたので、あとを尾《つ》けるのは容易だった。十メートルほど先で烱《ひか》るテールランプを、東口は顎を硬くして睨《にら》みつけていた。街灯やほかの車のランプは無数にあるにもかかわらず、それらは視界の中で徐々に数を減らし、消えていった。見えているのはもう、智江が運転するセダンの赤い光だけだった。いかにも高級車らしく、品のいい光り具合だ。

――そういや、スーツも高価《たか》そうなやつを着てやがったな。

留置所で見かけた井澤の姿を、東口は思い出していた。どうしようもなく酔っ払っていたが、着ているものは上等だった。東口と同じ時期に倒産を経験したというのに。

セダンが左の路地に入った。東口はトラックを減速させ、少し間を置いて同じ角を折れた。道の先に、テールランプがぽつんと見えている。やがてそのランプは路地を右に曲がって消えた。追いかけてハンドルを切ると、セダンは一軒の家のガレージにバックで入っていくところだった。

ははは、と笑いが洩れた。

――いいとこ住んでるじゃねえか。

庭付き二階建ての家だった。周囲に並ぶ家々よりもずいぶんと大きいことが、シルエットだけでわかった。慣れた様子で、智江は車をスムーズにガレージへと入れていた。やがて井澤の、相変わらず呂律《ろれつ》が回っていない声が響き、それをたしなめる智江の声が聞こえてきた。その声には、いつも言っていることをまた繰り返しているときの抑揚があった。

結婚していた頃、よく聞いていた響きだ。東口にではなく、笙太がうっかりテーブルを汚したり、ふざけて積み木で壁を叩いたりしたときに、よく智江はあんな言い方で叱っていた。

人影が二つ見えた。一人で歩こうとする井澤の肩を、小柄な智江が支えている。二人はそのまま門を入り、玄関で智江がドアの鍵を開けた。

——あ。

声を洩らしたのは奈々恵だった。

東口のほうは、声を洩らすことさえできなかった。ただ全身に力を入れ、ドアの内側の明るい光に浮かんだ、小さなそのシルエットを見ていた。

男の子だ。たぶん、三歳くらい。声を上げて嬉しがっている。その声の途中で、ママという言葉が聞こえた。ついで、パパという言葉も、高い響きで聞こえてきた。

ドアが閉じられて玄関先が真っ暗になっても、東口はそこから視線を動かすことができなかった。サイドミラーが眩しく光り、後ろから苛立たしげなクラクションが聞こえてきたときになって、ようやく我を取り戻した。ヘッドライトをふたたび灯《とも》し、路地を曲がりきった。無言のままトラックを走らせ、「井澤」という表札のあるその家の前を通り過ぎた。

——よかったよ、チラシを配ってなくて。

幹線道路まで戻り、ようやく口をひらくことができた。隣で奈々恵が、訊ね返すように顔を向けた。

——あの住宅地には、チラシを配ったことがなかったんだ。みんな金持ってそうでさ。なんだか、びびっちまって。一色刷りの安っぽいチラシなんて、鼻で嗤って、丸めて捨てられそうでさ。

どうせまともな会話はできそうにないので、それからスクラップ置き場へ戻ってくるまでのあいだ、東口はずっと黙っていた。

両膝を引き摺って荷台の奥に這い進んだ。

テレビのスイッチを入れ、段ボール箱の中に並んだビデオテープのうち、一本を選んでデッキに差し入れる。テレビのジャックにイヤホンを差し込み、東口はそばに置かれていた木之宮多恵の簞笥に頭をあずけた。

明るい百貨店の風景が、画面に眩しく映った。

筆太の顔——浮き浮きした息子の顔。

《パパ、あそこ行っていい？》

《いいよ》

くるりと背中を向けた筆太が小走りに向かうのは、玩具売り場だ。売り場に入ると筆太は、何歩か駆けては立ち止まり、別の方向へ駆けてはまた立ち止まる。全身で目移りしている。笙太の動きにつれて、ときおり映る隣のテナントでは、子供用の洋服と着物がディスプレイされている。女の子のマネキンは、可愛らしい着物と、金魚のようなオレンジ色のドレス。男の子のマネキンは紺色の半ズボンにワイシャツ、首元に冗談みたいな蝶《ちょう》ネクタイ。笙太が着ることのなかった、七五三の衣裳《いしょう》だ。

《あれ見る》

笙太は玩具売り場の奥へと歩いていく。小さな歩幅だが、意外と速い。その姿はショーケースの陰にちょこまかと消えていく。視線は前ではなく、上のほうを向いている。

ふたたび笙太が映るのは、横長のショーケースの前だ。そこにはウルトラマンの人形がたくさん売られている。子供の指ほどのものから、三十センチくらいあるものまで。そのラインナップをなめるようにカメラが動き、最後に笙太の横顔をとらえる。髪が綺麗に切り揃えられているせいで、耳がやけに目立って見える。笙太は人形たちに目を向けていない。息子が口をあけて見上げているのは、天井近くのウルトラマンだ。ずんぐりむっくりしたウルトラマンの風船が一つ、ヘリウムガスで浮いている。笙太はそれをじっと見つめ、ついと右手を上げて指さし、欲しいと言うかわりに、その指を口もとへ持っていく。

やがて笙太はこちらに顔を向け、

《パパ……》

短く呼びかける。
《駄目だよ、あれは》
笑ったので、画面が少しぶれる。
《大きすぎるだろ。あんなの家に置いとけない》
《ほしい》
《どこに浮かせとくんだよ》
《庭》
《飛んでっちゃうだろ》
《二階のベランダ》
《邪魔》
《テレビの部屋》
《叱られるよ》
カメラは天井に向けられ、ずんぐりむっくりのウルトラマンをとらえる。エアコンの風だろうか、ウルトラマンは右手を前方に差し出した恰好のまま、ゆっくりと半回転する。
背伸びをした笙太に腕を摑まれ、画面が揺れて——。
《ねえパパ、ほしい》
ふたたび顔が映る。丸い眉のあたりに、子供らしい苛立ちが浮いている。

《パパ……》
蹴飛ばすようにして、東口はテレビのスイッチを切った。
テレビはがくんと揺れて暗くなり、少しのあいだ、画面に薄い灰色の膜がじりじりと残っていた。
《どうしてあの女に話した?》
いつのまにか疫病神が隣に腰を下ろしていた。
「どうせ今日かぎりだからだよ、あいつとは」
《お前は誰かに聞いてもらいたかったのだろうな》
「あいつが聞きたがったから話しただけだ」
疫病神は首をかしげるような、かしげないような、中途半端な角度に曲げながら天井の裸電球に顔を向ける。
《あの男は、自分の資産を残したまま会社を畳んだのに違いない》
「ああ……上手いことやったんだ」
社長時代、東口は会社とのあいだで個人資産の連帯保証契約を結んでいた。だから、倒産したときに個人資産を清算金に充てることができたのだ。しかしどうやら井澤は違ったらしい。
《あの様子だと、ずいぶんと懐《ふところ》に金を残して、計画的に会社を畳んだらしいな》

「だな」

とはいえ、それはべつに悪辣《あくらつ》な行為というわけではない。ごく常識的な自衛手段だ。

「俺みたいに、不器用じゃなかったってわけだ」

きっと自分は、人がよすぎたのだろう。

《女は器用な男に惹かれるというわけか》

「まあ、いろいろあったんだろうよ」

わざとどうでもよさそうに言うと、疫病神はヤスリをこするような声で笑った。それはいつまでもつづき、洞窟で羽ばたく無数のコウモリの声のように頭の中を満たした。笑い声は響き合い、重なり合ってさらに大きくなり、声の切れ目が曖昧《あいまい》になって、やがてその曖昧で不気味な響きの中に——。

《わかっていたんだろう？》

疫病神の言葉が聞こえた。

「知らなかったさ、何も」

《いいや気づいていた。お前は二人の関係を知っていた。だからこそ、警察署の入り口を見張って待っていた。だからこそ、お前は俺を》

「違う！」

自分の膝を殴りつけた。同時に、背後ではっと息を呑む気配がした。

振り向くと、奈々恵が目を瞠って東口を見ていた。

「あの……やっぱり気になったので」

「鍋は食ったのかよ」

「ちょっとだけ」

「いつから、いたんだ？」

奈々恵は一瞬だけ言葉をためらったが、東口の顔を見て答えた。

「ビデオを見ているときからです」

ビニール袋から空気が抜けるような、力のない溜息が出た。

「あんたも見るか」

顎でテレビのほうを示して言った。

「息子を撮ったビデオは、まだたくさんあるんだ。二人で、いろんなところへ行ったからな。女房が、子供との付き合いをどうしても上手くできないやつで……どこかへ出かけるときは、いつも俺と二人だった」

笙太のことを、東口は話した。どんな子供だったか。いつまで生きたのか。どうして死んだのか。

「俺が迎えに行くはずだったんだ」

その日曜日、荒川は増水していた。

前日まで強い雨が降りつづいていたのだ。笙太は友達と連れ立って、虫取り網と虫かごを手に、荒川土手へ行くと言って家を出ていった。土手までは、自宅から歩いて五分ほどだった。

「だから、よく友達同士で遊びに行ってた。土手で虫取りをするのはいいけど、川には絶対に近づいちゃ駄目だって、いつも言ってあった。言いつけを破ったことは、それまで一度もなかったんだ」

いや、あったのかもしれない。きっとあったのだろう。家にある虫かごのバッタやテントウムシを見て、ただ土手で虫取りばかりしているものと思い込んでいたのだ。

あるとき笙太の部屋で、まだほとんど使っていない学習机の棚に、石ころが二つ並べて置いてあるのを見つけた。笙太が死んだあとのことだった。白い石が一つ。青く澄んだのが一つ。顔を近づけてみると、白いほうには小さな貝殻を押しつけたような跡があった。あれは化石の一種だったのだろう。青いほうは、もとは硝子瓶《ガラスびん》か何かだったらしく、丸みを帯びているが、少し平たいかたちをしていた。ここで暮らしはじめてから、それらが河原《かわら》の石の中でときおり見つかるものだということを東口は知った。ジジタキさんが教えてくれたのだ。ジジタキさんは暇つぶしに、このスクラップ置き場から川の上流方向へいくらか歩いた河原で、ときどきそんな石を拾っているらしい。

「昼には迎えに行って、土手から歩いて行ける店で、ざる蕎麦《そば》を食べるつもりだった。美味くて、気のきく店があってさ。笙太が行くと、旦那《だんな》がキュウリで上手にアニメのキャラクターをつくってくれんだよ。午前中、ちょっとした用事があったもんだから、それを済ませたあと、土手まで迎えに行くことになってた。でも、その用事ってのが長引いちまってさ」

——土手の道に、ぽつんと虫かごが置いてあったから、何かなとは思ったんです。

消防署の署員たちが川を捜索しているとき、集まった近所の人々の中に、そんなことを言った主婦がいた。

——わたし、河原のほうまで行って覗いてみればよかったんだけど……土手の上からだとほら、背の高い草が邪魔で、川のほうは見えないから。

そのときはもう、日が暮れて空が赤くなっていた。

「虫かごが置いてあったのは、俺が迎えに行くはずの場所だった。とくに何の目印もないところなんだけどな、よく日曜日に二人で座って、あれこれ喋ってた場所だったんだ」

きっと笙太は、待ちくたびれて退屈し、ふらりと川へ向かったのだろう。

「それでも、俺が迎えに行ったとき、自分がどこにいるかわかるようにしたんだろうな。虫かごの脇の土に、よく見ると、矢印が描いてあったよ。川のほうを向いてた」

笙太が捜索されているあいだ、東口と智江は河原に立ち尽くしていた。そうしていることしかできなかった。増水した川は、そのときにはもうだいぶ嵩《かさ》が減っていたのだろうが、それでも遠い雷のような重たい水音を響かせていた。やがて暗がりで声が上がり、消防員の一人が短く指示を出すと、ほかの面々が敏速な動きでそれに従った。東口は駆け出したが、すぐに消防員に制された。

「暗くて、よく見えなかった」

いや、あれは消防員たちが、わざと見えないようにしていたのかもしれない。

ざぶざぶと水の中を人が移動する音。低い声の指示。そこだけ暗さを凝集したように薄闇に浮いていた、蓑虫《みのむし》に似たかたちのもの。

「レジャーシートみたいなやつにくるまれて、笙太は救急車まで運ばれて――」

東口と智江が呼ばれ、救急車の中に入った。自分たちを迎えた消防員たちの顔色で、僅かに残っていた希望も消えた。笙太の顔を見た智江は、動物が叫ぶように泣き出した。東口は、自分が二つの目だけになって、そこへ浮いている気がした。智江の泣き声も、消防員たちの事務的なやりとりも、自分たちにかけられた短い言葉のいくつかも、聞いているのではなく、ただ眺めているように感じられた。

「見てくれよ、うちの笙太」

四つんばいの恰好で、東口はテレビの前へ移動し、傍らの段ボール箱の中からビデオを一本選んでデッキに突っ込んだ。

「都電が好きでさ。よく二人で乗ったんだ。飛鳥山《あすかやま》公園のほうとか、あらかわ遊園とか、反対に巣鴨《すがも》のほうだとか、ふらっと行ってな」

　イヤホンがささったままのテレビを眺めながら、東口は話した。映っているのは都電の中の風景だ。笙太はカメラに背中を向けている。

「こう、いつも靴を脱いで、座席に膝を立てて外を見てたんだ。男の子ってえと、たいがい運転席を覗きたがるもんだけどさ、笙太は外の景色を見んのが好きだった。窓に顔をくっつけるようにして、珍しいもんが見えると、ほらこうやって」

《パパ》

　画面の中で、笙太が首を回してカメラに呼びかける。右手の人差し指を窓にくっつけたまま、両目をわくわくさせている。

「俺のこと呼んでさ。でも、顔を窓に戻したときには、さっきそこに見えてたものがもうずっと後ろに行っちまってるもんだから、探すんだよ、困った顔して。俺に見せたかったものが、消えちゃってるもんだから」

「東口さん」

「な、きょろきょろしてる。このときは何だったかなあ。たしか工場の塀に、妙な落書きがあって――」

「東口さん、やめましょう」

　実際の痛みでも感じたように、眼鏡の奥で奈々恵の目が歪んでいた。

「……どうしてだ」

「やめましょう」

きっと、わかっていたのだろう。

あとになって東口は思った。すべてではないが、きっと奈々恵はわかっていた。そして彼女がわかっているというそのことに、東口自身も気づいていた。だからこそ自分は、その夜から彼女を追い出そうとしなくなった。

互いに何も言わない時間が過ぎ、やがて奈々恵が口をひらいた。

「お鍋、食べにいきませんか?」

彼女は少し笑っていた。その笑顔につられ、東口も苦笑した。

「美味しいですよ。たくさんありました」

「チュウさんとトキコさん、何か食材手に入れてたか?」

「鮒《ふな》のようなものを」

「そりゃたぶん鮒だ」

奈々恵といっしょに荷台を出た。

九月の夜風が気持ちいい。チリチリと高い音でも聞こえてきそうな、満天の星空だった。

これはモクさんが喜んでいるだろうなと思いながら、みんなが集まっているスクラップの山の向こうへ行ってみると、やっぱりモクさんは湯気の立つ皿を片手に、空を見上げていた。隣でサンタも同じように茶色いのどを見せている。ジジタキさんと、チュウさんとトキコさんもいる。橋本も、肥った背を丸め、カセットコンロの火に禿頭《はげあたま》を照らされて鍋をつついている。橋本は東口たちを見ると、チョンと敬礼のような仕草で右手を額にあてた。

「お、来た来た。ヒガシさんと奈々恵ちゃん、いまちょうど中国の話をしてたところなんだ」

ジジタキさんが嬉しそうに、膝に置いた地図帳を叩く。小学校で使われるやつだが、去年だったか、古紙回収の日に拾ってきたのだ。

「何がちょうどなんだよ」

「いや何ってことはないんだけどさ」

適当なことを言い、ジジタキさんは自分の隣を示す。東口と奈々恵のためなのだろう、丸椅子が二つ置かれていた。

「ジジタキさん、夢は叶いそうかい？」

トキコさんが注いでくれる日本酒をグラスに受けながら訊いてみた。「夢？」と奈々恵が顔を向ける。

「ジジタキさん、海外旅行に行くのが夢なんだ。な？」

「そ、二十年来の夢」

地図帳を拾ってきたのも「世界を学ぶため」だそうで、暇さえあればこうしてひらき、あそこに行きたいここに行きたいと一人で盛り上がっている。地図帳の、とくにひらき癖のついているのは、中国大陸が載っているページだった。若い頃から中国戦史ものの小説を読んできたジジタキさんにとって、いちばんの憧れの国なのだという。

「行き方は調べてあんだ。このまえ本屋で立ち読みして、空港まで行く電車賃とか、往復の飛行機代とかも計算してみた。あそうだ、奈々恵ちゃんは中国は？　なんかほら、いろいろ旅してたんでしょ？」

「行きましたよ、中国も」

「おお、聞かしてよ聞かしてよ」

ジジタキさんは前のめりになり、すぐさまアレコレと質問をしはじめた。それは単純な、小学生がするような質問ばかりだったが、奈々恵は中国の街にも文化にも交通機関にもひどく詳しく、一つ一つ丁寧に答えていた。

「大したもんだなあ奈々恵ちゃんは」

ジジタキさんは腋《わき》をぽりぽり掻きながら感心したが、奈々恵はそっとかぶりを振り、モクさんによそってもらった具だくさんの鍋の汁をすすった。

「奈々恵ちゃん、そっちのほら、ぬか漬けも食べてね。ニンジンがちょうどいいの」

「いただきます」

「ねえ見てこのテーブルクロス。端っこのこれぜんぶ、あたしが刺繍したのよ」

「花が綺麗ですね。バラとスミレと――」

「白いちっちゃいのがカスミソウ。カスミソウって、あたし可憐《かれん》で好き」

二人がやりとりしているあいだ、ジジタキさんがもっと中国の話を聞きたそうにしていたが、奈々恵が急に立ち上がってトイレへ行ってしまったので、つまらなそうな顔をした。奈々恵はそのままなかなか戻ってこず、橋本が品のない冗談を言い、みんな笑った。――いや、みんなではない。

ふとジジタキさんを見て、東口は凝然《ぎょうぜん》とした。

その顔が一瞬、疫病神に見えたのだ。両目があるはずの場所には、ぽっかりと二つの黒い穴が開いていて、それ以外の部分は面を被ったように生気がない。えたいの知れない不安がこみ上げ、東口は思わず上体を立てた。それに気づいたジジタキさんが、こちらを見た。目が合った。

「なんだよヒガシさん、人の顔じろじろ見てさ」

そう言って笑うジジタキさんの顔には、もういつものやわらかい笑顔が浮かんでいた。気のせいだったかと、東口も笑い返した。コンロの火のせいで、あんなふうに見えたのだろう。

その日の真夜中、サンタがひどく吠えているのが聞こえた。

珍しいこともあるものだと思いながら、東口は眠りに落ちた。

どうしてあのとき自分は、荷台の外に出てみなかったのだろう――あとになって東口は後悔した。どうしてサンタの鳴き声を不審に思い、様子を見に行かなかったのだろう。

（十三）

翌日の午後になって、預かっていた箪笥の修理は完了した。木之宮多恵に電話してみると、すぐに届けてほしいと声を弾ませる。

「あんたも来るか？」

「行きます」

ただし変装して、と奈々恵は言った。

「わざわざそんなことするんなら来なくていいだろ」

「東口さんがわたしのことを祖母に喋るかもしれないので」

「喋らねえよ」

喋るつもりだった。

なんというか、いまのこの状況は、冷静に考えてみるとかなりまずいのではないか。そう思えて仕方がないのだ。いくら勝手に弟子入り志願してきたとはいえ、二十代の若い女とトラックの荷台で寝起きしているだけでなく、ホームレスという、あまり世間からあたたかい目で見られていない連中といっしょに生活をさせているのだ。

「祖母さんとは、何かあったのか？」

子供の頃の奈々恵が残した落書きや傷、シールの跡を、「消してください」と強い調子で言った木之宮多恵の声を思い出して訊いた。

「何もありませんよ」

「仲は――」

「いいも悪いもないです。長いこと会っていないので」

「そっか」

けっきょく、奈々恵を変装させて連れていくことにした。

ジジタキさんが本を読むときに使う黒縁の大きな眼鏡をかけ、トキコさんが大昔に酒場で働いていたときに使っていたカツラをかぶらせた。カツラは肩より少し上までの黒髪だったが、長いこと小屋の隅に放り出してあったので、変にボリュームがついている。

「……漫画に出てくる浪人生みたいだな」

「この眼鏡は老眼鏡ですね。遠くがぜんぜん見えません」

「箪笥を届けるだけだから、べつに見えなくてもいいだろ」

「素敵よ、奈々恵ちゃん」

トキコさんが無意味なコメントをし、

「こりゃ驚いた、まったく別人みたいだ」

ジジタキさんが当たり前のことを言った。


「そっちの奥ですね、了解です。——弟子の山田くん、じゃあ運ぼうか」

「あら、珍しいお名前」

木之宮多恵は丸顔を縦に伸ばして奈々恵のほうを覗き込んだ。

「デシノヤマダっておっしゃるの？　どんな字？」

「いえ山田です」

東口は慌てて言った。

「私の、弟子の、山田くんです」

うっかり設定までいっしょに口にしてしまったのだ。

「あらやだ、そうおっしゃったの」

両手で口もとを覆って笑う木之宮多恵は、指が太くて短いものだから、かにぱんでも食べているように見えた。奈々恵は顔を伏せたまま簞笥の端を持ち上げ、東口とともに部屋の隅までずりずりと移動する。この歩き方は、脚が悪いことを上手いこと隠せる。奈々恵はこの家に到着してから、つねに東口の背後に隠れていた。木之宮多恵は縦幅がないほうなので、上背のある東口があいだに立つと、ちょうど彼女の姿は見えなくなった。

　箪笥を運びながら、東口は部屋をちらっと見渡した。

「なんだかあれですね。お部屋がずいぶん今ふうに」

「そうなのよぉ！」

　言葉の途中で木之宮多恵はぱちんと手を打った。よくぞ言ってくれたというように、丸顔を横皺でいっぱいにする。

「まずね、畳をやめて絨毯《じゅうたん》にして、それからあそこのサイドボードも新しくして、それでそっちのパキラも買ってきて、カーテンも新調したの。カーテンは柄に悩んだんだけど、思い切ってエスニックなのにしちゃったわ。カレーでも食べたくなっちゃうでしょ」

「そういえばそれ、インドの服ですね」

　やっと思い出した。部屋の様子だけでなく、木之宮多恵の服装もひどく異国風だなと思っていたのだが、これはインドのサリーだ。

「んもう、いまごろ気づいたの？」

　木之宮多恵はサリーの端をひらひらさせながら、全身が見えるようによちよちと一回転する。

「最近ね、あたしインドに凝ってるの。こんどサークルに入ろうかと思って。こういうサリーをね、みんなでつくったり、ヨガをやったり、向こうのお料理を勉強したり。まだ一回見学に行っただけなんだけど、そのときいっしょになった方たちと、いつかきっとインドへ旅行に行きましょうなんて気の早いこと言ってるのよ。ナマステ」

　両手を胸の前で合わせ、木之宮多恵は笑った。笑うとサリーが波打った。

「だって、一人で家にいたってしょうがないでしょう？　娘は仕事が忙しくて顔なんて出さないし、孫は孫で」

「いいいっ！」

　奈々恵がいきなり裏声で叫んだ。

「あら、お弟子さんどうなすったの？　まあ大丈夫？　手を挟んじゃったのねえ」

　奈々恵は、たぶんわざとだが、箪笥と床のあいだに手を挟んでいた。


　帰り際、デッキシューズを履きながら東口は思い出してつなぎのポケットを探った。

「これ、箪笥に入ってましたんで、お返ししときますね」

　隣で奈々恵の肩が、虫にでも刺されたようにぴくっと動いた。また裏声でも出すかと思ったが、さすがに出さなかった。何かしら、というように、木之宮多恵は口をすぼめて首を伸ばす。表情がぴたっと止まり、つぎに、小さく揺れた。

　その反応が、やはり引っ掛かった。

「お孫さん……ですかねこれ？　いや、写真に入ってる日付からして、ひょっとしたらお孫さんかなと」

　それとなく訊ねてみると、

「そうなの、あたしの孫。可愛いでしょ」

　木之宮多恵はまた笑顔を取り戻し、写真を受け取った。が、それ以上何も言わず、無造作に写真を玄関脇の下駄箱の上に置いてしまった。

（十四）

《あの女は、木之宮多恵という婆さんの孫ではない》
　疫病神がそう言ったのは、奈々恵と手分けして団地の家々にチラシを配り、一足先にトラックへ戻ってきたときのことだ。
「どういう意味だよ」
《そのままの意味だ》
「孫じゃなかったら何なんだ」
　東口は上体を丸め、しけモクに火をつけた。
《何の関係もない人物だ。おそらくはお前に近づくために、自分はあの婆さんの孫だということにしたのだろうな》

「なに言ってんだ。あの写真を見て、孫だってはっきり言ったじゃねえか、あのお婆さんのほうも」

《写真はたしかに孫だ。しかしあの女じゃない。たまたま写真の子供が自分と少し似ていたから、利用しただけかもしれん》

しけモクを唇の手前で止めた。

「……利用？」

《思い出してみろ。お前が箪笥の引き出しであの写真を見つけたのは、西木奈々恵と図書館で出会う前日の夕刻、スクラップ置き場に戻ってからのことだった。その前にお前がスーパーの便所に寄ったとき、あの女は荷台に入り込んだと言っていた。入り込んでチラシを一枚持ち出したと。そのとき彼女は、お前に近づくために何か利用できるものはないかと探したのかもしれん。するとたまたま箪笥から写真が出てきた》

「で、それが自分に似てた？」

そんな偶然があるもんかと、東口は笑い飛ばした。

《では、事前に何らかの方法で写真を手に入れておき、そこに写っていた婆さんの孫に、自分を無理やり似せたというのはどうだ。たとえば眼鏡をかけ、髪型を近づけるなどして。そしてお前がスーパーの便所にいる隙に、写真を箪笥の引き出しに忍ばせておいた。箪笥を届けるのに、変装までしてついていったのも、自分が偽者だということが露呈すること

を恐れたからではないか？　偶然あの婆さんが孫の話をするなどして》
　疫病神は滔々《とうとう》とつづける。
《そもそも西木奈々恵という名前も本当かどうかわからない。あの箪笥の落書きに「ななえ」とあったのを荷台で見て、「奈々恵」としたのかもしれない。免許証がないのも、見せろと言われたらまずいからそう言っているだけだという可能性もある》
「はは……」
《脚が悪いというのも、はたしてどうかな。本当は自由に動かせるのかもしれない。お前に放り出されないよう、演技をしているというのはどうだ》
　馬鹿馬鹿しい。東口は窓の外に煙をフッと吹き出した。が、そのとき先ほどの木之宮多恵の言葉を思い出した。
　彼女は写真を見て、「孫」と言っていた。男の子だとも、女の子だとも言っていない。東口は最初にあの写真を見たとき、男の子だと思った。あれが正しかったとしたらどうだろう。写真でピースサインをしていたのはやはり男の子で――。
「くだらねえ。だいたい何で俺に近づくんだ。なんの得もねえよ」
《あるのかもしれない。〝強力な理由は力強い行動を生む〟》
「シェイクスピア、『ジョン王』。――だから、何だよ理由って」
《それはわからん。とにかく十分に気をつけることだ》

ぎりぎりまで短くなったしけモクを、最後に大きくひと喫いした。熱くなった煙に顔をしかめ、ゆっくりと吐き出す。

「すみません、お待たせしちゃって」

奈々恵が戻り、疫病神は消えた。

帰り道、ホームセンターで安売りの布団を一式購入して荷台に積み込んだ。


その一週間後、何の前触れもなくジジタキさんが消えた。

スクラップ置き場の仲間は誰も理由に心当たりがなかった。橋本や芹沢さんに訊いてみても、見当がつかないという。首をひねりながらの日々が過ぎた。九月が終わり、ジジタキさんが帰ってこないまま、さらにひと月ほどが経過した。奈々恵もこのでたらめな生活に慣れてきたように思えた。だいぶ涼しくなって、荷台で寝汗もかかなくなり、その朝も、東口は心地よい眠りの中にいた。目を開けると、奈々恵が枕元に座ってこちらを見ていた。

「……子供ができました」

「は？」

奈々恵は眼鏡を人差し指でずり上げ、もう少しわかりやすい言いかたで繰り返した。

「赤ちゃんができたんです」

第二章

（一）

「肥ってるって言ったじゃないですか」

「言ってたっけか？」

「奈々恵ちゃん、さすが女の子ね、そういうのするどいわ」

トキコさんは丸い頰に両手をあてて感心する。隣でチュウさんが、これから食材を釣りに行くつもりなのだろう、バケツと釣り竿を手に前歯を見せて笑った。

「でも、奈々恵ちゃんしか気づいてなかったってのも可哀想だよな。まずモクさんが気づかなきゃ。飼い主なんだから」

「いや、前にほら、夜中に小屋の外で吠えてるときがあったからね、変だとは思ってたんだ。あれはお腹に子供がいて、気が立ってたのかもしれないなあ」

上の空で言い、モクさんは膝を抱えて座り込む。横たわるサンタの腹には仔犬が四匹集まり、互いの顔を押しのけあうようにしてムチュムチュとおっぱいを吸っている。その仔犬たちをモクさんは、孫を眺める祖父のような目で見下ろしている。

父親が誰なのかという話になり、トキコさんが野良犬のことを思い出した。

「ほら、前に橋本さんがうんち踏んじゃった犬。黒いの。たまに見かけてたじゃない。あれに違いないわ父親は」

チュウさんがポンと手を打つ。

「あいつか、なんかガツガツした感じの」

「おうい、毛布持ってきたよ」

スクラップ置き場を横切ってくる足音が聞こえ、橋本が芹沢さんの娘二人を従えて歩いてきた。橋本はさっきまでいっしょに仔犬を眺めていたのだが、これから秋本番なので赤ん坊たちには毛布か何かが必要だろうと、部屋まで取りに行ってくれたのだ。彼の後ろに見え隠れしている芹沢さんの娘たちは、小学三年生と一年生で、母親に似ず痩せっぽちだ。たまたま会って、連れてきたのだろうか。二人とも仔犬の話をもう聞いているらしく、橋本の背後から興味津々《しんしん》の顔を覗かせているが、彼を追い越そうとはしない。それでも近くまで来ると、橋本の腰の両側から精いっぱい首を突き出して、サンタと仔犬たちを覗き込んだ。

「撫でてごらんよ、噛まないから」

　モクさんが言うと、いいの？　というように、驚きと不安が入りまじった目を上げる。背丈は違うが、顔も表情もそっくりだ。仔犬に手を伸ばすタイミングもぴったり同じで、十秒後にはもう、二人は競争のように仔犬をいじくり回していた。四匹の仔犬は、新しいきょうだいがやってきたかというように、その手を迷惑げに後肢《あとあし》で押しのけながら、サンタの乳を吸いつづける。

「そんなに強く撫でたら可哀想でしょ」

　姉のほうが言う。彼女の名前は何だったか。芹沢さんから聞いたような気もするし、聞いたことがないような気もする。

「お姉ちゃんのほうが強くしてるよ」

　妹も唇を尖らせた。こちらも名前はわからない。二人は互いの手を邪魔し合いながら仔犬を撫で、いかにも姉妹というような言い合いをつづけていたが、やがて姉が苛立った声を上げた。

「お母さんに言うからねっ」

　それからつづいたやりとりの意味が、東口にはわからなかった。ほかの面々も、わからなかっただろう。全員、そのあとすぐに理解することとなるのだが、理解してからも、それをはっきりとは口に出さなかった。誰も、笑いにすりかえる自信がなかったのだ。

「いつも言われてるのに」

「お姉ちゃんだっていっしょじゃん」

「あんたが先に行ったから、あたしも来たんだよ」

「ちがうよ」

「ちがわないよ。お母さんに言うからね」

「いまはいっしょにいるじゃん、お姉ちゃんも」

「あんたが来たから」

…………。

短く二度、声がした。

そちらに目をやると、スクラップ置き場を挟んだ路地に芹沢さんが立っていた。いまの声は、彼女が二人の娘の名前を呼んだのだ。娘たちは振り返り、その顔が同時に緊張した。芹沢さんは路地に立ったまま二人を見据えていたが、やがて、まわりにいる東口たちの存在にいま初めて気がついたというように、さっと笑顔になった。

先ほどの娘たちのやりとりの意味が、そのときになってようやく理解できた。

「お母さんが呼んでるよ」

いつもよりもっと細い声でモクさんが促すと、二人は黙ったまま立ち上がり、スクラップ置き場を横切っていった。母親との距離が縮まるほどに、彼女たちの歩調は遅くなり、一メートルほど手前でとうとう立ち止まった。芹沢さんは聞き取れない声で二人に何か言い、それからこちらに顔を向けて短く会釈すると、娘たちを連れて路地を歩いていった。

「まあ……あんまりよくないわよね」

サンタに目を戻し、トキコさんが呟く。

誰も答えず、ただ口もとに薄く笑みを浮かべた。行っちゃ駄目よ。喋ったりするんじゃないわよ。普通の人たちじゃないんだから。あの人たちは違うんだから。——娘たちは、母親に何と言われていたのだろう。

重い沈黙が垂れ込めたとき、モクさんが濁った咳をした。

「なんだモクさん、嫌な咳だな」

それがひどく病的だったので、東口は思わず顔を覗き込んだ。

「うん、まあただの風邪《かぜ》だよ……ここんとこほら、急に夜が寒くなったから」

「横になってたほうがいいわ、モクさん。こじらせたら大変だもの」

トキコさんが不安げな声を出す。

「いちど病院へ行ったほうがいいんじゃないのかしら。最近なんだかほんとに、顔色がひどいわ」

しかしモクさんは、広い肩を揺らして笑う。

「病院なんてそんな、大袈裟《おおげさ》だよ」

「だったらせめて、夜はアパートの部屋で寝たらどう？　体調がよくなるまで」

「それはやらない約束だもの」

「いいわよ約束なんて、具合悪いんだから。ねえ？」

東口たちは頷いた。

共同で借りているアパートの狭い部屋は、仲間たちが集めてきたガラクタで一杯だが、それでも少し片付ければ大人一人が横になれるほどのスペースはつくれる。しかし、そこで寝たりはしないという決まりが、以前からあった。いずれ取り合いになるだろうからと。

「うん、まあ考えとくよ」

誤魔化すように、モクさんはまた仔犬たちを覗き込んだ。

いまにして思えば、モクさんは気づいていたのだろう。もし病院へ行ったら、すぐに出てこられるような状態ではないと。長いこと病室に留め置かれ、あれこれと専門的な検査をされ、医療費もどんどんかかることになると。

「秋晴れだなあ……仔犬たちの誕生日は、秋晴れだ」

空を見るモクさんの、両目の下に、くっきりと影が浮かんでいた。あるいは太陽の加減だったのかもしれないが、東口がぞっとしたほど、それは不吉な影だった。

（二）

「自分の筆箱だったな。恰好いいと思えるやつが、どこにも売ってなかったもんだから」

最初につくったのは何だったのかと奈々恵に訊かれ、東口はハンドルを切りながら答えた。

「小学校の、二年生だったっけかなあ、小遣いで板を買ってきて、親父の作業棚から糸ノコだのドリルだの勝手に借りて、見よう見まねでつくった」

「お父さんも家具職人だったんですよね」

「祖父《じい》さんもな」

筆箱が完成したことが想像以上に嬉しくて、自分の作品を撫で回しながら涙がこみ上げたこと。やがて筆箱が本棚に、本棚が背もたれつきの椅子に、椅子が机に、机が箪笥になっていったこと。大学を卒業すると大手家具メーカーに就職し、デザイナー兼家具職人となったこと。社内でのデザインコンペに応募した作品が大賞を獲《と》り、業界全体で顔を知ってもらえるようになったこと。

「そんとき会ったのが、井澤だった」

彼のすすめで東口は会社を辞め、小資本で起業してトウロ・ファーニチャーを創ったのだ。イザワ商事の後ろ盾のおかげで、トウロ・ファーニチャーはみるみる成長していった。社名を考えてくれたのも井澤だった。いつか会社が大きくなれば、駅の西口にだって支店ができるかもしれない。そのとき「ヒガシグチ」だと紛らわしいだろうからと。

「けっきょくは……ぜんぶなくなっちまったけどな。で、いまは見てのとおりのホームレス家具職人ってわけだ。汗水たらして安仕事をこなしながら、こうやってちまちま日銭を稼いでんだから、まったく人生ってのは何が起きるかわからねえ」

赤信号で停まると、ジジタキさんの話になった。

「何があったんでしょうね。ぜんぜん帰ってきませんけど」

「まあ……きっと何か事情があんだろ」

「みなさん、捜したりはしないんですか？」

返答に困った。スクラップ置き場の仲間たちは、べつに何かの契約のもとに集まって暮らしているわけではない。これまでも、ふらりといなくなった仲間はいたし、ふらりと戻ってくる仲間もいた。互いの人生に干渉しないというのが、あそこで暮らす連中の暗黙の約束なのだ。自分の人生を、胸を張って見せびらかすことができないのだから、他人の人生に口を出す資格などない。約束の根底には、きっとそんな思いがあるのだろう。

「ホームレスがどこかへ行くたびに、いちいち捜すやつがいるかよ。捜索願なんて出されたら、警察も困っちまうよ」

適当に答えて車を出し、ほどなく客の家に到着した。

一週間ほど前に布製ソファーを預かり、軋《きし》みを直して張り地も新調し、今日が納品なのだ。なかなかに古いソファーで、中の骨組みには油性ペンで「ハラへった」と落書きがあった。奈々恵はダイイングメッセージでも発見したように息を吞んだが、じつはこういったことはべつに珍しくなく、布だの革だのを張ってしまえばわからなくなるので、家具職人の中にはときおりこんな悪戯をする者がいる。自分もメーカー勤めの頃、先輩職人の目を盗んでイヤミだのケムンパスだのを描いたと話してやったが、奈々恵はどちらも知らなかった。紙に絵を描いて見せようとしたら、いつのまにか描けなくなっていた。

（三）

「あれっ、ジジタキさん」

仕事から戻り、奈々恵といっしょにモクさんの小屋を覗いてみると、背中を丸めたジジタキさんが座っていたので驚いた。振り返り、照れ笑いを浮かべている。

「そうなのよ、急に戻ってきて」

トキコさんが両手で湯気の立つ鍋を持って、自分の小屋のほうから歩いてきた。

「モクさん、これ、おかゆつくってきたから食べて。ごはんはお弁当の残りだけど、卵も入ってるから栄養あるわ。いま、うちの人がウナギ釣ってるし」

「悪いね、二人とも」

亀のように布団をかぶったモクさんが、ひょこっと頭を下げる。トキコさんが屈み込んで鍋を渡そうとすると、小屋の外で横たわっていたサンタが身を起こし、くんくん鼻を近づけた。母親の腹に寄りかかっていた四匹の仔犬たちは、はずみを食って地面に転がり、寝ぼけた様子で起き上がる。一匹の鼻先をちょっと撫でてから、東口はまた小屋を覗き込んだ。

「そんでジジタキさん、どこ行ってたんだ？」

ジジタキさんは煙でも払うように手を振って、いっしょに首も振る。

「ヤボ用、ヤボ用」

話したくないのなら、訊かずにおこう。

「まあ元気でよかったよ」

「元気も元気、元気はつらつだよ。いまもモクさんとゲームやってたんだ。拾ってきた黒ひげ危機一発。ヒガシさん――はいいや、奈々恵ちゃんもやる？　ナイフの数が足らないから、飛び出ないときがあるんだけど」

「わたし、仕事の手伝いをしなきゃいけないので」

「ジジタキさん、モクさんは具合悪いんだから、あんまり邪魔しちゃ駄目だぞ。ゆっくり寝かしてやんなきゃ」

「平気だよ、たかだか黒ひげ危機一発だもん」

「何のゲームとかじゃなくてさ」

「もう、堅《かた》いなあヒガシさんは」

ジジタキさんは人差し指で東口をさし、ひひひひと肩を揺らして笑う。

何か変だ。東口は内心で首をひねった。ジジタキさんがこんなに高揚しているところを、見たことがあったろうか。声がやけに上ずっていて、顔には張りついたように終始笑顔が浮かんでいる。酔っているようにも見えないが——。

「じゃあ、あんた一回だけ付き合ってやれ。俺は先にトラックに戻ってっから。仕事は黒ひげのあとでいいよ」

「わかりました」

「よし、奈々恵ちゃん、やろ。やろ。やろほら」

布団をかぶったモクさんも、小屋の前に立ったトキコさんも、その隣に座ったサンタでさえ、ジジタキさんの様子を不思議そうに眺めていた。いったい何があったのだろう。苦笑しながらその場を離れ、ぶらぶらとトラックに向かっていくと、

《気をつけろ》

疫病神が耳もとで囁《ささや》いた。

《あの男はどこかおかしい》
「見りゃわかるよ」
しかし、何をどう気をつけろというのか。
「いいことでもあったんだろ、姿を消してるあいだに」
《〝この人生には哀《かな》しいことが多すぎる。だから私は、実生活では努めて楽しく、陽気に日を送るようにしているのだ〟》
「ショーロホフ、ロシアの作家。――哀しいこと？」
《お前もそうだろう。社長時代よりも頻繁に笑っている》
「そりゃ、気楽だからな」
疫病神は短く嗤った。そのまましばらく黙っていたかと思えば、またしつこく繰り返す。
《とにかく、気をつけろ》
そして今度は、いくぶん深刻な抑揚でつけ加えた。
《気をつけてやれ》

（四）

翌朝、携帯電話の呼び出し音で目を覚ました。

「は……あはい、お電話ありがとうございます。家具の製作と修理、東口家具でございます」

『おはようございます』

奈々恵からだった。

『すみません、まだ寝てましたか？』

「いや、いま起きたけど……あれ」

荷台の隅に布団が綺麗に畳んで寄せてあり、奈々恵がどこにもいない。

『じつは、早朝に連絡がありまして』

祖母が病院へ運ばれたのだという。

『以前から体調がよくなかったらしいんです。今回それがひどくなったようで。わたしいま、病院の前にいるんです。これから様子を見てきますので、少なくとも午前中は仕事の手伝いを――』

「いいよ、そんなの。早く見舞ってやれ。しかしあの祖母さん、元気そうに見えたけどなあ。インドだの、サリーだのって」

幌を分けて外を覗いてみると、小雨が降っていた。スクラップの山の向こうに置いておいた奈々恵のバイクがなくなっている。

それから二言三言話し、奈々恵は病院に入ると言って電話を切ろうとしたのだが、

《おかしいじゃないか》

疫病神が低く声を洩らした。

たしかに、おかしい気はしていた。

「誰から連絡があったんだ？」

少し迷ったが訊ねてみると、質問の意味をとらえかねたような沈黙があった。

『……母からですが？』

「お袋さん、あんたの電話番号を知ってたのか」

また沈黙があった。

『ええ、番号はずっと同じですから。でもいままでは出なかったんです。今日は、なんとなく妙な予感みたいなものがあって、出てみました。そうしたら、祖母が大変だって』

それ以上追及するのも気が差したので、東口は適当な相槌《あいづち》を返して通話を切った。

《あの女は、いったいどこへ行ったのだろうな》

顎鬚をゆるゆるとしごき、疫病神は白い顔をこちらに向ける。二つの穴のような目が、

真っ直ぐに東口を見据えている。

「だから、病院だろ……お……おぅ」

あくびをして首を鳴らした。疫病神と目を合わせるのが嫌で、そのまま作業棚のほうへ顔を向けると、ふとした違和感があった。おや、と思って首を突き出す。違和感の正体は自分でもわからなかった。四六時中目にしている場所に、見たことのない物が置かれているような——そのとき外から大きな声が聞こえてきた。

「何だ？」

その声にはひどく直情的な、悲痛な響きがあった。デッキシューズを突っかけて外に出ると、小雨のせいで周囲は薄暗く、薄墨《うすずみ》でも流したように景色が曖昧だ。しかし声がどこから聞こえたかはすぐにわかった。スクラップ置き場の向こう、堤防のコンクリートの手前——モクさんの小屋があるあたりに、みんなが集まっていくのが見える。右側からチュウさんとトキコさん。左側からジジタキさん。真ん中で、モクさんがこちらに背中を向けて地面に両膝をつき、もう一度声を上げるが、言葉は不明瞭で聞き取れなかった。いや、そもそも言葉になっていなかった。

「おい何だよ、どうした」

小雨の中をモクさんの小屋まで急いだ。足下で水たまりが音を立て、デッキシューズがずぶ濡れになっていく。モクさんは背中を丸め、呼吸といっしょにひと言ずつ不明瞭な言葉を発している。東口が小屋の前まで行きついたときにはもう、ジジタキさんもチュウさんもトキコさんも、肩を震わせて泣くモクさんの脇で立ち尽くし、地面に斃《たお》れたサンタを見下ろしていた。サンタが自分を睨みつけていると、東口は思った。しかしそれはただ、片目が見ひらかれたまま、こちらを向いて静止しているだけのことだった。白目が剝き出しになり、そこに細かい雨が降りかかっている。蝶番《ちょうつがい》が壊れでもしたように、顎はガクッとひらき、軟体動物の皮膚のような黒い歯茎と、不揃いの歯が覗いている。長い舌は垂れ下がって先端が地面に接し、その舌の裏側には灰白色の泡が溜まっている。サンタは四つ足をこちら側に投げ出して横たわり、その腹に四匹の仔犬が集まって乳を探っていた。

「雨が降りそうだから、小屋に入れて寝たんだ……でも起きたらいなくて……外を見たらこいつ……」

呼気の終わりごとに、肺に残った最後の空気を少しずつ声にするように、モクさんは途切れ途切れに言う。ジジタキさんとチュウさんが屈み込み、おずおずとサンタの顔や腹に触れたのは、死んでいることを確かめようとしたのだろうが、二人とも、それが無意味だということがわかっている手つきだった。

「仔犬を離そう。危ねえ」

東口は四匹の仔犬をいっぺんに抱え込み、サンタの腹から引き離した。仔犬たちは不平そうに腰をくねらせ、その中でサンタと同じ赤毛の一匹が、東口の腕を逃れてよたよたと母親のほうへ這い進もうとしたが、チュウさんに捕まってまた引き離された。チュウさんは赤毛の仔犬を両手で押さえながら、訊ねるような目を東口に向ける。

「ほら、乳に何か混じってるかもしれねえだろ」

「ああ」

チュウさんはサンタの口もと、泡が地面に流れているあたりを見た。

「モクさん、濡れないほうがいいわ。身体が悪いんだから」

トキコさんがしゃがみ込み、痛々しい怪我にでも触れるようにモクさんの肩に手をやる。

モクさんは反応せず、サンタのほうに上体をこごめて何か呟いている。呼吸が落ち着いただけ、呟きも小さくなり、もうまったく聞き取れなかった。


雨の中、余っていたブルーシートでサンタをくるんで埋めた。

雨が上がってから埋葬しようと、はじめは全員で話し合って決めたのだ。その頃には、祖母の見舞いに行った奈々恵も戻ってくるだろうからと。しかし、ちょっと目を離すと仔犬たちが這い寄ろうとするので、早めに埋めたほうがいいということになった。チュウさんが橋本のところへ行って相談すると、橋本はスクラップ置き場に墓をつくってもいいと言い、近くの工務店からシャベルを二本借りて持ってきた。

立ち尽くすモクさんに、トキコさんがビニール傘をさしかけ、残りの四人が交代で穴を掘った。モクさんは、硬く歪《いびつ》にふくらんだブルーシートを両手で抱え上げ、濡れた地面に腹ばいになってサンタを穴の底に横たえた。トキコさんに三度促されてからのことだった。

その頃になると雨は強まり、穴を埋め戻したときには全員びしょ濡れになっていた。モクさんの足下で四匹の仔犬たちがじゃれ合い、ときおり思い出したように、きょろきょろと首を動かしている。

「服を脱ぐか、着替えるかしよう。風邪ひくとあれだから」

ジジタキさんが言い、みんなのろのろと、哀しい小山から離れていった。モクさんは四匹の仔犬を抱きかかえ、チュウさんに支えられるようにして歩いた。

雨はますます強まり、荷台の幌を叩く雨音は、ひとつづきの長い音のようだった。

東口が濡れた服を脱ぎ、作業用のつなぎを着込んだとき、トキコさんが幌の隙間から顔を覗かせた。

「あのねえヒガシさん、モクさんがね、みんなで話をしたいんだって」

「――話?」

「そう、サンタのことで」

ぐっと腹の底が重たくなるのを感じた。

「でもほら、雨降ってるでしょ? だから、ヒガシさんのトラックはどうかしらと思って訊きに来たんだけど……」

気遣わしげに、トキコさんは首をかしげて東口の顔色を見る。思わず視線が作業棚のほうへ動きそうになるのを、すんでのところで堪えて東口は頷いた。

「構わねえよ、べつに」

「じゃあ、みんなにそう言ってくるわね」

トキコさんの足音が雨音に紛れて消えると、東口は作業棚と向かい合った。裸電球が東口の影をそこへ投げかけている。片手を伸ばすと、影も片手を差し伸べた。二つの手が同時に摑んだのは、上から二番目の棚に置かれた白いポリ瓶だった。

《――シュウ酸か》

東口は頷き、ゆっくりと蓋《ふた》を回して中を見た。

「減ってる。けっこうな量だ」

昨日使ったばかりなので、間違いない。

シュウ酸は木製家具の黒ずみを除去するのに効果的なので、家具の修理屋はよく使う。昨日、客から預かっていたダイニングチェアの黒ずみを取るときにも使った。しかしこれは、生き物にとっては劇薬だ。

《黒ずみを取る作業は西木奈々恵も手伝っていたな》

「そりゃ手伝わせるさ、弟子入り志願なんだから」

《これが劇薬だということも、お前はそのときに話した》

「黙って毒を扱わせるわけにはいかねえだろ」
ポリ瓶を棚に戻し、それを隠すように、脇に並んでいた塗料の缶を手前に並べた。
《劇薬の存在を知った直後に西木奈々恵が忽然《こつぜん》と姿を消し、その劇薬を調べてみると中身が減っている。そして外では犬が毒殺されている。なかなか面白いとは思わないか》
「いいやまったく」
《西木奈々恵に連絡をしてみろ》
「いまは祖母さんの病院にいるんだろ。携帯の電源は切ってあるよ」
《ためしにかけてみたらどうだ》
床に尻を落として胡座をかいた。首を回し、丸めた布団の脇に放り出してある携帯電話を見る。しかしその視線を、東口は無理やり正面へとねじった。
「べつに、かける必要はねえよ」
《では、木之宮多恵の家にかけてみるというのは?》
目尻を垂らした無表情の顔が、からかうように肩口で揺れる。白鬚の先がつなぎの肩をこするように動く。
「だから、その木之宮多恵が入院したんだろうが」
《家の電話に出るかもしれんぞ》
「何でだよ」

気がつけば、視線がまた携帯電話に戻っていた。擦り傷だらけのみすぼらしい電話機を見つめたまま、東口は呟いた。

「ぜんぶ、おかしいんだよな……何かちょっとずつ、おかしい」

いったい何が起きているのかわからない。わからないが、歩くごとに背後でえたいの知れない影が立ち上がり、しかし振り向くことが禁じられているような、そんな不安を東口は感じているのだった。

「まあ、おかしいっていや、ずっと前からおかしいんだけどな。笙太が死ぬ何日か前、あんたを初めて見た……そのときから、ずっと」

しばしの沈黙があり、疫病神が声を返した。

《俺を最初に見たのは、息子の一回忌が終わったあとではなかったのか》

語尾を上げも下げもせず、しかし答えを要求する口調で疫病神は言う。

東口は小さく首を横に振った。

「ほんとは、その一年前に見てたんだ。車で会社を出て、取引先に向かってるときに」

《ほう……》

意外そうな声だった。

「ぼんやりした、黒い影の塊《かたまり》みたいに見えたよ。でも俺はそれを、見なかったことにした。あんまり不吉だったからな」

しかし一年後、笙太の一回忌のあと、ふたたび東口はその姿を目にしたのだ。

「そんときに確信したよ。ああ俺は一年前、たしかにあんたを見ていたんだって。あの朝、俺が道で見かけたのはたしかに――」

低い話し声が近づいてきた。幌を分ける手の向こうから顔が覗いたとき、東口は一瞬そこに、もう一人の疫病神が現れたかと錯覚した。ぽっかりとあいた二つの穴のような目がこちらへ向けられ、

「……いい？」

ジジタキさんの声がした。

「おう、上がってくれ」

これで二度目だ。ジジタキさんの顔が疫病神に見えたのは。

「モクさんが、サンタの話をするって言ってたみたいだけど、あれなんだろうね、きっと一人でいるのが心細いんだろうね」

ジジタキさんは荷台によじのぼり、尻をこちらに向けて髪の毛の水気を払う。すぐに橋本が、敬礼のようにチョンと右手を額にあてながら上がってきて、その後ろからチュウさんとトキコさんがつづいた。最後にモクさんが、口の中で何か詫《わ》び言《ごと》を小さく呟きながら入ってきた。

「誰だそれ。え、センタク――？」

サン＝テグジュペリだとジジタキさんは訂正する。

「『星の王子さま』を書いた作家だよ、知らないのか、チュウさん。有名な人だよ」

「知らねえよ。んでその人が？」

「飛行機乗りだったんだけどさ、戦争中に地中海の上空で行方不明になったんだ」

「飛行機ごとか」

「当たり前だよチュウさん」

荷台に集合したものの、モクさんが黙り込んだまま何も言わないので、静かにしているのが苦手なジジタキさんが関係ないことを喋りはじめたのだ。モクさんはというと、仲間が一箇所に集まったことで少しは気持ちが落ち着いたのか、口もとに僅かな笑みを浮かべた顔で、ジジタキさんの話を聞いている。このままサンタの話題に触れず、解散となってくれることを東口は願っていた。

「長いあいだずっと、その消息は謎とされてたんだけどさ、あれ何年前だっけかなあ、十年ちょっと前だったか、漁師の網にキラッと光るものが引っ掛かったんだ。よく見るとそれは腕輪で、もっとよく見ると文字が彫ってあって、アントワーヌ・ド・サン＝テグジュペリって書いてあった。俺その記事、拾ってきた新聞で読んだんだ」

まだ会社を立ち上げる前、勤め先の家具メーカーに向かう通勤電車の中で、東口も同じ記事を読んだのを憶えている。あれはたしか長野オリンピックがあった年だから、一九九八年だ。それにしても、いったいどうしてジジタキさんはこんな話をはじめたのだろう。

「そんで、金かけて、フランスが近くの海底を捜索したんだよ。そしたらサン＝テグジュペリの乗ってた飛行機の残骸がめっかった。その場所で、撃ち落とされて死んでたんだな、かの大作家は」

六人も集まると、気温が低いこんな日でも荷台は暑苦しく、ものの濡れたにおいがたちこめていた。

「五、六年前に、これも拾ってきた新聞で読んだんだけど、サン＝テグジュペリを撃ち落としたってパイロットが誰だったかわかったんだ。ドイツ軍の奴でさ、なんとそいつも『星の王子さま』の愛読者だったらしい。そんでそいつ、インタビューでなんてったと思う？」

「知らないよ俺は」

チュウさんに苦笑され、ジジタキさんはほかの面々の顔を順繰りに見る。全員、首を横に振った。東口はその記事も憶えていたが、何も言わなかった。

「長いあいだ、あのパイロットが彼じゃないことを願いつづけてきた。彼だと知ってたら撃たなかった。――そう言いやがったんだよ。どう思うよ、これ。なあみんな、どう思う？」

ジジタキさんの顔は全員に順番に向けられ、最後に何故か東口のほうを向いて止まった。ジジタキさんの目はひどく熱を帯びていたが、顔全体を見ると、どこか追い詰められたような色がある。裸電球の下で、皺の一本一本に陰影がつき、誰か別の人間がリアルなマスクでも被っているようだった。東口は途惑った。ありていに言えば、何を訊かれているのかよくわからなかったのだ。ちらっとほかの面々に視線を飛ばすと、やはりみんな困ったような顔をしている。

「まあ、何だ……不公平ってえか、そんな気がするな」

東口が答えると、それに被せるようにして「だろ？」とジジタキさんは身を乗り出す。

「不公平だよ。ずるいよ。何だよ、彼だと知ってたら撃たなかったって。ほかの奴だと思ったから撃ったのかよ。大作家は死んじゃ駄目で、ほかは死んでいいのかよ。偉い人は殺したくなくて、そうじゃない人なら殺すのかよ」

ジジタキさんの口調はだんだんと激しくなり、口の端に唾液の泡が浮いていた。両目は酩酊した人間が喧嘩《けんか》を売っているように、大きく見ひらかれているが、黒目が焦点を結んでいない。東口もほかの四人も、ただ上体を引いてジジタキさんを見つめていた。

「そんなのおかしいだろ、みんな。おかしいと思うだろ。おかしいよ。絶対おかしいよ」

おかしい、おかしい、とジジタキさんは口の中でもう何度か繰り返し、やがて急に電池の寿命がやってきたように、背中を丸めて項垂れた。

そして、まったく何も喋らなくなった。

東口たちは互いに顔を見合わせてから、その視線をまた分散させて黙り込んだ。幌を打つ雨の音が、さっきまでよりも高くなっている。

やがてモクさんが、平たい顔を上げた。

「みんな、わざわざ申し訳なかったね。集まってもらっちゃって」

細い隙間から洩れているような声で言い、疲れた笑いを浮かべる。

「ほんとはサンタのこと話そうと思ったんだ。何か変なもの食べてなかったかとか、近所の子供か誰かが悪戯してなかったかとか、みんなで話そうと思ったんだよ。けど、やっぱりいいや。だって、そんなの見てたら、もうとっくに言ってくれてるもんなあ」

胸を太い棒で突かれているような心地だった。シュウ酸の置かれた作業棚が、視界の右端で大きくふくらみ、自分のほうへ音もなく迫ってくる気がした。

「だから、もういいや。申し訳なかったね、みんな。小屋に戻ろう。ヒガシさん、場所貸してくれて、ありがとう」

「おう……いいよ」

のそのそと全員が立ち上がった。それぞれ頭を下げて幌をくぐり、荷台を出ていく。橋本、ジジタキさん、チュウさん、トキコさん——。

「なあ、ヒガシさん」

最後に残ったモクさんが、幌の手前で振り向いた。

その目は東口の顔ではなく、胸のあたりをじっと見ていた。

「うん？」

「さっき何で、仔犬たちを離したんだ？」

すぐに言葉を返すことができず、その短い沈黙のあいだにモクさんは目を上げていた。

「さっき、仔犬たちをサンタの死体から引き離しただろ？　あれは何でだ？」

「だからほら、乳に何か混じってたら危ねえだろ。泡吹いて死んでたんだから、悪いもの食ったり、飲んだりしたのかもしれねえ。そうすると乳にだって――」

「早かったよ、ヒガシさん」

遮られた。

「まあ、いつも頭が回るヒガシさんのことだから、そういうこともすぐに思いつくのかもしれないけど、でもあのときは、あんまり早いもんだから――」

言いながらモクさんはまた視線を下げていき、東口の胸を通り越して腹のあたりを見つめた。うつむいたその顔は、疲れ切った無表情だったが、やがてぴくっとどこかの筋肉が動き、その動きがきっかけだったように、顔全体がくしゃ、と歪んだ。

親とはぐれた子供のような、どうしようもなく哀しげな顔だった。

「ごめん……俺べつに、ヒガシさんを疑ったわけじゃないんだよ」

荷台の端に立ったまま、肩を震わせ、もう言葉を発することができなくなり、モクさんは顔を隠して泣いた。


夜遅く、バイクの音が聞こえてきた。雨音に混じって特徴的な足音がこちらへ近づき、全身ずぶ濡れの奈々恵が、ヘルメット片手に幌を持ち上げて入ってきた。

入院したという祖母の具合を訊いてみると、もうあまり長くないかもしれないと言う。

「肝癌《かんがん》だそうです。見つかったのはずっと前で、いままでも通院していたと、担当の先生が。親族も、誰一人知らなかったみたいです。祖母が、知らせないように頼んだらしくて」

「心配かけたくなかったのかもな。あんた、親には会ったのか？」

理由は定かではないが、目が奈々恵の顔を見られずにいた。東口は床の脇に寄せた材木をチェックするふりをしながら訊いた。

「会いません。会うと、いろいろうるさく言われるでしょうから、病院の廊下で様子を窺《うかが》い、面会の親族たちが全員病室を出ていったタイミングを見計らって祖母に会いに行きました」

「祖母さん、喜んでたか？」

「はい、喜んでくれました。死ぬ前に孫に会えてよかったなんて、急にそんなことを言われて、わたしそのときまだ癌のことを知らなかったものですから驚いて――」

顔を向けると、奈々恵は言葉を切った。

「妹がいるんじゃなかったのか？」

答えるまで、明らかに不自然な間があった。

「ええ、います」

「見舞いには？」

「もちろん来ていました。親族たちといっしょに。そうですね、孫はわたしだけじゃありません。祖母は、もう少し違う言い方をしたかもしれません。よく憶えていないんです」

数秒、相手の顔を見つめてから、床の材木に向き直った。

「ずいぶん遅かったな」

まだ死にきれていない蚊が一匹、弱々しい動きで手の甲にとまったので、息を吹いて追い払った。

「祖母のことを考えながら、あちこちバイクで走り回っていたもので。ご心配をおかけしたのなら、申し訳ありませんでした」

「いや、べつに心配はしねえけどさ」

サンタが死んだことを、東口は材木を持ち上げたり裏返したり、意味もない仕草にまぎらせながら話した。奈々恵はえっと驚き、どうして死んだのかと訊いた。東口はわからないと答えた。そうとしか答えようがなかった。

「橋本さんに許可もらってな、この敷地の隅に埋めたんだ。明日にでも手え合わせてやれよ」

はい、と息だけで返事をし、奈々恵は肩を落として黙り込んだ。顎の横あたりまで垂れた髪の先から、ぽたんと水が落ちた。

「風呂でも入ってこい。風邪引くから」

素直に頷き、奈々恵は着替えとビニール傘を持って荷台を出ていった。妙な苦しさを感じ、東口は大きく息を吸って吐いた。すると手足から急に力が抜け、そのまま力を入れることができなくなった。丸めた布団を伸ばし、東口は中へ潜り込んで目を閉じた。何も考えたくなかった。

（五）

翌朝、スクラップ置き場よりも少し下流の川べりに、それは流れ着いていた。見つけたのはチュウさんだった。

雨は夜中になっても強く降りつづいた。明け方まで天気が荒れていたので、川の様子はどうなっただろうかと気になって、チュウさんは日課の柔軟体操をはじめる前に、見に行ったらしい。

うつぶせの状態で動かない身体を発見すると、チュウさんはすぐさまトキコさんを呼んだ。トキコさんは悲鳴を上げて取り乱し、それをチュウさんがなだめているうちにモクさんがやってきた。最後に東口と奈々恵が駆けつけて、全員で息を詰めてそれを見下ろした。護岸のコンクリートから一メートルほど下の川べりで揺れるその身体は、全身に枯れ草やビニール袋や、なんだかよくわからないゴミをまとわりつかせていた。ずっと前に誰かが投げ棄てていった、腐ったような自転車に引っ掛かり、ぴくりとも動かない。

ジジタキさんだった。

「何だよこれ……何でジジタキさん……」

声を震わせるモクさんの咽喉が、ぐっとふくらんだように見えたかと思うと、濡れて濁った咳がつづけざまに飛び出した。モクさんは身体を折って咳き込み、みんなそちらに顔を向け、やがて咳がおさまってくると、また水面の死体を見下ろした。

ワイシャツの背中を見せ、水底を注視しているように顔を下へ突き出して、ジジタキさんは死んでいた。頭が川下に向いているせいで、流れに引っ張られ、両手は降参のポーズをとり、水草みたいに力なくゆらめいている。東口は膝を折り、護岸の縁を両手で摑むようにしてしゃがみ込んだ。ジジタキさんの身体には手が届きそうにない。

「モクさん、サンタのロープ」

「ああ……うん、取ってくる」

背中を向けようとしたモクさんに、素早く声をかけたのは奈々恵だった。

「わたしが取ってきます。モクさんの小屋にあるんですよね」

「そう、小屋の入り口あたりにある。仔犬たちを入れてある段ボール箱に、いっしょに」

返事のかわりに踵《きびす》を返し、奈々恵はコンクリートの壁にささったコの字形の鉄材を、不器用に上っていく。脚の悪い彼女に行かせてしまったと気づいたときにはもう、その姿はスクラップ置き場のほうへ消えていた。東口たちは全員で護岸に四つんばいになり、音もなく浮き沈みするジジタキさんを見下ろしながら、奈々恵が戻ってくるのを待った。

「……遅いわね」

しばらくして、トキコさんが顔を上げた。

様子を見てこようかしらと言ったが、俺が行くとチュウさんが立ち上がった。チュウさんは鉄の梯子をするすると上っていき、コンクリートの壁の上に顔を出したところで、何か短く声を洩らして、そのままバックしてきた。直後、奈々恵がサンタのロープを持って顔を出した。

「すみません、仔犬たちが、なかなかロープを放さなくて」

東口がロープを受け取った。

ジジタキさんの身体は、東口とチュウさんで協力して護岸に引き上げた。ジジタキさんは薄目を開け、その奥にある黒目は、じっと虚空《こくう》を見つめていた。がっくりとひらいた下顎に、虫歯だらけの黄ばんだ歯が並んでいる。唇にへばりついた落ち葉を、トキコさんがそっと剝がした。

東口が携帯電話で警察に連絡をした。

警察の到着を待つあいだ、奈々恵がひどくそわそわした様子を見せはじめたので、東口は顔を寄せて声をかけた。

「あんた、いないほうがいいんじゃねえのか？」

ぴくっと彼女は顔を向けた。

「ジジタキさんが何で死んでるのかは、わからねえ。わからねえけど、みんないろいろ訊かれることになると思う。ホームレス仲間の問題にあんたを巻き込むのは、申し訳ねえからな」

トキコさんが途中で頷いて言った。

「そうね、警察のお仕事が終わるまで、奈々恵ちゃんはどこかへ行ってたほうがいいわ。あたしたち、あなたのこと喋らないようにするから。ね？」

「でも――」

行け、と東口は意図して強い声を出した。度の強い眼鏡の奥で、奈々恵の目が怯《おび》えたように揺れた。彼女は唇を横に結ぶと、短く頷いてその場を離れた。先ほどと同じように、コンクリートの壁を上り、やがてバイクのエンジン音が遠ざかっていくのが聞こえ、それと入れ替わるようにして響いてきたのはパトカーのサイレンだった。急速に近づいてくる熱の塊のように、サイレンの響きは東口たちの周囲を包み込み、しかし唐突に消え失せて、車のドアが開閉される音がつづけざまに聞こえた。雨を絞りきった空は、流れの速い荒川の上で、痩せたような色をしていた。

警察の処理は、東口たちが首をひねるほど簡単なものだった。

ジジタキさんの遺体はさっさと車に積まれて運ばれていき、そのあとで流れ作業のような聞き取りがあった。それも各々《おのおの》ほんの短い時間で、質問の内容も、ジジタキさんの素性や、それぞれとの関係、ゆうべジジタキさんが何をしていたかなど、ごく単純なものだった。どの質問にも、東口たちははっきり答えることができなかった。聞き取りを担当した私服警官は、まともにこちらの顔を見ることもなくメモ帳にペンを走らせ、ときおりそのペンで自分の耳の上を掻いた。

警官がもっとも多く質問し、口を利《き》いたのは、騒ぎに気づいて寝間着《ねまき》のままやってきた橋本だった。警官の態度は、まるで善意でホームレスたちに場所を提供している橋本を責めるようなもので、あなたのせいで警察は余計な仕事をしなければならないと言っているかのように映った。

途中、スクラップ置き場の向こうの路地を芹沢さんが通りかかった。東口は軽く顎を引いて会釈したが、彼女は頬の力を不自然に抜きながら、すっと目をそらして、そのまま歩き去った。ジジタキさんのことはまだ知らないのだろうが、きっと明日から彼女はもうこの路地を通らないだろう。理由など関係ないのだ。警察が来ていたというだけで、善意でつないでくれていた交流の細い糸を断ち切るには十分だ。路地の先に消えていく芹沢さんの、丸々とした背中を眺めながら、東口はこれまでの彼女の優しさに感謝した。

午前中のうちに、すべてが終了した。私服警官はジジタキさんの小屋の中を手短《てみじか》に調べ、口の中で何かぶつぶつ言いながら、残っていた制服警官たちとともに車に乗り込んだ。ばん、とドアを閉めたとき、バンパーから水滴が一斉に地面へ落ちた。

「でもだよ、雨降ってるのに、何でわざわざコンクリートの壁上って川に行ったりしたの？」

スクラップ置き場の奥、コンクリートの壁に丸い背中をもたれさせ、橋本は腕を組んで渋面《じゅうめん》を見せていた。まだ寝間着姿のままだ。警察は、東口たちには何も言わなかったが、橋本には単なる事故だろうと言い残していったらしい。

「そりゃ川の流れは速かったから、事故は起きるかもしれないけどさ、川に行く時点で変じゃないの。いったい何だってジジタキさん、川なんかに行ったんだろうね」

橋本を囲むように半円を描いて立った東口たちは、曖昧に首をひねることしかできなかった。モクさんだけは、先ほどからぐっと顎を引いて地面を睨み、平たい顔に力を込めたまま動かない。何かを言い出そうとして、それを堪えているようにも見えた。

「自殺ってことは、ないのかしらねえ……」

トキコさんが急に言ったので、全員、彼女の顔に注目した。

「だってほら、やっぱりおかしいもの。おかしかったもの」

雨の中わざわざ川へ行ったこと、そして昨日のジジタキさんの様子。その両方をトキコさんは言ったのだろう。そう、おかしいのだ。そんなことはわかっている。昨日は何の脈絡もなくサン＝テグジュペリの話をしはじめたかと思えば、不意に黙り込み、朝になったら川で死体になっている。おかしいに決まっている。

昨日、荷台であの妙な会合があったあと、東口はトラックで仕事に出ていた。雨が強かったので、ほかの面々は小屋に籠《こ》もっていたらしく、誰もジジタキさんの姿を見ていない。ジジタキさんも小屋にいたのだろうか。それとも、どこかで何かをしていたのだろうか。

「小屋、どうしよっか」

チュウさんがぽつりと言った。

「あれってのは、あとで警察の人間が片付けなんかすんのかな。こういうとき、どうなんだろうな。昔ほら、病気で死んだタキさんって人がいたろ」

まだ東口がここへ来る前のことだ。そのタキさんがいたから、あとからやってきたジジタキさんはジジタキさんというあだ名になったのだと聞いたことがある。

「あんときは、お兄さんだっけ、遺骨を引き取りに来た人が業者を手配して、小屋を片付けてたよな。今回も、とりあえずこのままにしといたほうがいいのかな」

トキコさんが頬に手をあてて頷いた。

「ジジタキさん、何で死んだのかもわからないわけだし……あたしたちが勝手に何かしたら、警察に叱られるかもしれないわねえ」

探り合うような視線だけが行き交った。何か警察から指示が出ていなかったかと、橋本に訊いてみたが、そういうものはとくになかったらしい。

何の結論も出ないまま、橋本が用事を済ませにアパートへ戻っていった。その姿が見えなくなると、チュウさんが急に張りつめた声を出した。

「おいモクさん、大丈夫か」

見ると、モクさんは泥を塗ったようにひどい顔色をして、咽喉もとを両手で押さえながら前屈みになっている。怨《うら》みの相手でも睨みつけるように、モクさんは血管の浮いた目を地面に向け、やがてぐうという短い声を発して、その場に膝をついた。

「モクさん！」

呼びかけた東口の声を掻き消すように、モクさんは激しく咳き込んだ。身体の中で何かが爆発して、その爆風を断続的に咽喉から吐き出しているような咳だった。トキコさんが怯えた顔をしながら、それでもモクさんの肩を支え、東口とチュウさんもしゃがみ込んで様子を見た。

身体の中に、もう爆破するものがなくなったように、咳はしだいに力のない弱々しいものに変わっていき、それにつれて、モクさんの両目からだんだんと生気が失せていった。

しかしモクさんは、仕草だけで東口たち三人に礼を言い、膝を下へ押し込むようにして、ゆっくりと身体を起こした。

「具合悪いとこ見せると、心配してくれるからなあ、あの人」

橋本が去ったほうへ顔を向ける。

「病院代は自分が出すからなんて、言いそうな気がするもん。そんなこと言われたら、さすがにつらいよなあ」

ずっと、モクさんは咳を我慢していたのだ。

自分たちの立場というものを、東口はまざまざと見せつけられた気がした。咽喉の奥に大きな瘤《こぶ》でも生じたように息苦しかった。その息苦しさを紛らわせようと顔を上げた。

「こうしていても、しょうがねえ。俺はとりあえずジジタキさんの小屋でも覗いてくるわ。何かわかるかもしれねえだろ。モクさんはほら、もう自分の小屋で横になってろよ」

モクさんはうつむくようにして首を頷かせ、素直に背中を向けて歩いていった。チュウさんとトキコさんは、何かモクさんに栄養のあるものを食べさせると言って、自分たちの小屋に戻っていく。スクラップ置き場の隅、サンタを埋めた場所には、集めてきた花でモクさんがつくった、寂しい花束が置かれていた。

「何かあったら、あとで教えるから」

そう言って、東口はジジタキさんの小屋へと向かった。

何をしに行くのか、何が見つかるのを期待しているのか、自分でもわからなかった。しかし、わからないといえば、すべてわからないのだ。さっぱりわからない。奈々恵の言動の不可解さ。彼女がいなくなったかと思えば、サンタが泡を吹いて死に、荷台のシュウ酸が減っている。彼女が戻ってきて一夜明けたら、ジジタキさんが死体になって川に――。

《解剖など、されないのだろうな》

無表情の白い顔が、すぐ隣にあった。

「しねえだろ。増水した川に浮かんでたホームレスの死体なんて、警察はわざわざ調べねえよ」

《勿体《もったい》ないことだ。調べれば面白いものが見つかるかもしれない》

「何だ、面白いものって」

疫病神は質問自体が馬鹿馬鹿しいというように、金属をこするような笑い声を返した。

《たとえば、彼は溺死《できし》ではなく、毒殺されたのだという証拠などはどうだ》

「どうしてジジタキさんが毒殺されんだよ」

《さあな》

相手を試すような余韻を残し、疫病神は黙った。東口は何も言わずにジジタキさんの小屋を目指した。修繕と補強を繰り返しながら、ジジタキさんが何年も暮らしていた、四角いブルーシートの住居だ。

すだれ状に垂れるよう工夫された入り口のブルーシートをはぐって、首を差し入れた。中の空気はジジタキさんのにおいに満ちていて、本人がこの世にいないのが奇妙なことに感じられた。すぐ目の前にジャムか何かの空き瓶が置かれ、中に雑多な銘柄のしけモクが入っている。カセットコンロ。鍋。インスタントコーヒーの瓶。フライパン。脚が二本になった食べさしのスルメ。グレーの座布団のように見えるのは、以前に東口がゆずった椅子の座面だ。修理の過程で不要になったものを欲しがったので、あげたのだ。その座面の前には、スナック菓子らしい未開封の袋が置かれている。パッケージは何故か中国語だった。どこで拾ってきたのだろう。それとも買ってきたのだろうか。部屋の隅には東口がつくってやった本棚があり、古紙回収の日にジジタキさんが集めてきた小説がずらっと並べられている。全巻揃った『三国志』の背表紙が、少しがたついているのは、何冊か出し入れして読み直したのかもしれない。

奥にもう一つ、天井が少し低くなった部屋があり、布団が敷きっぱなしになっている。

この寝室は、以前は木材の骨組みがぐらついていて、強い風が吹くたびに全体がひどく傾《かし》いでいたのだが、東口が補強してやったので、いまはしっかりしている。枕元には、ジジタキさんがいつも大事そうに眺めていた地図帳が広げてあった。地図帳の隣に、錆の浮いた銀色のハサミが、四肢を投げ出した小さな死体のように転がっている。

《彼はどうやら地図に怨みでもあったようだな》

このハサミでやったのだろうか、地図帳の紙面には無数の傷が残されていた。何度もでたらめに引っ掻いたような傷で、深いものは下の数枚までいっしょに抉《えぐ》っている。ひらかれていたページは、ほとんどが陸で、右側に少しだけ海が見えていた。

「これ……中国だな」

ひらかれていたのは中国大陸のページだった。首をひねりながら視線を左へ動かしたとき、目が何かの上を通り過ぎた。視線を戻すと、そこには妙な物体があった。プラスチックでできた人形《ひとがた》のものが、これもハサミか何かでひどく傷つけられて転がっている。水泳帽に似た赤いものをかぶり、片目を黒い眼帯で隠しているその男は、顔から身体から、切り傷と刺し傷で無茶苦茶にされながら、口を横に広げてにやにや笑っている。

《黒ひげか……》

何がなにやら、さっぱりわからない。この小屋で、ジジタキさんはいったい何をしていたのか。何を考えていたのか。東口はさらに視線を巡らせた。布団のまわりには生活用品が、わりと綺麗に整頓されて並べられている。白いワイシャツが一枚、無造作に丸めて放り出してあった。敷き布団をめくってみるが下には何もない。

「ジジタキさん、いつも替えのワイシャツを寝押ししてたんだけどな」

二枚持っているうちの一枚を身につけ、もう一枚はいつも布団の下に入れておくというのがジジタキさんの習慣だった。

「それをしてないってことは……」

どういうことなのか。

ふたたび視線を転じる。生活用品のあいだに、蓋のないタッパーが置かれている。中を覗いてみると、入っていたのはカラフルな石だった。青。水色。澄んだ緑に、オレンジ。河原の石の中でときおり見かけるものだ。もとは硝子瓶か何かだったのだろう、みんな丸みを帯びた、少し平たいかたちをしている。そういえばジジタキさんは、少し上流にある河原で、暇つぶしにこんな石を拾うことがあるのだと言っていた。白や灰色の、とりわけ綺麗というわけではない石もあった。それらは顔を近づけてみると、表面に小さな貝殻を押しつけたような跡が見える。これはたぶん化石の一種で——。

《警察というのは、いつだってあんな調子だ》

疫病神がだしぬけに言う。

《お前の息子が水死したときも、警察が来ただろう。しかし通り一遍《いっぺん》の質問をしただけで、

あっというまに姿を消した》
「そりゃ、笙太の場合は、調べることなんて何もなかったからな」
《何故だ?》
「何故って——」
言葉を切った。視線が勝手に動き、タッパーの中の石たちを捉える。どうしてそれを見たのか、自分でもわからなかった。カラフルな石。貝殻の化石が付着した石。
《お前の息子の部屋にもあったな》
「言われなくても憶えてるよ」
《偶然だと思うか?》
東口はハッと息を吐いた。
「偶然じゃなきゃ、どうだってんだ」
《憶えているか。お前がトラックの荷台で、西木奈々恵に息子の死の詳細を話したときのことを》
「ああ、警察で智江と井澤を見た日の夜だろ?」
《息子の話をしはじめる前に、誰かがお前を鍋に誘いに来た》
ジジタキさんだ。幌の外から、ジジタキさんは気を遣って声をかけてくれた。
「それがどうした」

《あの男がそのあともう一度、お前を誘いに来てもおかしくないとは思わないか？　声をかけたが、なかなか出てこないので心配し、もう一度やってきた。たとえば、ちょうどお前が西木奈々恵に息子の話をしているときに》
「で？」
《荷台の幌越しに、あの男はお前の話を聞いたかもしれない。彼が突然姿を消したのは、そのあとのことだった》
「一週間くらい経った頃だっけな」
《お前の話を聞いて衝撃を受け、ここにいられなくなったというのはどうだ》
「何で俺の話に衝撃なんて受けるんだよ」
《たとえば数年前、彼は子供を殺していた。男の子だ。事故だったのか故意だったのかはわからない。彼はその罪を隠し、このスクラップ置き場で暮らしてきた。そこへある日、家具の修理屋が仲間入りをする。修理屋と彼は懇意になる。数年経ち、彼は偶然知ってしまう。自分が殺した少年は、じつは修理屋の息子で――》
「馬鹿言うな」
東口は疫病神を睨みつけ――しかしそのまま眉をひそめた。
「……何するつもりだよ」
枯れ枝のような片手を、疫病神は自分の顔にあてていた。親指と人差し指を、顎のあたりに添え、それはまるで自分が被った仮面を外そうとしている仕草に見えた。二つの落とし穴のような目が、じっと東口に向けられている。相手の反応を待つように、疫病神はそのまま何も言わない。

「……外すのか？」

東口もまた、相手を試すようにそう訊いた。疫病神は答えず、しかし顎に添えた指先に、僅かに力が込められたのがわかった。

「外してみろよ」

えたいの知れない、にごった反抗心のようなものが、咽喉もとにこみ上げていた。東口は顎をそらして疫病神を睨み返した。

「やってみろよ」

疫病神の指先が、重病人のそれのように微かに揺れながら、顎を押し上げていく。にやついた、しかし無表情なその顔が、するりと上へ動く。内側に別の顎がある。しかしその顎は、じりじりと押し上げられていく仮面に生えた白い鬚に隠れ、よく見えない。疫病神の呼吸音が聞こえる。顎と鬚がだんだんとずれていく。上へ上へ。その下にある顔が徐々に見えてくる。顎。下唇。上唇と鼻孔。痩せている。肌には細かい皺があり、全体的に日に灼《や》けて茶ばんでいる。窪《くぼ》んだ頬。垂れた下瞼《したまぶた》。――疫病神が白い仮面を完全に外す。

出てきたのはジジタキさんの顔だった。ジジタキさんは怯えたように黒目を細かく震わせて東口を見据えていたが、その表情は堪えきれない喜びに打たれているようにも見えた。乾ききった唇が薄くひらき、地面に開いた亀裂のようなその暗がりから、ざらついた声がした。

《あ、の、子、と、同、じ、水、を、飲、ん、で、死、に、た、か、っ、た、ん、だ、よ》

遠くからバイクのエンジン音が聞こえてきた。

（六）

「……遺書？」

荷台の中で、奈々恵は叱られた子供のように、うつむいたまま顎を引いた。

スクラップ置き場に戻ってきた奈々恵に、東口はその後の顛末《てんまつ》を簡単に説明したのだ。

奈々恵は話を聞いているのだかいないのだか、視線を下げてじっと黙っていたが、話がひととおり終わり、ふと東口が言葉を途切れさせると、そのタイミングを待っていたように顔を上げ、見せたいものがあると言った。

「遺書って、誰のだよ」

「ジジタキさんのです」

右脚のせいで正座はできないが、奈々恵はなるべく自分の身体を小さくしようとしているように、肩と手足をすぼめて座っていた。

「東口さん宛の」

「俺？　何でジジタキさんが――」

　奈々恵はジーンズの尻ポケットへ手を回し、よれよれの封筒を取り出した。

「ポケットの中で、こうなったわけじゃありません。最初から皺くちゃだったんです。本当です」

「いいよ、どっちでも」

　東口は封筒を取り上げた。

『ヒガシさんへ』――汚い封筒には、縦書きの鉛筆文字でそう書いてある。

　達筆というほどではないが、手書きの文字を日常的に書いていた時期が人生のどこかにあったと推察される、書き慣れた字だ。封筒はたしかにはじめから皺くちゃだったのだろう。紙の折れ具合に、そう思える硬さがあった。封はされていない。

　入っていた数枚の便箋《びんせん》を取り出し、ほとんど改行もなく淡々と綴られたその文面を目で追った。少し読むと、最初に戻って一文字一文字を確認しながら読み直した。

『ヒガシさん。申し訳ないことをしました。俺は今朝、ヒガシさんのトラックから薬を盗みました。昨日久しぶりにこのスクラップ置き場に帰ってきましたが、夜になって目をつぶっても眠れずにいて、俺は朝まで起きていて、すると早い時間にナナエちゃんがトラックの荷台からおりて、どこかへ出かけていくのを見ました。音をたてないように、静かに出ていく様子だったので、ヒガシさんがまだ寝ているとわかりました。ナナエちゃんのオートバイが遠ざかってから、俺はビニール袋を持って、こっそり荷台に忍びこみました。そして、以前に見せてもらった、あの白いプラスチックのビンを開けて——』

そうだ、憶えている。いつだったかジジタキさんがふらりと作業を覗きにやってきたとき、ちょうどシュウ酸を使って家具の黒ずみを落としていたのだ。シュウ酸が劇薬だということを、たしかに東口はジジタキさんに話した。

『薬を盗んだのは、死ぬためです。でも死ぬ前に俺は、薬が本当に毒なのかどうかを確かめたくなりました。のんでみて、ただ具合が悪くなるだけだったりしたら、みんなに迷惑をかけておしまいだからです。だからサンタで確かめました。とっておいたコンビーフの缶づめを開けて、薬とまぜて、手にのせて、モクさんの小屋の入り口から中をのぞきました。サンタが顔を上げてこっちを見て、俺がコンビーフを見せたら、近づいてきました。俺はサンタにコンビーフを食べさして、自分の小屋に帰りました。夜が明けきったころ、みんながさわぎはじめて、サンタはモクさんの小屋の外で死んでいました。』

予想していただろうか。それともまったく予想外のことだったろうか。奇妙だが、自分自身にもわからなかった。そして、それにつづく文章を目で追っていくあいだも、自分が驚いているのかいないのか、判然としなかった。

『もしかしたらサンタを殺したのは、薬が本当に毒かどうかを確かめたかったからじゃなかったのかもしれません。くやしかったのかもしれません。自分だけ死んでいくのがくやしくて、道ずれがほしかったのかもしれません。それとも、何でもいいから、何かとても残こくなことがしたかったのかもしれません。自分でも自分の気持ちがわからないです。モクさんには本当に申し訳ないことをしました。』

そこから先には、東口がまったく想像していなかったと言い切れる、とんでもないことが書かれていた。

『スクラップ置き場から姿を消しているあいだ、俺は中国に行きました。ずっと夢だった中国に行きました。ヤクザから金をもらったのです。パスポートもわたされました。パスポートはニセ物でした。』

ここで、長い文章に初めて改行が入った。あとで手紙を読み返したとき、東口はその改行に、ジジタキさんのためらいと、そのためらいを振り払って書き進めようという意志を見たように思った。鉛筆を止め、ジジタキさんはじっと息をつめて便箋を睨みつけていたのだろう。やがて、ある種の決意とともに、ふたたび鉛筆を持ち上げ、新しい行の頭から文字を綴りはじめたのだろう。

『はじまりは、公園の弁当でした。ある日の夜、よく読書をしに行くあの公園のベンチに、スーパーのビニール袋に入った弁当と水ようかんが置いてありました。本を閉じて帰ろうとしたとき、自分が座っていたのと反対側のベンチに、それがあるのを見つけました。まわりには誰もいませんでした。誰かが忘れていったのか、それとも弁当とデザートを買ったけど、何か理由があって、いらなくなったのかと思いました。俺はそれを持って帰りました。もったいなかったので、食べたのは朝になってからです。その翌日の夜中、サンタがほえているのが聞こえました。それで、俺の小屋の前に人が立ちました。指先でとんとんシートを叩いて、そのまま何も言わないので、俺は顔を出しました。男がいました。目を見てすぐに、普通の世界の人間じゃないと気づきました。』

男はジジタキさんに、弁当と水ようかんのことを訊ねたのだという。ゆうべ公園に置いておいた弁当と水ようかんが盗まれたのだが、お前は知らないかと。ジジタキさんは相手の威圧感に押されて何も喋れなくなってしまったが、それはもう白状しているのと同じだった。

『あれは特別な弁当と水ようかんだったのだと、男は言いました。もちろんそれが言いがかりで、何か目的があって男が自分におどしをかけているのだということは、いくら俺でもわかりました。』

ジジタキさんは謝罪したが、男は受け容れず、かわりに提案を持ちかけてきた。

『中国へ行けと、意味のわからないことを言われました。向こうで荷物を受け取り、それを持って戻ってこいと、男は言いました。返事は二日後に公園で聞くと言って、男はいなくなりました。引きうけるなら三万円の現金をやる、誰かにこのことを話したらお前は死ぬと、最後に言いました。』

自分がいったい何をやらされようとしているのかわからず、ジジタキさんは怯え、悩んだ。もし行き先が中国でなかったら、最終的に引き受けはしなかっただろうと、ジジタキさんは書いていた。

『行きかたや、荷物の受け取り場所、注意事こう、公園で待ち合わせたとき、男はそれを俺に説明して、メモをとらせました。そして俺がやると言うと、また二日後に待ち合わせて、俺にパスポートと飛行機の切符と、中国の金を少しわたしました。』

そして、ジジタキさんは中国へ飛んだ。

往路でのことは、手紙には何も書かれていなかった。

現地に着いて指示された場所へ行くと、ジジタキさんは見知らぬ男からボストンバッグを渡された。バッグには土産物《みやげもの》屋の名前が印刷された箱が入っていたが、開けてはいけないと言われていたので、中は見なかった。バッグを持ったままバスに乗り、ジジタキさんは指示されていた小さなホテルへと向かった。

『ホテルにバックを置いて、それから俺は町を歩き回りました。白状すると、うきうきしていました。長いこと夢見ていた中国を歩けて、うれしくて、うれしくて、仕方がありませんでした。飛行機に乗ったのも初めてで、ずっと心臓がどきどきしていました。』

翌日、ジジタキさんはバッグを持って日本行きの飛行機に乗り込んだ。夜、指定されていた時間に公園へ行くと、男が現れてバッグを受け取り、三万円を置いて立ち去った。

以来、男からは何の連絡もないのだという。

そういえば奈々恵がやってきた最初の夜、ジジタキさんが水ようかん片手に荷台を覗いたのを憶えている。

――お近づきのしるしに、ほら水ようかん。

あれはおそらく、公園で弁当といっしょに拾ってきたものだったのだろう。ヤクザが小屋を訪ねてきたのは、あのあとのことだったに違いない。

『袋の中身が何だったのか、俺は知りません。でも想像はつきます。俺は何かの運び屋をやらされたのでしょう。』

きっと、そうなのだろう。ホームレスはときおりこうした方法で、麻薬取引などの道具として使われることがある。台東区の山谷《さんや》地区や新宿近辺のホームレスが利用されることが多いと聞くが、そういった場所は、いまでは警察が目を光らせるようになったのかもしれない。そうでなければ、こんな中途半端な場所で暮らしているホームレスにわざわざ目を付けないだろう。

『本当に、はずかしいことです。中国行きの飛行機に乗る前も、乗ってからも、バックを渡されたあとも、ずっと自分はわかっていました。何かの犯罪に手をかしているのだと、わかっていました。中国へ行けることと、約束された金に目がくらんで、俺は悪いことをしました。その金を、たとえばモクさんの病院代にしてやることだって、やろうと思えばできたのです。日本へ帰ってきてから、このスクラップ置き場へ、みんなのところへ戻ってくることが、俺はどうしてもできませんでした。だから、いろいろなことを考えながら、一ヶ月以上、ずっと町を歩き回っていました。そのあいだに俺は、ヤクザにもらった三万円をすべて使ってしまいました。』

いつだったかこのスクラップ置き場の隅でバーベキューを楽しんだ夜、チュウさんが冗談で、近所の畑から野菜を失敬してこようと言ったとき、ジジタキさんが本気で怒ったことが思い出された。

——そりゃ犯罪じゃないか。駄目だよそんな、犯罪なんて。俺たちは、ただでさえ空き缶集めやなんかで条例違反してんだからさ、ほかに悪いことしちゃ絶対駄目だよ。

『ホームレスの生活に疲れたというのもあります。ホームレスでいること自体が、そしてそれが理由でヤクザに利用されたことが、みっともなくて、はずかしかったというのもあります。理由は一つではないです。いろんな理由が重なって、もう死のうと思いました。それで、ヒガシさんのトラックから薬を盗みました。』

ここで、また改行があった。

『いまから薬をのんで、川に飛び込もうと思っています。死体は、ずっと離れた場所で見つかって、みんなはただ俺がまたフラッとどこかへ消えたと思ってくれることでしょう。今夜は雨で増水しているので、どこまでも流れていって、ひょっとしたら海まで出るかもしれません。そのまま流れていって、今度はヤクザの手を借りずに中国まで行けるかもしれません。この手紙はアパートのトイレのドアにはさんでおきます。夜のあいだは、めんどくさがって、みんなあのトイレを使わないから、朝になって、俺がちゃんと死んでから、見つけてくれると思います。自分の小屋に置いておくことも考えたのだけど、それでは誰も見つけてくれないかもしれないし、ひょっとすると警察が先に見つけてしまうかもしれません。トイレのドアにはさんだこの手紙を、ヒガシさんが見つけてくれればいちばんいいのだけど、他の誰かが見つけても、中を見ないでヒガシさんにわたしてくれると信じています。みんな、そういうところはしっかりした連中ですから。もしあとで、だれかに何か聞かれたら、この場所もあきたから別のところへ行くと書いてあったとか、言ってください。』

何枚目かの便箋が埋まり、つぎが最後の一枚だった。

『ヒガシさんの薬を盗んでしまったし、ヒガシさんがいちばん世の中のことを知っていて、常識とか持っているだろうから、手紙はヒガシさんあてに書いて死にます。これを、みんなや警察に見せたほうがいいと判断したのなら、それでもかまいません。でも、警察がヤクザたちを調べはじめたら、ヤクザはここのみんなに、何かするかもしれません。俺はそれが心配です。

それでは、さようなら。いろんなことを教えてくれたり、小屋を直してくれたりしたのに、こんな迷惑をかけてすみません。

瀧山寛一郎』

第三章

（一）

最後の便箋を見つめたまま、東口は思い出していた。ジジタキさんが消える少し前、サンタが夜中にひどく吠えていたことがあった。おそらくあれが、男がジジタキさんの小屋を訪ねた夜だったのだろう。

「で、ジジタキさんが便所のドアに挟んだこの手紙を――」

顔を上げ、奈々恵を見た。

「何であんたが持ってる？」

奈々恵はぐっと息を呑んで身体を硬くし、無理に押し出すように、細い声で答えた。

「祖母のお見舞いに行ったあと、バイクであちこち走り回っていて――」

「それは昨日聞いたよ」

「夜中にここへ戻ってきて、お風呂に行ったとき、トイレのドアにそれが挟まっているのを見つけました。東口さんは眠っていたので、朝になったら渡そうと思って、荷台の隅に置いておいて……でも朝、ジジタキさんがあんなことになっていたので……」

　渡すのを忘れていたというわけか。

「ジジタキさんが亡くなっているのが見つかって、わたし、その手紙のことを思い出したんです。何か関係があるかもしれないって。それで、サンタのロープを取りに行くと言って、この荷台へ来て、急いで手紙を見ました」

「どうしてそんときすぐに、俺に言わなかった？」

「警察が、いろいろ調べに来るのが怖かったんです。ただの事故死じゃないとわかったら、きっと警察は丹念に捜査をしはじめます。東口さんもシュウ酸のことで問い詰められるでしょうし、わたしも──」

　わたしも、ともう一度口の中で繰り返し、奈々恵はそのまま唇を引き結んで黙り込んだ。

「まあ……誰だって余計なことには巻き込まれたくねえわな」

　奈々恵は曖昧に頷いた。

　──大作家は死んじゃ駄目で、ほかは死んでいいのかよ。偉い人は殺したくなくて、そうじゃない人なら殺すのかよ。

　ジジタキさんがあんな話をしたわけが、いまようやくわかった気がする。世の中には、死を惜しまれる人間と、惜しまれない人間がいる。それが悔しくてならなかったのだろう。どうして自分たちばかり。どうして自分ばかり。そんな気持ちが、ジジタキさんの痩せた胸を満たしていたのだろう。シュウ酸を使ってサンタを殺した理由を、ジジタキさんは自分でもよくわからないと手紙に書いていた。しかし東口には理解できそうに思える。「撃ち落とす側の人間」に、死ぬ前に一度だけ、ジジタキさんはなってみたかったのではないか。仔犬を産み、産んだ仔犬たちとともに家族となったサンタを、その幸せそうな存在を、撃ち落としてやりたいと思ったのではないか。

「瀧山寛一郎《たきやまかんいちろう》か……」

最後の署名をもう一度見た。どんな家族のもとに、ジジタキさんは生まれたのだろう。名前からして、長男だったのだろうか。故郷《くに》がどこにあるのかも、どうしてホームレスになったのかも、東口は知らない。ジジタキさんはあまり詳しい話をしたがらなかった。みんなそうだ。東口だって、ここの仲間に自分の来《こ》し方《かた》を詳しく話したことなどない。哀しくなり、辛《つら》くなるだけだから。

《そうじゃないだろう》

疫病神が囁く。

《お前が連中に自分のことを話さないのは、図書館で朝刊を読むのと同じ理由からだ》

東口は胡座を組んだ自分の足をじっと睨みつけた。

《お前はいまでも、まっとうな人間でありたいと思っている。ここの連中に自分の過去を話し、同情されたり、哀れみを受けたりすることに、お前は耐えられない。奴らと同じ場所か、あるいはもっと低い場所まで落ちてしまうことが怖いからだ。かつて社会の上澄《うわず》みの部分で生きていた自分が、澱《おり》が沈殿して濁りきった場所にいるあの連中に哀れまれることなど、受け容れられるはずもないからだ》

違う。自分と彼らは仲間だ。協力し合い、笑い合って、これまでやってきた。胸の内でそう言い返した瞬間、疫病神の笑い声が針のように耳の奥へ滑り込んできた。勝機を見出《みいだ》したような嬉しげな声で、

《そう……同じだ、お前も》

疫病神は囁いた。

《お前は連中と同じだ。病気の身体で、医者に診《み》てもらうこともできずに空き缶を拾っている男と同じだ。犬を毒薬で殺し、その同じ毒を服《の》んで、ゴミのように川に浮いていた男と同じだ。世の中の人間たちが懸命に働いているあいだ、並んで釣り糸を垂れている夫婦者と同じだ。諦めや困難という言葉を免罪符のように使い、社会に対して不平を呟きながら、お前たちはその社会の底辺で無為に生きている。小さな小さな泡みたいなものだ。お前たちは全員そうだ。弾けて消えながら、小さな染みを道連れにして死んでいく。誰にも気にされず。誰にも惜しまれず》

必死の思いで抑えていた感情に突き上げられ、東口は上体を起こした。が、そのとき目の前で、奈々恵が不意に泣き声を上げた。

「わたしが——中国の話をしたせいです」

顔を覆い、奈々恵は床に突っ伏して泣きはじめた。泣き声の合間に、絞り出すようにして言葉をつづけるが、その言葉は、肺が勝手に震えてしまうせいで、ひどく聞き取りづらかった。

「みんなでお鍋を食べているときに、わたし、ジジタキさんに、中国の話をしました——行ったことがあるって言ったら、ジジタキさん、いろんなこと訊いてきて——わたし、それに答えて——」

「そのせいでジジタキさんが、余計中国に行きたくなったってのか？　そんなことねえよ。それはあんたの」

どん、と奈々恵は拳でいきなり自分の膝を殴りつけた。悪いほうの脚だった。

「違うんです……違うんです……」

そのまま、床に上体を押しつけるようにして、彼女は激しく嗚咽《おえつ》しはじめた。身体全体を震わせながら、違う、違うと繰り返し、いつまでも泣いていた。東口はかける言葉を探しきれず、Tシャツから伸びた、出会った頃よりもずっと黒くなった彼女の両腕を、ただじっと見下ろしていた。

（二）

「……あんたの思い違いだったようだな」
《どうかな》
「なにが数年前に男の子を殺しただ。ジジタキさん、弁当と水ようかんで騙《だま》されて、ヤクザに運び屋やらされてたんじゃねえか」
《本当のことなど誰にもわからない。わかったような気になるのがせいぜいのところだ。人は嘘をつくことができる生き物だからな》
「疑《うたぐ》ったってしょうがねえだろう。あんなに丁寧な遺書を書いたのに信じてもらえないんじゃや、ジジタキさんも浮かばれねえ」
　コンクリートに尻をつけ、両膝に腕を載せて川べりに座り込んでいた。十一月の風が首もとに涼しく、右手の下流に目をやると、ジジタキさんが引っ掛かっていたあの錆だらけの自転車が見える。ハンドルの片方を枯れ枝のように水面から突き出し、その向こう側には二すじのゆるやかな襞《ひだ》ができている。堤防の隅には、集めてきた花でトキコさんがつくった寂しい花束が置かれていた。
《どのみち浮かばれなどしない》

その花束を、東口はじっと見つめた。

「まあ……腐ったような自転車に引っ掛かって、こんなところにぷかぷか浮いてたんだからな」

チュウさんとトキコさんも、さすがに今日は釣り糸を垂れていない。自分たちの小屋に籠もっているようだ。モクさんも小屋の中で、四匹の仔犬を毛布の下に引っ張り込んで寝ている。仔犬たちは、あれから橋本が持ってきた哺乳瓶と牛乳で腹をいっぱいにし、さっき覗いてみたら、小さな鼻孔から代わりばんこにいびきを洩らして眠っていた。

「それにしても、迷うところだな。ジジタキさんの遺書の件、警察に連絡するかどうか。まあ、すぐにはしねえつもりだけどさ」

《しないのか》

「いまはな。警察にも誰にも見せねえ。中に、あいつの名前も書いてあるし」

奈々恵がいるトラックのほうを、東口はコンクリートの壁越しに親指で示した。

「ジジタキさんも、そのほうがいいんだろうしさ」

やがて壁の向こう側から奈々恵の顔が覗いたので、東口は立ち上がった。

「……用意できたのか」

今日のうちに出ていけと言ったのは東口だった。

ヤクザ者まで絡んできたからには、さすがにもう奈々恵を置いておくわけにはいかない。

今後どんな面倒が起きるかわかったものじゃない。先ほど荷台で東口がそう言うと、奈々恵は視線を外し、床に投げ出した右脚のあたりを見つめて黙り込んだ。線香花火が燃え尽きたあと、まだ何かのはずみで火花が散るかもしれないと、じっと燃えかすを見つめている子供のような目だった。

「決めたのかよ、行き先は」

あちこちに擦り傷のある奈々恵の旅行バッグを、東口はバイクまで運んでやった。この中にはジジタキさんの遺書も入っている。東口が預けたのだ。手もとに置いておくと、何かの拍子に誰かが見てしまう可能性もあるし、だからといって焼いたり捨てたりしてしまうわけにもいかないからと。

「祖母の病院に、とりあえず行ってきます。会いたいですし、そこでたぶん、父と母にも会うでしょうから」

「会って——？」

「あとは、そのときにまた考えます」

バイクの前で旅行バッグを手渡した。奈々恵は持ち手に両腕を入れてリュックサックのように背負い、何度か背中を揺らして具合を確かめると、東口に向き直った。

「お世話になりました。本当に、すみませんでした」

「みんなには？」

「東口さんから伝えておいてください」

奈々恵はバイクのエンジンをかけてアクセルをふかし、最後にかける言葉は何にしようと東口が考えているあいだに、ぐるりと方向転換して走り去っていった。

路地を遠ざかるバイクを眺めながら、東口はふと、自分の生活の中から彼女が何か大事なものを持ち去ってしまったというような、空虚な感覚にとらわれた。もともと一人でいたところへ、いきなり入り込んできて、何も持たず出ていっただけなのに、奇妙なことだった。

《厄介払《やっかいばら》いができたな》

これでようやくのびのび過ごせるとばかり、疫病神が上機嫌で隣に立つ。

「つぎはあんただけどな」

何か珍しいものでも見つけたというように、疫病神は顔を向けた。

「正直言うと、いいかげん追い出したほうがいいんじゃねえかと思ってる。あんたのことも」

《できるわけがないだろう》

「ところが、できそうな気がしてるんだよな」

《ほう……》

本当は、もっと何か言ってやるつもりだった。しかし、空っぽの胸が重たくて、東口はそれ以上口を利くことができなかった。

（三）

スクラップ置き場を覗き込んでいる男を見つけたのは、それから半月ほど経った昼過ぎのことだ。荷台で椅子の脚の交換作業をしていると、幌の隙間からたまたま男の姿が見えた。

《ずいぶんと懐かしい顔だな》

疫病神の声には警戒するような響きがこめられていた。東口は腰を上げ、四つんばいの恰好で幌をひらいた。

スクラップ置き場に入ってこようかどうしようか、ひどく迷っている様子で、男はそわそわと踵を上げたり下げたりしている。クタクタの茶色い革ジャンに、生地がへろへろになったグレーのスラックス——その姿はちょうど、ここの連中と世間一般の、中間くらいだった。

「……ガンさん？」

呼びかけると、相手はこちらを見てぱっと顔を明るくし、どう反応しようか短く迷ったあと、「お」と言って片手を上げた。

「なんだよガンさん、久しぶりだな」

「いや、ちょっと懐かしくなってさ。変わってないねえここ。いや変わってない」

「変わらないよ、ちっとも。あれ、もうどのくらいだっけか、ガンさんが出てって」

「一昨年《おととし》の秋だったから、ええとお」

いまは土方仕事でもしているのだろうか、黒ずんで汚れた指をのろのろと折りながら、ガンさんは月を数える。

「もう二年ちょっとだよ。いやそんなに経つんだなあ」

ガンさんは、東口がこのスクラップ置き場へやってきた当時の仲間だ。名字が岩井だか岩田だかでガンさんなのだが、最初に紹介されたとき、頑張り屋のガンさんだとみんなは言っていた。東口がここでの生活に慣れはじめた頃、ガンさんは夢を叶えて出ていった。夢といってもべつに大層なものではなく、世間一般から見れば当たり前の、「まともな暮らし」だ。要するにガンさんは、ホームレスを卒業したのだ。

「どうだい、夢のアパート暮らしは」

「いや、悪くないね、うん。悪くない」

レンガ色に日焼けした頬を撫でながら、ガンさんは照れくさそうに笑う。

「いま、みんな呼んでくるよ。みんなっていっても、まあいろいろあって、俺のほかに三人しかいないんだけどな」

「いや、なんか恥ずかしいなあ」

いや、というのがガンさんの口癖だったことを思い出しながら、東口は小走りにスクラップ置き場の奥へ向かった。荒川から吹く風には、もう冬の硬さがあった。

「でもさあ、俺やっぱし、ここ出てってよかったと思うよ。いや、ここの暮らしもそりゃ悪くなかったよ、楽しかったし、自由だし」

「ここも外も、よかったり悪かったりだよ。なあ？」

チュウさんが苦笑まじりに言い、東口たちはばらばらに頷いた。モクさんの足下では、いまだに名前のない仔犬たちが互いの首に嚙みつきあって遊んでいる。もう飛んだり跳ねたりもできるようになった。愛嬌《あいきょう》こそあるが、みんなサンタに似て、あまり見栄えはよくない。

「外って、ここが外だよチュウさん」

ガンさんがひどく愉快そうに笑う。

「いまはさ、パチンコとか競馬も、いや、もちろん派手には無理だけどね、そんでも一応やるだけの余裕あるからさあ、楽しいもんだよ」

建設現場の雑用をしながら、ガンさんは生計を立てているのだという。雑用といってもほぼ毎日現場に呼んでくれるので、アパートの家賃も心配ないし、少しずつだが貯金もできているそうだ。

「駄目よそんな、頑張り屋のガンさんが博打《ばくち》なんてやっちゃ。せっかく真面目に頑張ってお金貯めて、ホームレスじゃなくなったんだから」

トキコさんがガンさんを叩くふりをし、チュウさんが実際に肩をばしんとやった。

「そうだよ、ガンさん、こつこつ空き缶集めたり、段ボール集めたり、ペットボトル集めたり、あんた人より努力していまの生活を手に入れたんだぞ」

どうしてか、ガンさんは気まずそうな顔をし、言葉を返すまでに妙な間があった。

「うんまあ……でもちゃんとやってるから、大丈夫だよ」

笑うと犬歯の抜けた穴が見えるのは、ここにいた頃からだ。

「そんで、あれ？　ジジタキさんは？　あのほら、いつも寝押ししたワイシャツ着てたじいさん」

「いや、それがさ」

チュウさんが言いかけたとき、

「――ガンさん」

背後で声がした。振り向くと、いつのまにか橋本が立っていた。東口たちが顔を向けると、いつものようにチョンと敬礼のような仕草で右手を額にあてたが、笑顔はなかった。

「おりょ、橋本さんじゃない。いや久しぶりだなあ。俺、憶えてっかなあ」

ガンさんは自分をもっとよく見てくれというように、上体を乗り出して嬉しそうな顔をする。しかし橋本は軽く顎を引いただけで、やはり笑みは見せない。懐かしくて寄ってみたのだとガンさんが言うと、

「駄目だよガンさん、ここ来ちゃ」

近づいてきて声をひそめた。

「え何で」

あの話はもうしたかと確認するように、橋本は東口たちの顔を見る。ガンさんにそれとわからないよう、みんな小さく首を横に振った。ジジタキさんの件は、あれから警察がふたたびやってくることさえなく、小屋もそのままの状態で放置してあった。

「まあ……なんていうか、ちょっと問題があってさ、警察が出入りしてるんだよ。べつにガンさん、悪いことしちゃいないだろうけど、近寄らないほうがいいんじゃないかな。面倒があっちゃ申し訳ないし」

「なに警察って、え、誰か何かやっちゃったとか?」

ガンさんは声を落とした。薄い首の皮膚の下で、とがった咽喉仏がためらうように動いた。

「ひょっとしてジジタキさんがいないのって……警察に?」

「いや捕まったわけじゃなくて……まあ……出てったんだ。理由は知らないけどね」

橋本はもやもやと説明した。

「そう、出ていっちゃったのよジジタキさん。警察が来たのは、また別の用事」

トキコさんが上手く話を合わせ、その先をふたたび橋本が引き取る。

「空き缶集めとか古新聞集めとか、いってもほら、条例違反じゃない？　それで最近、警察が来てうるさく言ってくるようになったんだ、急にね。ガンさんも、あれこれ調べられたら面倒だろ？」

「そっか。いや俺、じゃあちょっと、もう帰るわ。面倒だもんな」

言いながら、もうガンさんは背中を向けていた。最後にみんなの顔を見て笑いかけると、「じゃまた」と言って、ひょこひょこと路地へ出ていく。革ジャンの胸をひらき、内ポケットから取り出した煙草に火をつけながら歩き去るガンさんを、みんなで黙って見送った。

けっきょくその訪問は、時間にすると二十分にも満たない短いものだった。

しかし、人の胸に何かを深々と埋め込むには、数秒あれば充分なのだ。

「いいねえ……帰るって言葉」

ガンさんが消えた路地の先を眺め、モクさんが細い声で呟いた。

「煙草もあれ、新品喫ってやがったなあ」

チュウさんがおどけた仕草で片方の眉を上げる。

「だってそりゃ、頑張り屋のガンさんは、頑張ったんだもの」

伏せられたトキコさんの目は、どこかずっと遠くを見つめていた。

さっきチュウさんは、世の中のことを「外」と言った。ガンさんはおかしそうに笑ったけれど、その笑い声を聞くまで東口も、チュウさんの表現が奇妙だとは思わなかった。まったく気づかなかったのだ。

「まあみんな、いろいろだよね」

橋本が首を縦に揺らして笑う。彼がガンさんを立ち去らせたのはもしかすると、東口たちの胸にこうした劣等感を生じさせまいという気遣いだったのかもしれない。一足遅かったようだが。

「俺、やりかけの仕事あるからさ」

東口はトラックに戻った。ときおり襲われる、憶えのある感覚が、いままた自分を捕らえようとしているのを感じていた。

幌を払って荷台に上がり、脚の交換作業をしていたダイニングチェアの前に胡座をかいた。

出てくるだろうなと思ったそのとき、やはり耳もとで疫病神の含み笑いが聞こえた。

《なかなか上手くはいかないものだな》

「何がだよ」

《いろいろな出来事が立てつづけに起きてくれたおかげで忘れていられたことが、ひょん

なきっかけでまた頭に居座る》
「べつに何も忘れてねえぞ」
するど、相手が望みどおりの言葉を口にしてくれたというような、嬉しげな声が返ってきた。
《確かにそうだな。お前は忘れてなどいなかった。ただ考えまいとしていただけだ。つぎつぎ起こる厄介ごとに紛らわせて、考える暇もないように装っていただけだ》
木材の継ぎ目からはみ出て固まった接着剤を、スチールウールでこすった。二十年も前から完璧にこなしてきた作業なのに、力加減を間違えて、木の表面に傷が残った。東口の舌打ちに重ねるようにして、疫病神はつづけた。
《井澤のこと——あの男と、別れた妻のこと。お前はいま、それを考えている》
「考えてねえよ」
《先ほどの男に対する劣等感。屈辱的な思い。そうした負の感情を抱いたとき、人間は決まってその原因を見つけようとする。井澤のことを思い浮かべてしまうのは仕方のないことだ》
「考えてねえって言ってんだろうが。人生いろいろなんだから、しょうがねえよ。ガンさんがホームレスを卒業できたのも、俺がこういう生活してんのも、ただそういう運命だっただけだ。井澤も智江も——」

《〝人間は、自分が他人より劣っているのは能力のためではなく、運のせいだと思いたがるものだ〟》
「プルタルコス、ギリシャの哲学者」
スチールウールを膝先に放り投げ、目の細かい紙ヤスリに持ち替える。人差し指と薬指に巻きつけるようにして、中指の先を紙ヤスリの裏側にあてる。
《思えば、お前がこんな生活をしているのはすべて井澤のせいだ。お前にとって世間が〝外側〟になったのは、あの男のせいだ》
紙ヤスリを木材に押しつけた。
《井澤の会社が倒産したことで、お前の会社も潰れた。そうなるのを知っていながら、あの男は自分の会社を計画倒産させた》
「それも、しょうがねえこった」
《井澤もまた自分のように、最後まで会社を潰すまいとして這いずり回り、努力をしつくしたものだと、お前は思っていた。思い込んでいた。ところが先日のあれだ》
高級車から降り、千鳥足《ちどりあし》で一軒家の門を抜けていく井澤のシルエットが脳裡に浮かんだ。その肩を支えていた、小柄な智江の影。ひらかれた玄関ドアの内側で、嬉しそうな声を上げていた男の子。
《不公平だな、世の中というものは。這いずり回った者が損をする》

紙ヤスリを横へ引くと、生皮を剥いだような痛々しい痕が残った。
《もしあの男がお前のように誠実であったなら、私財を擲《なげう》って会社と従業員を救っていたかもしれない。規模は縮小されても、倒産は免れた可能性がある。もちろん、お前の会社の連鎖倒産もな》
「ただの、やりかたの問題だ」
《生きかたの問題だ》
「経営のしかただよ」
《計算のしかただ》
木材の傷痕の上に、ふたたび紙ヤスリをあてる。中指の先が白くなるほど強く押しつける。
《お前は妻を愛していた》
懐かしい思い出でも語るように、疫病神はつづける。
《どんな女であれ、愛していた。相手は理解していなかったようだが》
「智江は――」
《理解していれば、あれほど唐突に離れていかなかったはずだ。不意に出ていき、署名済みの離婚届を送りつけてきたりはしなかったはずだ》
几帳面な文字の手紙とともに送られてきた離婚届。何杯も酒を飲み、十分に酩酊してから名前を書き込んで印鑑を押した、あの紙切れ。
「笙太のことで疲れてたんだよ、智江は。一人きりの息子が――」
《息子が死んでしまい絶望していた》
疲病神は遮った。
《それなのに夫は社長業に没頭し、優しさのかけらも見せようとしなかった》
そうするしかなかった。辛くて、哀しくて、何かで頭を埋め尽くさずにはいられなかった。
《そんなときも、おそらくあの男は上手く立ち回ったのだろうな》
紙ヤスリを力いっぱい横へ引いた。痺《しび》れるような感覚が、下腹《したばら》から背筋を駆け上った。
《もっとも、以前から二人のあいだに何かがなければ、上手く立ち回るのも難しかったはずだが》
「あるかよ」
《いいや、あった》
疫病神は東口の耳のすぐそばに口を近づけた。
《お前もそれを知っていた》
至近距離で激しい音がし、つぎの瞬間には、ホワイトノイズのようなものが耳の奥で鳴っていた。

何が起きたのか、すぐにはわからなかった。気がつけば、ダイニングチェアの脚が右手に握られていた。さっきまでそれが接続されていた本体部分は、荷台の奥のほうへ転がり、ぐらぐらと揺れている。それを見てようやく、自分が客から預かった品物を荷台の床に叩きつけたのだと知った。

《いいのか……このままで》

疫病神の声がいつもと違う。見れば、身体の脇に垂れた青白い右手が、あの面を掴んでいる。つるりとした額。虚《うつ》ろな両目。長く伸びた白鬚。

《負けたままでいいのか……すべてにおいて、あの男に負けたままで》

目を上げると、面を外した疫病神が自分を見下ろしていた。

広い顎と、骨張った高い鼻。太い眉が、東口の反応を楽しむように持ち上がっている。

二つの黒目は相手を威嚇《いかく》するように静止し、両頬が何かを期待して力《りき》んでいる。

《どうせろくな出来事など待っていない人生だ。思い切って行動してみたらどうだ?》

井澤の顔。井澤の声。

《やってみたらどうだ?》

（四）

思い通りになどさせない。

絶対に思い通りになどさせない。

ダイニングチェアの破損部分は一晩かけて完璧に直した。先に作業を終えていたほかの三脚とともに、その椅子を荷台に固定すると、東口はトラックを離れてアパートのドアを開けた。徹夜明けのかすんだ視界に、雑多なガラクタが入り込み、そのいちばん奥で、ウルトラマンメビウスが無表情で寝転んでいる。

《……何をするつもりだ？》

デッキシューズのまま部屋に上がる。ウルトラマンメビウスの横に立ち、右足を持ち上げる。その足を力いっぱいウルトラマンメビウスの腹に叩きつけると、ぐん、という間抜けな音がした。もう一度踏みつけても同じだった。

《思い詰めて、とうとうおかしくなったようだな》

いいや、おかしくなどない。正常そのものだからこそ俺は——。

「よし、ノコギリ」

部屋を出てトラックに戻り、作業棚のノコギリを引っ摑んで引き返す。スクラップ置き場の奥で柔軟体操をはじめていたチュウさんとトキコさんが、同時に首を突き出して不審げな顔をした。ふたたびアパートの部屋へ駆け込むと、東口はウルトラマンメビウスの胸を左足で踏みつけ、ノコギリの刃を臍《へそ》の下あたりにあて、一気に引いた。その一回だけで、臍の下が大きくぱっくりと口をあけたのは、ノコギリを扱って二十数年のキャリアがなせる技だった。

《お前は——》

引いて、引いて、引いて、途中でウルトラマンメビウスの胸を蹴り上げて反転させ、ノコギリを腰にあてて引いて引いて引いて——。

「よっし」

上半身と下半身がようやく分離すると、東口は上半身のほうを抱え上げて部屋を出た。チュウさんとトキコさんが、さっきよりももっと首を突き出した。

《そいつをどうする》

トラックの助手席のドアを開け、ウルトラマンメビウスの上半身を持ち上げた。叩きつけるようにしてシートに載せ、シートベルトで固定する。

《答えないつもりか》

腕時計を見ると八時半。客には今日の午前中に納品すると言ってあるので、もう行っても大丈夫だろう。運転席に乗り込み、睡眠不足の頭を振ってイグニッションキーを回した。

《なるほど……そいつを助手席に座らせれば、俺の居場所がなくなるというわけか》
　嘲笑も無視した。
《本気でやっているとしたら、なんとも哀れだな》
　灰皿を引き出し、しけモクを咥《くわ》える。鼻歌まじりに火をつけながら、それとなく隣を見てみると、助手席には無表情のウルトラマンメビウスが座っているだけで、疫病神の姿はない。路地を走るあいだ、はじめのうちはどこからともなく疫病神の声が聞こえていたが、国道へ入り込んだあたりから間遠《まどお》になり、客の家に到着した頃にはすっかり消えていた。

　が、四脚のダイニングチェアを納品して、運転席に乗り込もうとすると、そこにふたたび疫病神の姿があった。
《残念だったな》
　白い顔をこちらに向け、からかうように鬚を揺らしている。視線を下に動かすと、ウルトラマンメビウスの上半身は横倒しになり、サイドブレーキに胸を、運転席の座面に顔面を押しつけていた。
「……あんたにそんな力はねえはずだが」
《お前がいままで、そう決めつけていただけだろう》
　いや違う。ウルトラマンメビウスが倒れたのは、単に振動のせいだ。荷台からダイニングチェアを降ろすときに車体が揺れ、座りの悪かった上半身が偶然倒れたのだろう。
《そう思いたければ、思えばいい》
では思うことにしよう。東口は荷台に回り込み、半透明の養生テープを取って戻ってくると、ウルトラマンメビウスの上半身を助手席に立て、シートごとぐるぐる巻きにした。
疫病神の姿はウルトラマンメビウスに溶け込むように、かすんで消えた。
「まずは仕事一件終わり、と」
トラックを発進させる。
《あの夫婦者は今朝も、スクラップ置き場の隅に並んで体操をしていたな。たしか瀧山寛一郎が死んだ翌朝から、もう再開していた。仲間の一人が死んだというのに、ずいぶんと呑気《のんき》なものだ》
「あれ、なんだまだ九時半にもなってねえのか」
《どうして連中があんなふうに呑気な様子でいるのか、お前は考えたことがあるか》
「今日はアポが何もねえんだよなあ……どうすっかな」
《思うに、哀しむのが怖いのだろう。同じ立場の人間として、仲間の無惨な死を哀しむのが怖い。だからああいった態度をとっている。死の真相を知っているか否かなどとは無関係に、ただ怖い》
「チラシでも撒きに行くか」

《お前が気づいていないことは、ほかにもたくさんある。たとえば連中が互いをあだ名で呼び合う理由はどうだ。考えたことがあるか》
「チラシ、チラシ……あれどこいった？」
《先祖代々の姓や、親がつけた名を背負い、あの場所で生きていくことなどできないからだ。これは本当の自分ではないという僅かな韜晦《とうかい》を、心のどこかに持ちつづけていたいからだ。ようやく本名を晒《さら》したと思えば遺書の署名だというのだから、なんとも哀しいじゃないか。お前たちは寄り集まって暮らしている。しかしそうして、何年間もともに暮らし、気の置けない仲間になったつもりでいても、互いを本当に理解することなどできない。誰も自分の本心をさらけ出そうとしないからだ。さらけ出すのが怖いからだ。そこにあるのは孤立をともなわない孤独だ。どれだけ寄り集まろうと、お前たちは永遠に孤独だ》
「おお、めっけた」
《お前のそれも同じだ。その飄々《ひょうひょう》とした態度も。連中のむやみな呑気さや、互いをあだ名で呼び合う行為と同じだ》
「今日はどのへん攻めてみっかな」
《例の住宅街はどうだ？　お前がこれまでチラシを配ったことのない、あの一帯だ》
「こういうのは、繰り返すことが重要なんだよな……よく見もしないで丸めて捨てちまうチラシでも、何度も見かけるうちに、いっぺんよく読んでみようかって気になるもんだ」

《金持ちばかりが暮らしているために気後《きおく》れし、どうしてもチラシを配ることができなかった、あの住宅街だ。もっとも金持ちといっても、たかが知れているがな》
「よし、先週配ったとこ行くか。古い家が多かったから、使ってる家具もだいぶ傷んでんだろ」
《井澤は幸せに暮らしているのだろうな、あの家で》
「しょんべんしてえな、ちくしょう。公園でも寄ってくか……左折」
《晴れていっしょになれた妻と、その妻とのあいだに生まれた可愛らしい男の子。ああいう姿を見ると、少しだけ人間がうらやましくなる》
「で、右折」
《家族がいるというのは、いいものだ》
「あーくそ、しょんべんしてえ」
《お前のことなど、もう思い出すこともないのだろうな。別れた妻も井澤も。自分のいまの幸せを嚙み締めるのに忙しく、不要なチラシのように丸めて捨てた男のことなど、考える暇もない》
「しかし、気楽なもんだな、この生活も」
《しかし、気楽なもんだな、この生活も》
「普通の暮らしになんか、もう二度と戻りたくねえ」

《普通の暮らしになんか、もう二度と戻りたくねえ》
　寝不足のせいだろう、頭蓋骨《ずがいこつ》の中が熱くなり、脳みそがゆだっているようで、車内に疫病神の笑い声が響きわたると、火力を一気に上げたように、頭の中がぐらりと沸騰した。眼球が後ろから熱されて、力を入れていないと、顔から飛び出してしまいそうだった。
《本当に、このままでいいのか？》
「秋晴れだな」
《すべてをあの男に持っていかれたままでいいのか？　すべてにおいて、あの男に負けたままで》
「便所発見」
《そんな人生をこれ以上生きたところで、いったい何の意味がある。行動もせずに。自分の中の復讐心を認めようともせずに》
「はい到着」
《お前は動くべきだ》
「しょんべんしょんべん」
《まっとうに生きていきたいのならば、動くべきだ》
　脳みそが煮える。
《俺の仮面の下を、お前は昨日見た。俺の正体を》

目玉が飛び出しそうだ。
《俺は井澤だ。お前はそのことを以前から知っていた。気がついていた。疫病神など実在しない。するわけがない。怨むべき相手が誰なのか、憎むべき相手が誰なのか、自分をいまの立場に追い込んだ人間は誰なのか――お前はそれを知っていた。しかし直視することができなかった。だからお前は本当の原因に仮面を被せて顔を隠した。そうすれば直視せずにすむからだ。真実を見ずにすむからだ》
自分の大声が、わっと左右から鼓膜を襲った。気がつけば東口は左手を振り、声が聞こえてくる場所に力いっぱい拳を叩きつけていた。ウルトラマンメビウスの顔面が大きくひしゃげ、そのひしゃげた部分から、疫病神の白い顔が覗いていた。
《無駄なことだ》
脳みそが煮える。
「うるせえ……」
豆腐のように煮くずれていく。
《お前が怒りをぶつけるべき相手は俺じゃない》
ウルトラマンメビウスの胴の脇から、すっと白い右手が持ち上がり、面の顎に触れた。目をそらそうとしたが遅かった。右手はするりと撫でるような動きで面を外し、中から現れた井澤の顔を、東口はまともに見た。相手もまた、こちらをじっと見ていた。低く、しやがれた井澤の声が――。
《俺だろう？》
沸騰しきった脳漿《のうしょう》の中に、ゆでられつづけた自分の脳みそが、どろりと溶けて広がっていく気がした。

（五）

六日後の深夜。

東口は赤羽のガード下に立っていた。

ジジタキさんの小屋から借りてきたワイシャツに、黒縁の老眼鏡。ジジタキさんのスラックスに両手を突っ込んで、酔客《すいきゃく》の行き交う路地を睨みつけていた。

《その眼鏡を変装に使うのは、これで二度目だな》

「ああ……箪笥を届けに行ったとき、奈々恵が使ってたっけ」

もっともこんな小道具で変装などせずとも、井澤が自分に気づかない可能性は大いにある。あの男が知っている東口と、いまの東口は、あまりに違う。物腰や目つきはもちろん、ひどく痩せて弱々しくなったこの顔も、声さえも、きっと昔とは変わっている。

この六日間で、東口は井澤の行動パターンを摑んでいた。ほぼ毎夜、井澤は会社を出ると、六本木、赤坂界隈《かいわい》の飲み屋を二軒ほど回り、タクシーで自宅近くの赤羽まで戻ってきて、このガード下の小料理屋に寄って帰宅する。会社というのはもちろんイザワ商事ではない。井澤が新しく興したらしい、中古品専門の家具販売会社だ。その会社は新宿と中野の中間あたりにある、ぎらぎらした立派なビルのワンフロアをオフィスに使っていた。店舗も、井澤の動きを追っているかぎり、都内にすでに四つはあるようだった。

《ずいぶんと景気がいいようだな》

「こんな時代だから、中古品ってのは案外動いてるんだろ。もともと家具を扱うノウハウはあったわけだから、うまい業種を選んだもんだ」

《元手となる商品にも、苦労しなかった》

東口は頷いた。

「倒産当時に仕入れてた家具を、何かの方法を使って、銀行に差し押さえられねえように工夫した可能性はあるな」

《その中には、お前の会社がつくった家具も含まれていたかもしれん》

「あっただろ、きっと」

ガードの脇から覗く夜空を見上げ、長々と息を吐いた。息はもう、少し白かった。

「ま、これまでのことなんてどうでもいいさ。どうせ今日で決着がつく」

《お前が失敗をしなければな》

ワイシャツ一枚でこんなところに立っている自分は、きっと寒さを感じているのだろう。自分の身体は。しかし東口の心は何も感じていなかった。寒さも、不安も、ほんの少しのためらいさえも。これまでずっと自分は、足場の柱を一本外したとたん、すぐさま崩れ落ちる場所で暮らしている気がしていた。雨風に打たれて暑さ寒さに耐えながら。しかしいまは、雨も風もなく、空気の温度さえ変化しない場所で、固い地面にどっしりと座り込んでいる気分だ。トラックで暮らしはじめて以来、こんな気持ちになったのは初めてのことだった。

「失敗なんてしねえよ」

ポケットの中で右手に力を込めた。

「……確実にやるさ」

粉末の入った小さなビニール袋が、指のかたちにひしゃげるのがわかった。

《もっと早く、お前は動くべきだった》

「まったくだ。もっと早く――」

知っている声が聞こえ、東口はそちらを見た。タクシーが一台、ハザードランプを点滅させて停車している。半びらきになった後部ドアから、声は聞こえていた。

《来たな》

運転手に野卑《やひ》な口調で何か冗談を飛ばし、井澤はタクシーを降りてきた。東口は顔を伏せ、ワイシャツ越しに腹を掻きながら、千鳥足の靴音が近づいてくるのを待った。靴音は、泥酔者に特有の荒い鼻息とともに、すぐ前を通り過ぎていく。そっと顔を上げた。広い肩幅の後ろ姿が、予想していた店の、引き戸の奥へと消えた。ポケットの中でもう一度ビニール袋を握り、東口は同じ戸に向かって歩いた。

なるべく音をさせないよう、戸を横に滑らせた。ほぼ同時に、何か大きなものが軋んだような井澤の笑い声が耳に飛び込んできた。

「いいって、そんなの。遅い時間に来るほうが悪いんだから」

「ほんとうにもう、ごめんなさいねえ井澤さん、あとちょっと早かったら」

「どうせ腹いっぱいだし、柿の種かなんかありゃ十分だよ」

女将《おかみ》らしい、和服を着た初老の女性は、もう一度井澤に謝ってから、酒の用意をするために背後の食器棚へ身体を向けた。東口が立っていることには気づいてもいない。

カウンターのほかには二人用のテーブル席が二つだけある小さな店だ。客は井澤のほかに、若い女連れの中年男性と、一人で来ているらしい同年配の男。がなり声で女将と話す井澤を、みんな目に軽く笑いを浮かべて眺めている。その様子から、彼らが互いに常連客だと推察された。いや、男が連れている若い女は、井澤と初対面らしい。男が冷や酒のグラスを片手に言うのが聞こえてきた。

「この人すごいんだぞ。一人で会社立ち上げて、成功させてさ。そんで不景気のあおり喰らってそこがつぶれちゃったんだけど、また頑張って新しい会社立ち上げたんだ。転んでも、ただじゃ起きないんだよ」

へええ、という顔を女はしてみせ、井澤は大袈裟に手を振った。

「そんなの当たり前のことじゃねえか。人間さ、あきらめちゃお終《しま》いよ」

「それがなかなかできないものなのよ、ねえ？」

語尾を上げながら、女将は井澤以外の三人の客に顔を向けたが、そのとき視界に初めて東口が入り込んだらしく、驚いたように背筋を伸ばした。

「あ……ごめんなさいね、いらっしゃいませ」

東口は軽く顎を引き、戸を抜けてカウンターへ歩を進めた。若い女、その連れの男、井澤、一つ席を空けて、もう一人の男。歩いていくあいだ、全員がそれとなく東口を視界におさめて観察しているのがわかった。井澤の隣に腰を下ろそうとすると、女将の目に困ったような色が浮かんだ。なんとかさん、と彼女はいちばん奥に座った男に小さく声をかけ、井澤のほうを目線で示す。新客をそこに座らせるのではなく、男が手前にずれて、東口はいちばん奥に座らせたほうがいいのではないかというジェスチャーなのだろう。しかし井澤が馬鹿馬鹿しそうに笑った。

「いいじゃねえかよママ、フリのお客を大事にしねえ店は、儲からねえぞ」

身振りだけ恐縮してみせ、女将は東口の前にちょこんとおしぼりを置いた。

やがて女将が井澤に瓶ビールを出した。口の中で呟くようにして、東口も同じものを注文した。

しばらく、ビールを舐《な》めてタイミングを待った。グラスから垂れた水滴を、カウンターテーブルの上で指でいじってつなげながら、井澤の隣で店内の声に耳を傾けた。そこで交わされている会話《やりとり》は、仲間同士のごくくだけたもので、しかし互いに深いところへは踏み込まない。自分たちが普段スクラップ置き場で交わしているものと、よく似ている気がした。しかし、どこかが違う。大きく違う。いったい何だろう。

答えを思いつく前に、井澤が席を立った。

「ちょっとごめんなさいよ」

椅子同士の間隔が狭いので、隣席の客が床に降りるときには、隣の客が少しよけなければならない。井澤は東口のほうではなく、右側の常連客のほうへ身をねじって椅子から降り、便所があるらしい店の奥へと向かった。

そのときになって、東口はようやく気がついた。

スクラップ置き場になくて、ここにあるもの。それは敬意だった。くだけた空気の中でも、互いに対する敬意が、ここには存在する。自分と相手が、互いにまともな人間であることを知っているから。

顔を上げた。誰も東口のことを見ていない。きっと、敢《あ》えて見ないようにしているのだ。

ざまあみろと思った。お前たちは、これから起きることがまったく理解できないに違いない。俺に目を向けていなかったせいで、さっきまで何事もない様子で酒をすすっていた人間が、いきなり泡を吹いて倒れこんだ理由に思い当たりもしない。目をそらしていなかったなら、何かまずいものを飲んだということに気づいていただろう。気づいていれば、命は助かっていたかもしれない。救急車を呼ぶとともに、口に手を突っ込んで飲んだものを吐き出させるなどし、応急処置ができていたかもしれない。——東口がそんなことを思うあいだも、誰一人こちらに顔を向けようとはしなかった。女将が話しはじめた近所の店の噂《うわさ》話に、口をあけて笑いながら相槌を打っている。

ポケットに右手を滑り込ませ、ビニール袋を取り出す。テーブルの下で素早く袋の端を破り、井澤のグラスに粉末のシュウ酸を一気に入れると、ビールがさっと白く濁り、泡が動物の背中のように盛り上がってグラスの縁を越えようとした。しかし実際に越えた泡の量は、ほんの少しで、グラス表面の結露を消し去りながらテーブルまで垂れ落ちて消えた。見ているあいだに、グラスの泡はおさまった。白い濁りも、よくわからなくなった。

「お勘定《かんじょう》」

腰を上げつつ、東口はポケットに空のビニール袋を押し込んだ。逆のポケットから、用意してきた千円札を摑んでテーブルに置く。

「釣りはいいから」

「え？　いや駄目ですよお客さん、ちょっと待っててくださいね、いまお釣り――」

女将が背中を向けたとき、店の奥から井澤が戻ってきた。立っている東口をちらっと見てから、鷹揚《おうよう》な物腰で自分の席に座る。

「社長さん……景気よさそうですね」

ジジタキさんの老眼鏡の奥から、東口は相手を見た。井澤は一度こちらに目を向け、自分が話しかけられたことに驚いたような顔をした。

「いや、まあねえ、そうでもないですよ」

相手に見せるための苦笑をし、視線を東口の胸のあたりに下げながら言う。

「こんな時代ですから、いろいろと大変です」

黙って頷き、東口はテーブルのビールグラスを顎で示した。

「私、もう行きますんで、その前に乾杯しませんか」

「ん、ああいいですよ、乾杯ね」

「会社の社長さんと乾杯できる機会なんて、もうないでしょうから」

「いやいや、社長っていってもねえ、私の会社なんて――」

「ぐっと景気よく、気持ちよくいきましょうや。ひと息で」

テーブルのグラスを取り上げ、もう一つのグラスにカチンと打ちつけると、東口は一気に中身を飲み干した。井澤はふたたび苦笑し、意味もなく首を頷かせながらグラスを手に取った。そして、おや、という顔をした。

　心持ち眉を上げたまま、井澤は手にしたビールグラスを眺め、その視線を東口の顔に向ける。

「社長もどうぞ、飲んでくださいよ。せっかく乾杯したんだから」

　口の中で曖昧な返事をし、井澤はビールの入ったグラスを顎のあたりまで持ち上げた。しかし口をつけようとしない。

「社長、頼みますよ。飲んでくださいよ、こう、ぐっと」

　女将とほかの三人の客が、不安げにこちらを覗き込んでいる。目に映る景色が、徐々に赤みを帯び、手足から力が抜けていくのがわかった。東口は椅子の背もたれを摑んで身体を支え、井澤に顔を近づけた。

「早く飲んでくださいよ、社長」

「ああ、でも」

　井澤は厚い唇を曲げ、しょぼついた酔眼を東口に向けた。東口はその目を真っ直ぐに見返した。

「でも、あんた……」

　やがて、井澤は申し訳なさそうに言った。

「あんたグラスを間違えたよ。こっちがあんたのだ」

意識する前に、自分の唇の端がにやっと持ち上がるのがわかった。もう何も言えなかった。言葉を発しようとすると、咽喉の奥からこみ上げたものが口から飛び出してしまいそうだ。さっきよりも赤らんだ店内の景色が、ぐるりと時計回りに回転し、身体の左側に強い衝撃を感じた。あっと井澤が声を上げ、ほかの客たちが同時に椅子を鳴らした。身体が勝手に転がって仰向けになり、天井の蛍光灯で視界が真っ白になった。光の中に、口を半びらきにした井澤の顔があった。

《お前——わざとやったのか》

「知らねえな……」

女将が早口で何か言っている。井澤が屈み込み、おい、と吠えるように言いながら東口の肩を揺する。ずいぶん遠慮のない揺すりかただ。身体の表面から血の気が引き、急激に感覚がなくなりつつあったので、揺れているのが自分ではなく、店の天井と井澤の顔であるように見えた。

《お前は逃げた》

「笙太んとこ行くんだ……」

自分の耳にも、ほとんど聞こえないほどの声だった。

「親が子供に会いに行って、何が悪い」

口の中に、苦みとも痛みともつかない不快な感覚が広がっていく。溜まった唾液を吐き出してしまいたいが、そんな力は出そうにない。

《最後まで無意味な人生だったな》

「そうでもねえよ……けっこう楽しかった」

　声と物音が入り乱れ、救急車という言葉が聞こえた。

「これでやっと、あんたともさようならだ」

《哀れな負け惜しみだ》

「哀れんでくれる相手がいるってだけで、いいじゃねえか。人生なんてそんなもんだ」

《なんとも虚しい》

「そりゃ虚しいよ……当たり前だ」

　虚しくない死なんてあるわけがない。人が一人死ねば、その場所が空っぽになる。そして周囲の人間のどこか一部が、空っぽになる。空いた場所はやがて別の何かで埋められるのだろうが、それは死んだ人間には無関係なことだ。本人は、ただ空っぽだけを抱えて消えていく。それを虚しいと呼ばずに何を虚しいと呼ぶのか。

　ただし、笙太の死と比べたら、自分がこの世に残す「空っぽ」は、ずっと少ないに違いない。しかし、いったいどちらが虚しいのかはわからない。ジジタキさんと比べたらどうなのか。サンタと比べたらどうなのか。

《けっきょく何も変えられないまま、あの世で息子と対面か》

「もういいんだよ」

命が糸のように、細く細くなっていく。

「もう無理だったんだ……」

誰かがその糸にハサミをあてたように、ぷつんと意識が途切れた。

第四章

（一）

「だってほら、御供養料って、お値段表みたいなのがないんでしょう？」

「相場的なもんはあるらしいけどな」

「でもチュウさん、あれも寺によって違うらしいよ」

「そうなのか、モクさん詳しいな。え、でかい寺だと高いとか？」

「たぶん、そういうことじゃないかなあ。墓は、ちゃんと先祖からのやつがあったらしいんだ。だから新しく用意する必要はないって聞いた」

「あら、誰から？」

「遺族の人。ほら、別れた奥さんの、弟さんとかいう。あの人がスクラップ置き場に来たとき、そんな話になったんだ。ねえ橋本さん」

「ああ、あるらしいね墓は。私もそう聞いた」

「そういえば離婚した奥さんっていうのは、一度もあたしたちんとこに顔を見せなかったわねえ」

「そりゃお前、いろいろあるんだろ」

「そうだよ、人それぞれ事情ってのがあるんだ。なあ橋本さん、やっぱり香典ってかたちで、みんなでいくらか包めばいいんじゃないかな」

「うん、それが自然っていうか……普通だよね」

不意に会話がやみ、四人とも居心地悪そうに視線を下げた。子供だろうか、廊下からぱたぱたと軽い足音が響き、折りたたみ椅子に並んで腰掛けたチュウさん、トキコさん、モクさんと橋本は、それぞれ廊下のほうをちらっと見たが、しかし何も言わずにまた下を向いた。

やがてトキコさんが、丸い肩を揺らしてふふっと笑い声を洩らした。

「でも、あれよね。病院でお香典だのお墓だのの話をしちゃ、駄目だわよね」

ほかの三人も小さく笑い、場の空気がほどけた。ベッドに上体を起こした恰好で、ずっと黙り込んでいた東口も、その空気につられてつい笑った。

「まったくだ……非常識だぞ、そんなの」

「まあでもあたしたち、もともと常識的に暮らしてるわけじゃないんだけども」

「常識なんてのはお前、自分で決めりゃいいんだよ」

チュウさんがセーターの腕を組んで顎をそらす。橋本の車に同乗してきた三人は、病院に見舞いに行くとあって、珍しくきちんとした身なりをしていた。もっとも、ぎりぎりホームレスに見えないという程度だが。

「じゃあ、まあさっきの話は、みんなでちょっとずつ出し合って、香典として送るってことでいいかな。現金書留か何かで」

橋本が丸い顎を掻きながらそれぞれの顔を見て確認し、東口たちはばらばらのタイミングで頷いた。

見舞いに来てくれた四人の話によると、どうやらジジタキさんには結婚歴と離婚歴があり、その別れた妻の弟というのが、菓子折を持ってスクラップ置き場を訪ねてきたらしい。

「寛一郎義兄《にい》さん」のことを、彼は北国の方言まじりで懐かしそうに、寂しそうに話し、丁寧に頭を下げて帰っていったのだとか。

その義理の弟も、ジジタキさん自身も、岩手県の出身だった。北上川《きたかみがわ》がだいぶ細くなったあたりにある、山あいの小さな町らしい。ジジタキさんには身寄りがほとんどおらず、何人かいる郷里の親戚も全員かなり高齢なので、義理の弟がわざわざ新幹線に乗ってやってきたのだ。義兄の生前の仲間たちに、菓子折を渡して礼を言うという、ただそのためだけに。

彼の話によると、ジジタキさんの葬式を出そうと言う者が誰もおらず、ならば自分がやるということで、周囲に啖呵《たんか》を切ってきたのだとか。そんな彼の言葉に心を打たれ、スクラップ置き場の仲間たちも、何か自分たちも協力しようじゃないかということになった。そこからの、香典の話だった。

東口がこの病室で意識を取り戻したのは、昨夜のことだ。

看護師が教えてくれた日付によると、丸二日間、眠っていたらしい。目を醒《さ》ました東口のベッドに、担当医だという若い男性医師がやってきて経緯を話してくれた。

——あの人がいなかったら、まあ、助からなかったでしょうね。

「あの人」というのは、店の女将によって呼ばれた救急車が赤羽のガード下に到着し、東口を載せた担架《たんか》がそこに運び込まれるとき、救急隊員の一人を捕まえて、その人はシュウ酸を飲んだのだと教えて姿を消した若い女のことだ。彼女が伝えたその情報によって、泡を吹いてぴくぴくしている東口に的確な処置がほどこされ、一命をとりとめた。女は二十代半ばから後半で、度の強そうな眼鏡をかけていて、髪は肩くらいまでのストレート、見たところどうやら右脚が悪そうなのにもかかわらず、バイクで救急車のあとをついてきて、東口の命が助かりそうだとわかるなり、そそくさと病院から姿を消したのだとか。

どう考えても奈々恵だった。

だいいちスクラップ置き場の仲間たちが今日こうして見舞いに来たのも、「奈々恵ちゃんがさっき来て教えてくれた」からだった。

しかし、彼女はまたどこかへ消えてしまった。

――奈々恵ちゃんが戻ってきてくれたと思って、あたしすごく嬉しかったのに。

トキコさんは寂しそうに首をすくめていた。

スクラップ置き場で東口のことを伝えたあと、エンジン音に振り向いたときにはもう、奈々恵のバイクは路地を遠ざかっていくところだったのだという。奈々恵がガード下にタイミングよく現れた理由も、目を醒ました東口に会おうとせず消えた理由も、さっぱりわからない。

仕事で使う劇薬を服《の》んで自殺を試みた中年男性――病院で、東口はそんな扱いになったらしく、とくに警察への連絡などはされていないようだ。人手不足で、きっと病院も忙しいのだろう。シュウ酸自体は、購入に身分証や印鑑が必要なものではあるが、町の薬局で販売されているので問題にはされなかった。

「しかしヒガシさん、ただの過労でよかったよなあ。仕事中に倒れたみたいだって奈々恵ちゃん言ってたから、何か悪い病気なんじゃないかって心配したよ」

モクさんが嬉しそうに目を細める。奈々恵は四人にそう説明したらしい。

「うん、まあ……大して働いてなんていねえのに、かっこ悪《わり》いな、まったく」

「いやあ、ヒガシさんも、もう四十《しじゅう》だもん。しょうがないよ。俺たちの中じゃいちばん若いけど、それでもねえ」

病院から警察へ連絡がいかなかったのは喜ぶべきことだった。人手不足ばんざいだ。もし連絡されていたら、ジジタキさんが死んだ件との関係性を疑って、いまごろ警察が捜査をはじめていたかもしれない。そうなると、どうしてもジジタキさんの遺書のことも話さなければならなくなる。

井澤の前でシュウ酸入りのビールを飲み干したとき、東口は本気で死ぬつもりだった。死ねると思っていた。筌太のところへ行けると。死体からシュウ酸が出て、身元も判明すれば、きっと警察はジジタキさんの死と関連づけて考えるだろうが、遺書は奈々恵に預けてあるので問題はない。そもそも、いつか自分は命を絶つと心の隅で考えていたからこそ、奈々恵にあれを託したのだ。ジジタキさんの遺書を読んだそのときから——ホームレスの哀れな末期《まつご》を目のあたりにしたそのときから、東口は予想していた。遅かれ早かれ、自分は追い込まれるだろうと。虚しさ、後悔、口惜しさ、そういったもので生き埋めになり、あえぎながら、大きく呼吸する最後の手段として、死を選ぶことになるだろうと。

しかし、こうして無様に生き返ってしまった。

あの世にほんの片足だけ踏み入れ、「空っぽ」を胸に抱え込んだまま、また戻ってきてしまった。

「おいモクさん、大丈夫かい？」

橋本が折りたたみ椅子から腰を浮かせた。見ると、モクさんは両手を顔に押しつけながら、身体を折って前屈みになっている。身体が、ぐ、ぐ、と何かを堪えるように断続的に揺れている。どうやらまた咳を我慢していたようだ。チュウさんとトキコさんは何も言わず、ただ頬を硬くしてそれを見ていた。

「あのさ、モクさん、この前から気づいてたんだけど、あんた身体が悪いんじゃないの？顔色もここんとこずっとひどいし、目の下の隈《くま》がすごいよ」

眉をひそめる橋本に、モクさんは左手で口を押さえたまま右手を横に振ってみせた。しかしその様子に説得力はなく、橋本は渋面になって身を乗り出した。

「あんた、ついでに診てもらいなさいよ、ここで。診察料くらい私が出すよ」

ようやく咳の波が去ったらしいモクさんは、確認するようにゆっくりと一度呼吸をすると、膿《う》んだように濡れた目を橋本に向けた。

「ついでって言ってもさ、なかなか……」

中途半端に言葉を終わらせ、そのまま一人で頷きながら、東口に顔を向ける。

「俺なんかよりも、ヒガシさん、大丈夫なのかい？」

ベッドと床を曖昧に指さしたのは、病院代を心配してくれているのだろう。東口は首を横に振った。

「訊いてみたら、思ったほどかからないみたいでさ」

「そかそか、ならよかった。入院代なんて、いくらかかるのか見当もつかないものなあ」

穴あき靴下の右足で、モクさんは左のくるぶしをのろのろと掻いた。

枕元の棚に入っている、万札の詰まった封筒のことを、東口は思った。

井澤から受け取った金だ。

今朝一番で、井澤は病室を訪ねてきた。身を硬くして言葉も発せずにいる東口に深く頭を下げ——下げたまま、目だけをこちらに向けて説明した。

本当は、気づいていたのだという。

居酒屋で自分の隣に座り、黙々とビールをすすり、乾杯を持ちかけてきた男が、かつての商売相手であることを。自分の妻の、以前の夫であることを。

——目的がわからなかったものだから……気づかないふりをするしかなかった。

ベッドに横たわっているのは東口のほうなのに、満身創痍《まんしんそうい》の人間が呻《うめ》くような声だった。

——用を足して戻ってきたときも、グラスの一つが妙な泡立ちかたをしてるのがわかった。

それを見たときは全身が冷たくなったと井澤は言った。そして、それ以上は何も具体的なことを話そうとせず、前ボタンをきちっと閉めたスーツの内ポケットに右手を滑り込ませ、

——使ってくれ。

おそらくは百万だろう、四角くふくらんだ封筒を、背をこごめるようにしながら差し出した。

言葉を返すことができなかった。感情が身体の中で暴れていた。知らない動物が、歯を剝き、四つ足を無茶苦茶に動かしながら、胸の中で暴れ回っている気がした。その動物は肋骨《ろっこつ》の内側に繰り返し頭をぶつけ、東口はその感覚に耐えることに精いっぱいで、口をひらくこともできなかった。

――申し訳なかった……本当に。

ベッドの上で頭だけ起こした東口の、全身を確認するように、井澤は視線を動かした。その目に浮かんでいたのは、痛々しいものを見るような、哀れみの色だった。何が申し訳なかったのか。何のために金を用意してきたのか。具体的なことをけっきょく一つも口にしないまま、井澤は東口に背中を向け、うつむいた姿勢で立ち去った。

井澤が病室を出ていったあと、東口は布団の上に置かれた封筒を睨みつけていた。白いシーツがへこんで、中身の重さを示していた。胸の中の見知らぬ動物が咆吼《ほうこう》し、東口は右手を封筒に向かって力いっぱい振り下ろした。もういちど振り下ろした。紙が斜めに破れ、一万円札の印刷が覗いた。叩くように両手で顔を覆い、東口は声を上げて泣いた。目の前の札束を摑み、無茶苦茶に破り捨ててしまいたかった。そして、破り捨てることのできない自分に、また泣いた。

「モクさん……ちょっと、いいかな」

見舞いに来てくれていた四人が病室をあとにしかけたとき、東口は声をかけた。モクさんは振り向き、やつれた顔で「?」と眉を上げた。

（二）

何もできないというのは、楽でいい。

クリスマスの電飾で賑《にぎ》やかしい商店街を歩きながら、東口は実感していた。求めるから後悔する。辛い目に遭う。世の中にある苦しみや哀しみや怒りの大半は、求めるものと持っているものの差から生まれる。自分には何もできないのだということを、はじめからわかっていれば、余計な感情など一切抱えなくてすむ。

スーパーの入り口に灰皿が置かれていたので、近づいて中を覗き、長いしけモクを何本か選んでシャツの胸ポケットに入れた。一本を口に咥えて火をつけ、喫いながら歩いた。

退院して、ひと月あまりが経つ。

けっきょくあれから丸二日間病院で過ごしたあと、最後の診察を受け、薬を三種類もらって退院した。最後に会計窓口で渡したのは、井澤の金だった。

東口の申し出を断り、モクさんは金を受け取らなかった。

自殺を試みたことは伏せた上で、井澤のことを正直に話し、謝罪の印として押しつけられた金だと東口は説明したのだ。だから自分で使うわけにはいかないのだと。それでもモクさんは首を縦に振らず、

――どんな金だって、いっしょだよ。人に世話してもらってまで、病気治したくないよ。

東口の肩に手を置き、平べったい顔で笑いかけた。いつも考えてきたことを言葉にする口調だった。

――それに、まだ死なないから大丈夫。自分のことだから、わかるんだ。

頼むから使ってくれと言っても駄目だった。モクさんは、以前よりもさらに細くなった声で、ありがとうと礼を言って病室を出ていった。

それから退院するまでのあいだ、排泄《はいせつ》と食事と診察以外、東口はただじっとベッドに横たわって白い天井を眺めていた。自分の中の拒絶が、しだいに迷いへと変わっていき、その迷いがだんだんと水に入れた泥団子のように溶けだして、かたちが曖昧になっていくのを感じていた。会計窓口で井澤の封筒から札を出して事務員に渡したとき、最後に溶け残っていた迷いの欠片《かけら》が、すっと微小な点になり、はじめから何もなかったかのように消え失せた。

このまま胸の中の水を動かさずにいれば、きっと沈んだ泥は動かないでいてくれる。使って何が悪い。この金で生きて何が悪い。自分にはこれを受け取る権利がある。受け

取らなければおかしい。

以来、こうして何もしない日々を過ごしている。ときおり中華料理店に入って安いラーメンをすすったり、パチンコ屋で千円だけ勝負することもあった。金があるのだから、仕事をする必要もない。スクラップ置き場に停めてあるトラックの荷台を、適当な時間に出て、町をぶらつき、また適当な時間に戻って眠る。チュウさんとトキコさんに釣り竿を借り、たまに川で食材を狙ったりもする。ガソリン代がもったいないので、トラックはスクラップ置き場に停めっぱなしだ。チラシを撒きにも出かけなければ、仕事を受けるための携帯電話も、電源を切って布団の脇に転がしてある。図書館で朝刊を読むことも、もうなかった。ジジタキさんの義弟に送るという香典を、みんながなけなしの金を出し合って用意しているときは、もちろん東口も出した。ただしみんなと同じ額だった。大金を持っていることを知っているモクさんは、何も言わなかったし、東口の顔を見ることもなかった。しけモクの煙を深々と吸い込んで吐き出すと、そばを歩いていた若い女が、わざと聞こえるように舌打ちして身を遠ざけた。髪を払いながら離れていく女の後ろ姿を、東口はじっと見た。どこかに設置されたスピーカーから、「ひいらぎかざろう」が流れている。クリスマスプレゼントに電動ノコギリがほしいと父親にねだったのは、何歳の頃だったか。買ってもらってすぐに、アルファベット二十六文字を切り出して、自分だけのローマ字の勉強キットをつくったのは、いつのことだったか。

昔を思うとき、以前は虚しさや口惜しさが胸を埋めたのに、いまはそれもない。ただ懐かしいだけだ。懐かしがることしか、もう自分にはできないと知っているからだった。ぎりぎりまで短くなった煙草を最後にひと喫いし、地面に投げ捨てた。汚れきったデッキシューズでそれを踏みつぶしたとき、

「ああ……」

東口は気がついた。

「いねえな」

疫病神がいないのだ。

あれ以来、一度も姿を見せていない。

いまになって気づいたことに、我ながら驚いた。可笑《おか》しさがこみ上げ、思わず肩を揺らして笑うと、コンビニエンスストアの前を掃いていたアルバイトの男が、ちらっと目を上げ、すぐにそらした。

冬の短い日はやがて暮れ、東口は両手を腋に挟んであたためながらスクラップ置き場に戻った。荷台で横になろうとトラックの後ろに回り込むと、暗がりに人が立っていたので、ぎくりと身を引いた。

「あんた、いつも急に現れるな」

「すみません」

「いつからそこにいたんだ」

「まだ二分ほどです」

「みんなには挨拶したか？　あんたがいなくなって寂しがってたぞ。きっと懐かしがるんじゃねえかな。まあ懐かしがるっていっても、いなくなって何年も経ったわけじゃねえけどさ」


悪戯が露見しそうなときの子供のように、自分が思いつく言葉をやたらに喋ってしまっているのがわかった。奈々恵もそれに気づいたのだろう、眼鏡の奥の目が、申し訳なさそうに弱々しくなった。

「仕事、していないんですね」

遠回しに訊くのはかえって相手を傷つけると思ったのかもしれない。奈々恵はきちんと顔を向けてそう言った。自分の汚らしい無精髭や、伸び放題の蓬髪《ほうはつ》を、東口は隠したかったが、もう遅い。

「まあ、ちょっとな。あぶく銭が入ったもんだから」

「井澤さんに渡されたんですか？」

硬いもので胸を突かれた思いだった。

「……何で知ってんだ」

「東口さんが居酒屋で倒れた夜、わたしが救急隊員にシュウ酸のことを伝えたとき、井澤さんもそばにいました。意識を失っている東口さんに呼びかけながら、申し訳ない、申し訳ないと繰り返していました」

そのときに、何が起きたのかをなんとなく理解したのだと、奈々恵は言った。

「東口さんは……井澤さんの前で死のうとしたんですね」

そのとおりだ。

しかし東口は頷かなかった。

「東口さんが一命をとりとめたあと、たぶん井澤さんは病院に行くだろうと思ったんです。そういう人に見えましたし……東口さんを見舞うとき、相手の心情も考えずに、現金を持参していくような人にも見えました」

「大した観察眼だな」

「ついでに言うと、そんなにモテそうな人には見えませんでした」

「気ぃ遣ってくれてんのか」

「思ったことを言ったまでです」

ふん、と鼻息だけ返した。

「で、もう一つついでに教えてくれ。あんたはどうしてあの夜、えらくタイミングよく現れた？　まあ俺にしてみりゃ、最悪のタイミングだったわけだけどさ」

心配だったんですと、間髪いれずに奈々恵は答えた。

「ここを出ていってから、ずっと東口さんのことを心配していました。危険なことを考えるんじゃないかって。ジジタキさんが死んだことが、東口さんを何か……決定的な行動に向かわせるんじゃないかって」

東口は目をそらし、暗いスクラップ置き場を眺めた。

「……あんたに何がわかる」

「わかるんです」

今度も、返答まで間がなかった。

「わたしにはわかるんです」

奈々恵の顔に目を戻す。肩を強張らせ、何かの衝動にじっと耐えているように、こちらを向いて真っ直ぐに立っている。彼女にはわかる。――そう、彼女にはわかるのだろう。しかし素直に頷くわけにはいかなかった。

「だから、あれか？　尾行でもしてたか」

「いつもではありませんが」

「ほんとにしてたのか」

「心配だったんです。本当はずっと目を離したくないと思っていました。でも、いろいろとわたし……やらなければいけないことがあって、気になっても、いつも様子を見ているのは無理でした。それでも、東口さんが井澤さんのことを調べているのはわかりました。

トラックで、井澤さんの車やタクシーを尾《つ》けていたので」

「その俺のトラックを、あんたが尾けてたと」

「はい」

なんとも拍子抜けする種明かしだった。

「あの夜、井澤さんが入った店に東口さんも入っていったので、何か起きると思ったんです。わたし、心配で、店のそばにずっと立っていました」

そこであの騒ぎが起きたというわけか。

「で、ここへは何しに？」

「ほとぼりが冷めた頃だろうと思いまして。ジジタキさんの件で警察が来るようなことも、もうないかと。だからまた仕事を――」

短く言いよどんだ。

「手伝わせていただこうと」

なんとも答えることができずにいると、奈々恵は一歩近づいてきた。

「バイクは壊れて乗れなくなりました。だからここにいさせてもらわないと困るんです。移動手段がありません。来るだけでも、けっこう大変でした」

「心配ねえよ。望みの場所まで、トラックで送ってやる」

奈々恵に背中を向け、東口は運転席へと向かった。

「わかるだろ。さっきあんたが言ったとおり、俺はもう仕事をしてねえ。だから手伝うことなんて何もねえんだ。送ってやるからほれ、助手席に乗れ」

言いながら運転席のドアを開け、東口は額を押さえた。

「かあぁ……」

「何ですこれ？」

奈々恵が不思議そうに中を覗き込む。すっかり忘れていたウルトラマンメビウスが、養生テープでぐるぐる巻きにされた状態で、助手席を占領していた。顔は東口の一発でひしゃげたままだ。

「……何でもねえよ」

古タイヤから空気が洩れるような、情けない溜息が出た。

（三）

けっきょくその夜は、二ヶ月ぶりに荷台に布団を二組敷くことになった。

奈々恵はずいぶんと疲れていたようで、眼鏡を外して布団に潜り込むと、すぐに背中を向けて静かになった。

が、東口は眠れなかった。いまにも寝息に変わりそうな奈々恵の呼吸を聞きながら、手枕をして、狭苦しい闇を見つめていた。少し風が出てきたようで、ときおり幌ががさがさと音を立てた。

その風が、胃の中にも吹いている気がした。

「情けねえと思うよな」

耐えきれずに呟いた。おそらく奈々恵は言葉の意味を理解していたのだろうが、こちらに頭の後ろを向けたまま訊き返した。

「……はい？」

「恰好悪いって思ってんだろ」

「何がでしょう」

「俺」

相手には見えないのを知っていながら、自分の胸に人差し指を突きつけてみる。返事はなかった。無視を決め込むつもりかと、東口が身を起こしかけたとき、ようやく声が返ってきた。

「生きてさえいれば、いいと思います」

ハッと思わず息が洩れた。

「本気でそんなふうに考えてんのかよ」

「本気です。だからもう死のうなんて思わないでください」

書かれたものを読むような、淡々とした声だった。

「生きてください」

東口は聞こえない程度に舌打ちした——つもりだったが、たまたま風がやんだ瞬間と重なり、予想以上に大きく響いた。

「そんなの、なんとも言えねえよ」

はっきりいって自信はない。いまは、死ぬだけの根性も残っていない気がする。いまの自分には何もできない。情けないとは知りつつも、自分の生涯がこのままであっていいという気持ちが、胸の大半を占めているのだ。何もできるはずがない。しかし明日はわからない。力が生まれてくるかもしれない。その力を、命を絶つために使おうとしている自分の姿は容易に想像できる。

「明日から、あんたどうすんだ。俺はもう仕事なんてしねえぞ」

声は返ってこない。

「ここにいたって、何の意味もねえぞ」

「東口さん」

「ああ？」

暗がりで顔を向けたが、奈々恵は何も言わない。

東口は目を閉じた。

そのまま眠ってしまおうとしたら、ずいぶん経ってから奈々恵がもう一度呼びかけてきた。

「東口さん」

その声には涙が滲《にじ》んでいた。

「お祖母ちゃん、死んじゃいました」

数秒のあいだ闇を見つめてから、東口は奈々恵のほうへ身体を向けた。

「祖母さんって、あのインドに凝ってた？　入院したっていう——」

枕の上で、たぶん頷いたのだろう、短く頭の動く音がした。

「せっかく直した箪笥、ほとんど使いませんでした」

「入院して、そのままあれか？」

「はい」

顔も身体も声も丸い、愛嬌のある木之宮多恵の姿が浮かんだ。箪笥を届けに行ったときは、サリーを着て、インドサークルのことを話しながら楽しそうに笑っていた。

「わたし、子供の頃から両親と折り合いが悪くて——暇さえあればお祖母ちゃんの家に遊びに行っていました。父が仕事一本の人で、母もあまり感情を出さない人で、だからわたし、お祖母ちゃんといると安心したんです。お祖母ちゃんも、わたしが行くとすごく楽しそうにしてくれて、お祖父ちゃんが死んでからは、もっと楽しそうに笑ってくれました。

行くたびにお祖母ちゃん、いくらいらないって言っても、お小遣いをくれるんです。ポチ袋に、お金と小さなメモ紙を入れて、帰るときに渡してくれるんです。小学生の頃は五百円玉で、中学生からは千円札が入っていて、メモはいつも違っていました。楽しかったねとか、寒いから風邪に注意とか——自分の似顔絵に吹き出しをつけて、何か書いてくれているときもありました。似顔絵は本物より丸い顔をしていて、見るたび笑いました。死ぬ前、病室に親族が集まったときも、お祖母ちゃん、わたしにポチ袋をくれました」

ずうずうと洟《はな》をすすり、奈々恵は言い添えた。

「わたしと、妹に」

「ポチ袋か……」

東口も一つもらったのを憶えている。中身はメモだけで、金は入れ忘れていたが。

「お祖母ちゃん、自分がもうすぐ死ぬっていうことを、ずっと前から知っていたようなんです。医者に頼んで、はっきり自分の状態を教えてもらったんだって言ってました。お祖母ちゃんが最後にくれたポチ袋を開けたら、メモが一枚きり入っていました。丸顔で笑ったお祖母ちゃんが、胸の前で両手を合わせていて、吹き出しの中に〝ナマステ〟って書いてありました」

「ナマステ」

「あの言葉は、人と出会ったときだけじゃなくて、お別れの挨拶にも使うんだそうです」

木之宮多恵があんなに急にインドに凝りはじめたのは、ひょっとしたら自分の死期を知っていたからなのだろうか。

むかし読んだ本に書いてあった。ヒンズー教の教えでは、人は死んだ数だけ生き返る。だから彼らの心には死を恐れる気持ちが少ないのだという。もちろん、急ごしらえで教えに傾倒したところで、自分の考えが劇的に変わることなどあり得ない。しかし、死を目の前に突きつけられた木之宮多恵にとっては、少しの救いでもありがたかったのではないか。

長年使ってきたあの箪笥を修理に出したのも、自分が死ぬことを知っていたからなのかもしれない。見慣れたものたちに囲まれて、思い出といっしょに最後の時間を過ごすのが、彼女は怖かったのかもしれない。

東口が電話をかけ、箪笥に残された落書きやシールの跡を本当に消していいものかどうか訊ねてみたとき、

——いいんです、消してください。

東口の声を遮るように、木之宮多恵は言った。

——一つも残さないで消してほしいんです。

思い出たちをなるべく遠ざけて、彼女は最後の時間を過ごしたかったのではないか。目の前に突きつけられた死を、怖がらないように。

「死ぬと、哀しむ人がいます」

しばらく黙っていた奈々恵が、また口をひらいた。

「だから、死なないでください。病気にかかったり、事故に遭ったり、仕方のない理由以外では死なないでください」

「俺が死んだところで、誰も哀しまねえよ」

「死なないでください」

言葉が途切れた。

やがて、細い細い、ずっと遠くで笛が鳴っているような声を洩らし、奈々恵は泣き出した。

「急に派手な泣きかたになったな」

「わざとです」

「何だそれ」

「涙液にはエンケファリンという物質が含まれています。エンケファリンは天然の鎮静剤として作用して、人の感情を緩和してくれます。だから落ち着きたいときには涙を流したほうがいいんです」

という説明を、奈々恵は嗚咽の合間合間に喋りきった。

それから、もっと本格的に泣いた。

「明日……気晴らしにどっか出かけるか」

たぶん聞こえていないだろうと思いながら、言ってみた。

「このトラックも、あんまし動かさねえでいると、よくねえしさ」

(四)

朝がくると、東口は助手席のウルトラマンメビウスをひっぺがして荷台に放り込んだ。スクラップ置き場の仲間たちが起きてくる前に、奈々恵と二人でトラックに乗り込み、冬の空気に包まれた町を、王子《おうじ》駅を目指して走った。

「フンパツするか」

有料のパーキングにトラックを停め、飛鳥山に向かう。公園のある頂上へと向かう階段を、奈々恵に合わせてゆっくりと上る。

「懐かしそうな顔してますね」

「昔、よく来たからな」

「わたし、じつは初めてなんです」

もう奈々恵は少し息が上がっている。

「東口さんは、生まれも育ちもこのあたりなんですよね」

「言ったっけか?」

「押しかけ弟子になる前、下調べをしたときに知りました」

「子供の頃、しょっちゅうここで遊んでたよ」

押しかけ弟子という言葉を自分が否定しなかったことに、東口は内心で苦笑していた。

「向こうの、斜面のほうに細い川が流れてててな、その川の途中に小さな池もあって、友達とザリガニ獲ったり、木の下でアリジゴクを掘り返したり」

「男の子ですね」

階段を上りきると小径《こみち》が三方に延び、真ん中の径を進んでいくと、やがてぱっと景色がひらけて公園にたどり着く。中に入って遊べるSL。大きなコンクリート製のすべり台。スズカケノキは葉を落とし、冬空に向かって寒そうに枝を持ち上げている。その枝の一本にカラスがとまって、わけ知り顔で風景を眺めていた。声を上げて走る男の子。父親。一人で指を噛んでいる女の子。母親。やっと歩いている幼児服の子。文庫本を顔の前に持ってきて読んでいる老人。やがて東口の視線は一匹のゾウの上で止まった。ゾウの身体の左側からは階段が、右側からはすべり台が延びている。

《パパ……》

《怖くないよ、笙太》

いま、すべり台の上には男の子がいる。なかなか滑り出すことができず、不安げな顔で母親を見下ろしている。息子が滑る瞬間を撮ってやろうと、母親が下から男の子にビデオカメラを向けている。

あのときと、まったく同じ光景だった。

「昔はここに展望台があったんだ。バーベルを半分に切って、こうやって棒を下にして埋めたみたいなかたちでさ」

男の子はまだ滑ることができない。なかなか尻を下につけようとしない。

《怖いよ》

《大丈夫、じっとしてれば勝手に滑っていくから》

やっと男の子は尻をつけ、そのままおそるおそる前進しはじめる。

「バーベルの重りの部分が、ゆっくり回ってくれて、同じ窓の前に立っていれば、そこから三百六十度の景色が見られた。もう二十年くらい前だっけかな、解体されちまったんだ」

男の子の身体が、すっと前に動く。そこでいったん止まったかと思うと、またじわじわと動き出し、あ、と男の子は口をあける。身体は勢いを増し、真っ直ぐに地面へと向かっていく。その様子を、下から母親がビデオカメラでとらえている。やがてすべり台は傾斜角度をゆるめ、男の子の身体はスピードダウンする。その動きが完全に止まったとき、小さな身体はちょうどすべり台の下端へと行きつく。男の子は身体を固まらせている。横顔が恐怖で強張っている。その顔はしかし、すぐに、ほどけるように笑顔へと変わる。

《パパ！》
《簡単だろ？　ぜんぜん怖くない》
《怖くなかった！》
だが、男の子は嘘をついているのだ。本当は怖かった。もう一度やる勇気が出ない。しかし、いつかはやりたいと思っている。いまではなく、いつか。心の中ではもうすでに、顔にぶつかる風の勢いを楽しみながら、何度も階段を上っては滑り降りている自分の姿が想像できている。想像しながら、初めてのすべり台の興奮に囚《とら》われて、親の両足に抱きついている。
「あの子、車が壊れちゃったみたいですね」
奈々恵の視線を追うと、三歳くらいの、金魚のようにひらひらしたスカートの女の子が、プラスチック製の小さな車の隣でしゃがみ込んでいた。なるほど左の前輪が外れている。女の子はその前輪を片手に持ったまま、いまにも泣きそうな顔をしていた。
「どれ」
女の子に近づいて笑いかけた。
「直してやるから、どいてみな」
誰かしら、といった顔で目を上げた少女は、しかし東口を見るなり頬を硬くし、前輪を放り出して駆け出してしまった。行く手には母親らしい女性が別の女性と立ち話をしていて、娘に急に抱きつかれて驚いている。母親はこちらに顔を向け、事情をわかっていない様子で会釈した。東口も軽く頭を下げた。

「……剃ってきたのになあ」

顎を覆う無精髭を、今朝はカミソリで丁寧にあたってきたのだ。

「知らない人だったから、驚いただけですよ」

東口は少女の車の脇に屈み込んだ。ネジが一本、地面に落ちている。どうやらこれが外れたらしい。東口は前輪をシャフトに嵌《は》め込み、ネジを穴に戻してやろうとしたが、穴の内側のプラスチックが削れてぶかぶかになっている。これではまたいつ抜けるかわからないので、奈々恵にティッシュペーパーを借りてネジに巻きつけ、上着のファスナーの金具をドライバーがわりに、しっかりと固定してやった。

「あとで、ちゃんと修理に出したほうがいいですね。うちでもできますんで、よかったら」

四つ折りにして持ち歩いていたチラシを、困り顔の母親に押しつけた。

「久々に営業しましたね」

奈々恵と並んで公園の端まで歩き、ベンチに腰を下ろした。子供たちの声は、たくさん混じり合って、一つの長い音のように聞こえていた。

「東口さん。ピエロ恐怖症って知っていますか？」

急に奈々恵が訊く。

「昔、何かで読んだな」

ピエロに対して極端な恐怖を抱く人というのが、世の中にはいるらしい。理由は本人にもわからないのだが、あの姿を見ると、どうしてか怖ろしくてたまらないのだとか。

「わたしも、以前に本で読みました。あまりきちんとした研究はされていないようですが、どうもあれは、顔の化粧に原因があるみたいですね」

「べつに、おっかない化粧じゃねえだろ」

ぼさぼさの髪に、白い顔、大きくて真っ赤な鼻。口にはいつも笑いを浮かべている。

「ピエロというのは、もともと宮廷で、王やその周囲の役人たちを楽しませるために生まれたキャラクターなんだそうです」

遠くに目を向けたまま、奈々恵は話しはじめる。

「いつも顔は笑っていて、面白おかしい動きをしてみせるけれど、あんまりふざけすぎてしまっては相手を怒らせてしまいます。だからピエロたちは、常に微妙なラインをしっかりと見極めて道化を演じていたらしいです。顔は笑っているのに、化粧の下は、じつはいつもシリアスなんです」

古い時代なので、きっと相手を馬鹿にしすぎたばかりに処刑されてしまうようなこともあっただろう。かといって控えめすぎては役に立たない。

「そのことに気づく人が、ピエロを怖がるんじゃないでしょうか」

子供たちを眺めながら言う。

「あの笑いが、本当の笑いじゃないと気づく人が。浮かべている表情が嘘だとわかると、本当の表情が気になります。でも化粧のせいでそれが見えないから――」

「怖がるのか」

「そう思います」

東口は膝のあいだから黄色い公孫樹《いちょう》の葉を拾い、くるくる回した。

「いちいち怖がってちゃ、ハンバーガーも食えねえ」

「あれはピエロではなく、ハーレキンだそうですよ」

「道化師か」

「道化師《ハーレキン》の顔に涙のマークを描くとピエロになるようです。本当かどうかわかりませんが、みんなに馬鹿にされながら人を笑わせているけれど、じつは哀しみを抱いている、という意味だとか。――いずれにしても、ピエロも道化師も、素顔がまったく見えません。だから人によっては怖がるんだと思います。とくに子供は」

先ほどの少女に視線を移した。直してやった車にまたがり、何かリズミカルな声を上げながら前進している。

「いまの俺の顔が、ピエロか道化師みたいだってのか？」

わざと気軽な調子で訊いてみた。頷くかと思ったが、奈々恵はしばらく考えてから、首を横に振った。

「思い出しただけです、その話を」

東口は両足を投げ出して顎を上げ、冬空を仰いだ。鳥が一羽、高いところで静止している。眺めているうちに、その鳥は何か急に思い出したような動きでさっと飛び去った。

「〝明るいってことは、寂しいってことだ。よく笑うってのは、悲しいってことだ〟」

「伝説のマタギの言葉か？」

「そうです」

「なんとかさんは、いろんなことを言うな」

奈々恵は空を見上げて頷いた。

（五）

大晦日《おおみそか》がやってきた。

東口はスクラップ置き場の近くの竹薮《たけやぶ》から極細の竹を二本失敬し、高さ十センチほどの門松をつくって、チュウさんとトキコさん、モクさんの小屋の前に置いてやった。これは毎年恒例で、まだ放置されたままになっているジジタキさんの小屋の前にも並べておいた。ついでにブルーシートの襞にまとわりついていた落ち葉を丁寧に払った。

　奈々恵の提案でトラックの荷台を大掃除し、年越し蕎麦用に買ってきた緑のたぬきを食べ終えたら、今年も残すところあと一時間ほどになっていた。

「みんな誘って、祭りにでも行くか」

「どこかで、お祭りがあるんですか？」

「大晦日の夜中には、王子で狐の行列が出る」

　王子駅から五分ほど歩いたあたりには、かつて有名な大榎《おおえのき》が生えていた。年の終わりになると、大榎の下に狐が集まると言われ、その光景は広重《ひろしげ》の浮世絵にも描かれている。狐たちはそこで正装に着替えて新年を迎えていたそうで、大榎が生えていたその場所は、いまでは装束《しょうぞく》稲荷神社という小さな神社になっている。

「その話がもとになって、王子の狐行列ってのがはじまったんだ。大人も子供も、みんな狐に扮装して、笛と太鼓でチャンチャカやりながら歩いていく。行列は十二時にスタートだから、いまから行きゃ間に合うだろ」

「面白そうですね」

「どれ、声かけてくるか」

　チュウさんたちの小屋を覗いたら留守だった。モクさんの小屋へ行くと、チュウさん夫婦と三人で紅白歌合戦を見ていた。以前に橋本のツテでもらってきた十二Vのバッテリーに、小さなテレビをつないでいる。それぞれの膝では仔犬たちが丸くなって眠っていた。

「知ってる歌手がぜんぜん出てこないんだもの、飽きちゃうわ。歌もなんだか学芸会みたいだし」

祭りに行くかと誘うと、歌合戦に飽きていた三人は行こう行こうと喜んだ。モクさんの体調が心配だったが、今日は少し調子がいいらしい。仔犬たちもついでに連れていこうということになり、五人と四匹でトラックへ移動した。

東口が運転席に、奈々恵が助手席に、ほかのみんなは荷台に乗った。祭りが行われている場所周辺は通行止めになっているが、モクさんと奈々恵のことを考え、行けるところまでトラックで行ってみるつもりだった。

「お、みんなでお出かけ？」

スクラップ置き場を出ようとすると、ちょうど橋本がスーパーのレジ袋を提《さ》げて通りかかった。いっしょに行くかと誘ってみたら、どっしりと底の膨らんだレジ袋を持ち上げて、やることがあるのだという。餅米だなと思った。橋本は毎年元日の早朝、つきたての餅を届けてくれるのだ。

「よいお年を」

片手をチョンと額にぶつけ、橋本は背中を丸めて路地を歩き去っていった。

「――着いたのね？」

コインパーキングに車を停めて荷台に回り込むと、トキコさんが遠足に来た子供のように腰を浮かせていた。東口と奈々恵以外の三人が分担して仔犬を抱き、トラックを出た。モクさんは慣れた様子で二匹をいっしょに胸に抱いた。

行き交う人々は誰もが笑顔を浮かべ、浮き足立っていた。初詣《はつもうで》に行くのだろう、着物姿の女性もちらほら見える。なんだか高速道路のサービスエリアのような、独特の雰囲気に満ちた町を、装束稲荷神社に向かってぶらぶらと歩いた。途中でトキコさんの胸元からピーと甲高《かんだか》い音がした。

「なんだお前、ラジオ持ってきたのか」

「そう、いちおう」

「ぴいぴいうるせえから消しとけよ」

「冬美ちゃんは聴きたいの」

「そんなのお前、いつ歌うかわかんねえだろうが」

けっきょくトキコさんはスイッチを切ったが、ときどき小さな音を出して耳元で歌手を確かめていた。

「あっちですね」

白い息を弾ませて奈々恵が首を伸ばす。「王子　狐の行列」と書かれた幟《のぼり》が、人混みの頭の上に見えている。近づいていき、祭りの雰囲気に包まれながらみんなできょろきょろしていると、男の声で合図が聞こえた。祭り囃子《まつばやし》がはじまるのだ。太鼓と笛の単純なフレーズが、途切れなく繰り返されて響きはじめた。

いよいよ行列がスタートした。女は色とりどりの着物、男は紋付き《もんつ》袴《はかま》、子供たちも可愛らしく和服を身につけている。行列に加わった人々は、手に手にトウモロコシのような鈴や、カラフルな細い帯がたくさんついた幣《ぬさ》のようなものを持ち、囃子に合わせてシャンシャン振っていた。「王子　狐火」などと墨筆で書かれた提灯《ちょうちん》を持っている者もいる。丸い提灯の光は、人影に見え隠れしながら、ゆっくりと動いていく。

狐、狐、狐だ。

行列に参加した人々は、男も女も子供も、一様に狐の面を被っていた。面は白地に絵筆で顔を描いたもので、耳と口がとんがり、左右の頬に数本ずつヒゲが描いてあるというオーソドックスなものだ。子供の中には、自分でつくったらしい稚拙《ちせつ》な面をつけている者もいた。しかし、見てくれなど関係なく、本人がそれを気に入って被っているのが様子からわかった。

この祭りに笙太が行きたがっていたことを、東口は知っていた。

知っていながら一度も連れていこうとしなかった。どうせ毎年やっているのだからと。

車両の通行が遮断された大通りで、警官が赤い誘導棒をぴかぴかさせながら動き回っている。それに導かれ、狐の行列は道の真ん中をゆっくりと進んでいく。ときおり行列の中に、息苦しいのか、面を額に上げていたり、後頭部につけている人もいたが、たくさんの狐たちの中で、人間の顔はかえって目立った。

「おお、あすこにでかいのがある」

チュウさんが指さす先を見ると、家庭用冷蔵庫ほどもある張りぼての狐面が、左右から二人の男に支えられて運ばれていた。その男たちも、もちろん狐の面を被っている。ざわめきの向こうから、微かに除夜の鐘が響いた。何度目かの鐘を聞いたとき、

「ん……」

ふと思い出して東口は立ち止まった。

「何です？」

「俺、厄年《やくどし》だ」

「あ」

すっかり忘れていたが、この午前零時をさかいに、東口は厄年に入ったのだ。

「ま、関係ねえか。これ以上何かが悪くなるなんて、考えられねえもんな」

奈々恵が先に笑い、東口も笑った。

しかしそのとき東口は、行列の狐たちの中に、知っている顔を見た。

着物姿の男女や子供たちにまじって、白い顔をした老人が、うっそりと立っている。影のようにおぼろげな姿をしたその老人は、しずしずと流れていく行列のただ中で、わずかに顎を引いて、じっとうつむいている。老人の白い顔はゆっくりと、回転するようにこちらを向き——。

「あっち行くか」

相手と目が合う直前に、東口は人混みの中にまぎれ込んだ。

「どこ行くんです？」

右脚をかばいながら、奈々恵が途惑い顔でついてくる。東口は答えず、人をよけて進みつつ肩越しに振り返った。行列の中の疫病神は、水の中を流れるように、人々のあいだを縫って近づいてくる。東口はさらに足を速めた。奈々恵が短く何か言ったが、言葉を返さず、かわりに彼女の腕をとり、身体を支えながら急いだ。

もう一度振り返ると、疫病神の姿は消えていた。

狐たちの行列も、幾重《いくえ》にもなった見物客に隠れて見えなくなっていた。

「誰かいたんですか？」

シャッターを下ろしたスーパーの壁際まで行きついた。東口は黙ってかぶりを振り、そのときになって、まだ奈々恵の腕を摑んでいたことに気づいて手を離した。

「……どうしたんです？」

訊かれても、わからない。咄嗟の行動だった。疫病神の姿を認めたとたん、見えない手で引っ張られたように視線が別のほうを向き、足が勝手に動き出していた。疫病神から実際にこうして逃げたことなど、これまであっただろうか。祭り囃子の底でとくとくと響く、せわしない自分の心臓の音に、東口は耳をすました。

「みんなと、はぐれちゃいましたよ」

ほかの三人の姿はどこにもない。しかし先ほどの場所に戻ることがためらわれ、東口は壁にもたれかかって息をついた。小声で謝ると、奈々恵は中途半端な仕草で頷き、離れた狐行列のほうをぼんやりと眺めた。

遠い祭り囃子を聞きながら、二人して黙り込んだ。ちらっと隣を見ると、奈々恵は眼鏡のレンズに街灯を映し、じっと唇を結んでいる。

「東口さん……お面って、何なんですかね」

「なんだ、いきなり」

「このまえ話した、ピエロにしても道化師にしても、あの狐の行列にしても、どうしてみんな自分の顔を隠しているんでしょう」

「そりゃ、顔を隠さなきゃピエロにも道化師にも狐にもなれねえからだろ」

奈々恵は小さく首をかしげた。

「わたし、さっき狐の行列を見ていて思い出したことがあるんです。小学三年生のとき、学芸会で『泣いた赤鬼』をやったときのことなんですけど」

「懐かしいな」

「人間と仲良くなりたい赤鬼が、あるとき青鬼に相談して――」

青鬼は一計を案じる。自分が村へ行って大暴れし、そこで赤鬼が現れて村人を助けてやれば、彼らは赤鬼を好きになってくれるのではないか。計画は成功し、赤鬼は村人たちと仲良く暮らしはじめるのだが、それ以来、青鬼の姿がぷっつりと見あたらなくなる。気になって赤鬼が青鬼の家を見に行くと、まったく静かで、戸に張り紙が一枚きり残されている。その張り紙には、自分と仲良くしているところを見られたら、君の嘘がばれてしまうから、自分は旅に出るよと書いてある。

「青鬼役の子は、クラスで一番大人しい女の子でした。あみだくじで決まったんです。教室で誰かと喋っているところもほとんど見たことがないような――授業で指されても、何も答えられずに顔を青白くさせて足を震わせてしまうような子でした。だから先生もわたしたちも、みんな心配しました。あの子で大丈夫だろうかって」

しかし、練習がはじまると、そんな心配はすぐに吹き飛んだらしい。

「お面をかぶったら、その子、別人みたいに大きな声で台詞《せりふ》を喋って、とても堂々としていました。本番でも上手に役をこなして、ほかのクラスの先生たちも褒《ほ》めていたそうです。わたしたち、みんなびっくりして、いままで彼女を臆病な大人しい子だと考えていたのは勘違いだったんだと思いました。だから、明日からもっとあの子に話しかけて仲良くなろうって、学芸会が終わったあとに話していました。でも——」

　青鬼役の女の子は、翌日から学校に来なくなったのだという。

「一週間以上、ずっと来ませんでした。やっと登校してきたと思ったら、以前と変わらない、大人しい、臆病な子に戻っていました。話しかけても、うつむきながら、聞こえないくらいの声で何か短く答えるだけで、わたしたち、だんだんと話しかけるのをやめました。四年生、五年生、六年生になって……卒業するまで、ずっとそのままでした」

　そこまで話すと、奈々恵は眼鏡の奥の目をゆっくりと瞬《しばたた》かせ、じっと考え込んだ。

　一度だけ、その子が一人で泣いているのを見たのだという。

「学芸会が終わって学校へ来なくなって、ようやく登校するようになった、そのすぐあとのことでした。体育の時間が終わって、みんなで教室で着替えているとき、その子が体操服のまま一人で出ていきました。わたしだけそれに気づいて、なんだか様子がおかしかったので気になって、ついていったんです。その子、誰もいないトイレに入って、個室の中でずっと泣いていました。休み時間が終わる直前まで泣いて、真っ赤な目をして出てきたとき、わたしがそこにいるのを見て驚いた顔をしました。わたし、迷ったんですけど、理由を訊きました。その子は顔をそむけて、何も答えてくれませんでした」

　大通りに、ふたたび狐の行列が見えた。警官の誘導棒が小刻みに動いている。丸い提灯の光が移動していく。

「たぶん、もう二度と青鬼になれないことが哀しくて、その子は泣いていたんだと思います」

なんとなく、気持ちはわかった。

「お面というのは、何かの役割を演じるのと、本当の自分を隠すのと、きっと両方の役割があるんですね。わたしの祖母――自分の死期を知っていた祖母が、サリーを着たり、ことさら明るく活き活きと振る舞っていたのも、お面を被るようなものだったのかもしれません」

そのまま、奈々恵は唇を閉じた。東口があれこれとものを思うあいだ、ひと言も口を利かずに狐の行列を眺めていた。

奈々恵の言ったことは、きっと正しい。死に直面した木之宮多恵の明るさ。彼女だけじゃない。シュウ酸を服《の》んで死ぬ直前、ジジタキさんが異様なほど明るく振る舞っていたのも――ジジタキさんが死んだあと、チュウさんとトキコさんが日課の柔軟体操をつづけているのも――そして、もしかしたら、芹沢さんがスクラップ置き場の人間と懇意にしてくれていたのも、顔に面を被るようなものだったのかもしれない。こうでありたいという自分を、みんなそれぞれに演じていたのではないだろうか。スクラップ置き場の連中が互いをあだ名で呼び合っているのも、やはり疫病神が言っていたように、本当の自分たちの姿を正視したくないという思いからなのかもしれない。

「東口さんは――」

不意に顔を向け、奈々恵が訊いた。

「お面を被っていますか？」

すがる何かを探しているような、行き暮れた子供のような目だった。その視線に東口はたじろぎ、何か答えようと唇をひらいたまま呼吸を止めた。言うべき言葉が見つからず、いや、それを口にする勇気がなく、

「あんたは――」

気づけば奈々恵に問い返していた。

「あんたはどうだ？」

奈々恵の目が、それまでよりももっと辛そうに歪んだ。

彼女もまた、東口と同じだった。薄く唇をひらき、しかし言葉を発することができずに、ただこちらの目を見返した。

「わたしは――」

ほんの小さな、息で薄まった声で彼女が何か言おうとしたとき、

「ああいたいた、おうい！」

仔犬を抱いたチュウさんが大きく手を振りながら近づいてきた。トキコさんとモクさん

も人垣の向こうから顔を出した。

「なによヒガシさん、いやらしい。あたしたちをまいて二人っきりになったりして」

「馬鹿言うな」

トキコさんの後ろから、白い顔が笑いかけていた。

（六）

楽しそうに笑い合う人々の上に、冬の羊雲が浮かんでいる。
日暮れが近づき、羊雲の周囲は透明な橙色《だいだいいろ》に染まりつつある。
カメラが下に動き、白いダウンジャケットを着た笙太の背中を撮《うつ》す。ダウンジャケットはぶかぶかで、なんだかそれだけが人間たちの中に浮かんでいるように見える。
《パパ、早く》
振り返って笙太は急《せ》かす。行く手から祭り囃子が聞こえているというのに、親がのんびりと雲など撮りながら歩いているのが、どうしようもなく苛立たしいのだ。
《大丈夫だよ、そんなに急がないでも》
《終わっちゃうよ》
袖に半分隠れた手が、握り拳になり、笙太はふたたび背中を向けて人混みの中を進みはじめる。カメラは少しだけペースを上げてそれを追いかける。地面には真っ白な砂利。人垣の向こうにはときおり黒松の枝が見える。

また、笙太が振り返った。すぐ後ろにいると思ったのだろう、視線が一瞬だけ周囲を彷徨《さまよ》ってからカメラを見る。息子はびっくりしたような顔をし、

《パパ！》

両目と頬のあたりに怒りを滲ませて声を上げる。

最後の手段とばかり、こちらに向かってずんずん歩いてくると、笙太はカメラを持つ手を掴んで引っ張る。画面が大きくぶれ、人々の顔が横へ流れて地面が映る。

《笙太ほら、走らない》

映像はそこで途切れる。

すぐにつぎの場面がはじまる。

二人は神楽殿《かぐらでん》にたどり着いている。画面の下端には人々の後頭部。マフラーと肩。赤ん坊を抱いている母親も、身体をくっつけ合った若い男女もいる。子供たちのために設けられた木製の観覧台があり、いくつもの小さな背中のあいだに、笙太の白いダウンジャケットが交じっている。

舞台の上では、きらびやかな衣裳をまとった三人の能楽師が舞っている。手前の一人は金糸銀糸をふんだんに使った、一番派手な衣裳を着ている。神楽殿のとっつき——縁ぎり

ぎりに、その能楽師はガニ股で立ち、両腕は真っ直ぐ左右に伸ばされている。鈴でも振るように、能楽師は顔を小刻みに動かす。その顔は白い面で覆われている。後ろの二人にはピントが合わず、着物の柄や面の様子さえよくわからない。カメラはいつまでも手前の能楽師を撮りつづけている。あれはどういった役どころだったのだろう、能楽師は画面の真ん中で、太鼓の音に合わせ、滑稽《こっけい》な動きをひたすら繰り返す。右へ動けばカメラもそれを追う。左に動けばまた追う。やがてカメラはズームし、白い面が、まるでこちらへ急接近してくるように——。

「寝ていなかったんですか」

背後で奈々恵の声がし、東口は足を伸ばしてビデオデッキの一時停止ボタンを押した。白い面が大写しになったまま、画面は静止した。

「ああ……帰りの運転は眠くてしょうがなかったんだけどな。妙なもんだ」

狐の行列を最後まで見物し、到着地点である王子稲荷神社をみんなで少しぶらついてから、東口たちはスクラップ置き場へと帰ってきた。すっかり忘れていた「明けましておめでとう」を言い合い、チュウさんとトキコさん、モクさんはそれぞれの小屋に帰っていき、奈々恵と東口も荷台に戻った。奈々恵はすぐに布団で寝息を立てはじめたが、東口はこうして胡座をかき、ずっとテレビ画面を見つめていたのだ。いつものように、ジャックにイヤホンをさして。

「眩しかったか？」

「いえ……たぶん、長いこと歩いて珍しいものを見たせいで、気が昂《たか》ぶっていたんだと思います」

奈々恵は携帯電話のディスプレイを覗き、眼鏡をかけてまた覗いた。

「まだ六時ですか。布団に入ってから、三時間くらいしか経ってないんですね」

拳を握って両腕を前に突き出し、小さくあくびをしてからテレビに目を移す。画面一杯の能面を見て、不思議そうに瞬きをする。

「祭りだよ。別れた女房の、実家の近くにある神社の祭りだ」

栃木県にあるその神社では毎年の正月前、大晦日を含めた三日間で祭りが開催される。夕刻には神楽殿で、地元の能楽師たちによる舞が行われるのだが、この舞は演者たちの滑稽な動きが人気で、毎年けっこうな見物客が集まる。

「息子と二人で見に行ったんだ。あいつ、これを見るのは初めてで、えらく楽しみにしてさ」

外から笑い声が響いてきた。

「橋本さんの声だな」

奈々恵は頷き、四つんばいになって荷台の端まで進んだ。幌を三角に開けて外を覗くと、頬がうっすらと白く照らされた。

「橋本さん、何か段ボール箱を持ってます」

「餅だな」

やがて、静止していた画面が、いきなり動きはじめた。五分経ったら自動的にそうなることを忘れていたので驚いた。奈々恵も振り返って画面を見た。笙太が何か言い、カメラがそちらを向く。笙太はカメラを見返して満面の笑みで笑っている。能楽師の動きが面白かったのだろう。何も言わず、相手が自分と同じ気持ちでいることを確信し、ただ笙太は笑っている。

幌の隙間から奈々恵の顔が見えたらしく、外から橋本が呼ぶのが聞こえた。

「お餅を食べに来なさいって」

「行ってこいよ、あの人の餅は美味いぞ。まあ機械がついてんだけどさ」

「東口さんは？」

「あとで行く」

奈々恵は出ていった。

画面に目を戻すと、笙太はふたたび背中を向けていた。カメラはその背中を撮りつづけている。小柄な息子は、同い年ほどに見える周囲の子供たちの中で、舞をよく見ようと懸命に背伸びをしている。

演者がまた何か面白おかしい動きをしたのだろう、並んだ子供たちの背中がいっせいに、小刻みに動いた。そしてまた笙太が振り返る。先ほどと同じ笑みでカメラを見る。満面の笑み。相手が自分と同じ気持ちでいることを疑わない、無邪気な笑み。画面がぶれる。カメラが小さく震えている。——笑っているのだ。こうして息子とともに過ごす幸せを唐突に感じ、カメラを構えたまま自分が笑っている。笙太の顔に、不思議そうな表情が浮かぶ。急に笑い出した理由がわからずに、息子はぼんやりと父親を見返す。その息子のほうへ、カメラが近づいていく。細かく震えながら近づいていく。

《どうしたの？》

笙太は胸の疑問をそのまま口にする。

《笙太……》

自分は言葉にならない声を返す。

《久しぶりだな、お前がこれを見たのは》

疫病神の声が割り込んだ。

「新年早々、出てきやがったか」

ふっと思わず笑いが洩れた。

驚きも怒りも感じず、心は生あたたかい諦観《ていかん》にひたされて、何の反応も示さなかった。

《厄年に俺がいないのも、物足りないだろうからな》

「おさらばできていなかったってわけだ」

《そうらしい》
やがて画面は暗転した。
このビデオにはもう、何も録画されていない。
《これは、お前がはじめに再生した映像だったな》
そう――これが最初だった。
笙太が生きているあいだは、録り溜めたビデオを観ることなどただの一度もなかった。こんなにたくさんあるのに、一本だって再生してみようとしなかったのだ。息子が死に、智江が出ていき、会社が倒産し、すべてを失くしたあとで、東口はビデオの存在をようやく思い出した。そして最初に再生したのがこの一本だった。一人きりの家――笙太のものもそのままで、智江の荷物も置きっぱなしになっている、とても一人きりになったとは思えない家のリビングで、東口はこれを再生した。
「……なあ」
画面の砂嵐を見つめながら訊いてみた。
《何だ》
「いまの俺の顔、笙太が見たら、怖がるかな」
《道化師か》
東口は頷き、ゆっくりと顎を撫でた。指の腹で無精髭がちりちりと音を立てた。

《そう……怖がるかもしれんな》

疫病神は首を揺らす。

《お前の顔も、西木奈々恵の顔も》

「俺もあいつも、道化師か」

《本当の顔を隠した道化師だ》

「あんたに言われたくねえけどな」

影のように揺れ、疫病神は声を出さずに笑った。目をやると、久方ぶりに現れたせいか、輪郭が曖昧だった。

「俺……いつになったら笙太の墓参りに行けんだろうな」

画面の砂嵐に目を戻しながら言ってみたが、返事はなかった。しばらく待っても声が返ってこないので、ちらっと傍らを見たとき、ふとした違和感をおぼえた。

疫病神の袖口から、何か暗い光を発するものが覗いている。

「あんた、何持ってんだ？」

答えず、疫病神はゆっくりと袖を引いた。暗い光を発するそれが、三日月のように弧を描く刃物であることが見て取れた。

「疫病神が、そんな物騒《ぶっそう》なもん持っていていいのかよ」

《俺を疫病神と名付けたのはお前だ。自分で名乗ったことなど一度もない》

「思い通りにはならねえぞ。あんたが何だったとしても」

《必死でやってみるがいい》

疫病神は表情のない声を返した。

《俺に抵抗してみろ》

「やってやるさ」

笑い声と、仔犬たちの騒ぐ声が聞こえてきた。幌を払うと、疫病神は朝陽の中に霞《かす》んで消えた。チュウさんが仔犬に餅をやろうとし、それをモクさんと橋本が止めている。橋本は御屠蘇《おとそ》でも飲んでいるのか、顔も頭頂部もバラ色に輝いていた。

第五章

（一）

シャワーで身体を流し、シェービングクリームをふんだんに使って髭をあたった。つなぎに袖を通して両腕を曲げ伸ばししてみたら、先に着替えていた奈々恵が東口の顔を見て微笑《ほほえ》んだ。

「つなぎ、やっぱり似合います」

「あんたも、俺より久しぶりなのに似合ってるじゃねえか」

「飛び込み営業なんて初めてです」

「はい、営業トーク」

奈々恵は背筋を伸ばして滑らかな口調で語る。

「椅子やテーブルの修理はもちろん、革張り、布張りのソファーの染み取り、金属製の家具の錆落とし、ドアの蝶番の調整、襖《ふすま》や障子の立て付け直し、その他ご相談いただければ何でもいたします。しばらくはこちらの地区を廻らせていただいておりますので、期間内でしたら料金のほうが一割ほどお安くできるかと思います」

「あら、期間内っていつまで？」

「え」

「え、じゃねえよ。こういうときは適当に答えときゃいいんだ、一週間とか一ヶ月とか。要は自分が何て言ったかを憶えといて、その直前くらいにもう一回訪問する。そんでこう言うんだ。別の地区からも依頼がたくさん来ているもので、そろそろそちらに動いてしまうのですが、その後いかがでしたか？」

「その後いかがでしたか？」

「んんん、うちには特になかったのよねえ、修理してもらうような家具が」

「そうですか」

「そうですかじゃねえ。いいか、この台詞が出たってことは、修理について一回は真面目に考えてくれたってことなんだ。家ん中にどんな家具があるのかを教えてもらって、相手の顔色から判断して平気そうだったら、踏み込んで自分の目で見る」

「勝手に？」

「訊いてからだよ。勝手に踏み込まれても追い出さなかった俺みたいな人間は貴重だと思え」

「思っています」

以前のように飛び込み営業で仕事を取ることを決めたのは、つい昨夜のことだった。チラシ配りはまどろっこしいし効果が薄い。ならばチラシ片手に玄関の呼び鈴を押して廻り、営業をかけてみよう。思いつきでそう言うと、奈々恵も賛成した。遅くまでかけて営業トークを練習し、久方ぶりの胸の高鳴りを意識しながら眠りにつき、朝になると、それぞれ身支度を整えた。

「おっし、行くぞ」

目星をつけておいた住宅地へと向かった。

「こっからこっちが俺、あっちがあんた」

直線の路地を境に家を区分けすると、奈々恵は鼻から白い息を吐きながら背中を向けた。彼女なりの揚々とした足取りで、近くの家の門扉《もんぴ》を抜けていき、小さく咳払いして呼び鈴に手を伸ばす。しかしそこで動きを止め、こちらを気にして振り返る。東口は踵を返して自分の営業エリアへと向かった。微かな呼び鈴の音と、それに応答するインターフォンからのひずんだ声が、背後に聞こえた。

「よし、行ってみるか」

一軒目――留守。二軒目――インターフォン越しに断られた。三軒目――いま手が離せないので。四軒目——知り合いに家具屋さんがいますから。五軒目——ふたたび留守。六軒目——間に合ってます。あ、でも奥さん。けっこうです。七軒目、八軒目、九軒目……十五軒目、十六軒目……二十三軒目、二十四軒目。

「なかなか難しいもんだな」

「まだ午後があります」

十二時の集合時間に、奈々恵とトラックで合流した。

荷台のヤカンでお湯を沸かし、買い置きのカップ麺を二人ですすった。すすりながら午前中の状況を報告し合い、それぞれ反省点などを整理して確認し合った。奈々恵の意見はなかなか論理的で、その意見を東口が補強しつつ、午後の作戦を練った。後半戦はひょっとしたら上手くいくのではないかという期待が徐々に互いの胸の中で高まり、ラーメンを食べ終えると、食休みもせずにまた荷台を出て飛び込みを再開した。

が、駄目だった。

午後もまったく成果は出なかった。

「ちくしょう……厄年のせいかこれ」

暗くなってきた空を見上げ、溜息まじりにトラックへと戻った。

《そんなものは関係ない》

すぐ耳もとで、疫病神が勝ち誇った囁きを聞かせた。

《あれこれと希望を抱いてみても、世の中そう上手くはいかないということだ。お前はもうとっくにそのことを学んでいたはずじゃないか》
ところが――。

（二）

『うちではなく、祖父の家です。造りつけの大きな棚が、だいぶ傷んでいるらしくて』

「ほうほう、なるほど造りつけ」

携帯電話を耳にあてたまま、東口は思わず左の拳を握り締めた。それでは足りない気がしたので、電話機を肩で支えて両手を握った。湯気の立つヤカンを手にした奈々恵が、隣で聴き耳を立てている。

『そういったものも、修理は可能なのでしょうか』

「可能ですとも、まったく可能です。――え、天井まで？」

チラシを見たという男性から電話がかかってきたのは、その夜のことだった。

『ええ、本当に大きな棚なんです。壁の一面をぜんぶ占めていて、木も、たぶん一枚板をたくさん使ってるんじゃないかと』

造りつけの大きな棚など、職人時代に一度どこかの別荘で直したことがあるだけだった

が、

「うちが得意とするところです」

『では、とりあえず見てもらえますか？』

「明日すぐにでも」

『祖父の家までご案内しますので――』

待ち合わせの時間と場所を決めて電話を切った。

客の口ぶりからすると、モノは相当に大きく、年季が入っているらしい。それを全面修理したいというのだから、もちろん実際に棚をさわって見積もってみないとわからないが、修理代金はかなりの額になるだろう。

「おい、カップ麺はやめだ。外食、外食」

依頼の内容を奈々恵に道々話しながら、路地をたどって蕎麦屋に向かった。暖かい店内で力蕎麦とライスを二人前ずつ注文し、お茶で乾杯した。帰りにはレジで蕎麦ふりかけを四つ買い、一つは自分たち用に、もう一つは今度橋本に会ったら渡そうとトラックに仕舞っておき、残りを奈々恵と二人でモクさんとチュウさん夫婦の小屋に持っていった。

「これ、何にかけても美味いってさ。あ、起こしちゃったか？」

親犬のように四匹の仔犬を腹に集めて横たわっていたモクさんは、上体を起こして嬉しそうにふりかけを受け取った。

「いやあ……こういうのがあると助かるんだよねえ」

夜目に見るその顔は、寝起きだったせいもあるのだろうが、皮膚がひどくたるんで生気がなかった。礼を言おうとして、モクさんは一度声がかすれて出ず、細い咳払いをしてから「ありがとう」と言い直した。東口は片手を振って小屋を離れ、チュウさんとトキコさんの小屋に向かった。

「……あれ」

小屋の外の暗がりで、トキコさんのシルエットが動いている。四角い容器の中身を、ビニール袋に移し替えているようだ。トキコさんは東口に気づくと、顔を向けてニッコリと笑った。しかしそうやって笑う前の、さっきのモクさんに似た生気のない横顔に、東口は気づいていた。

「ぬか床がね、駄目になっちゃったの」

「なんだ、腐っちまったのか」

「そう……手を抜いてたら、におってきちゃって。こんな季節でも、ちゃんと掻き回さないと、悪くなっちゃうのね」

いつもせっせと掻き回しては、野菜の切れ端を入れ、東口たちにもふるまってくれていたのに、そうか、駄目になってしまったか。

「これ蕎麦ふりかけ。何にかけても美味いってさ」

「あら、ありがと。うちの人も喜ぶわ」

「チュウさんは？」

「川にいると思うけど……」

どうしてか口ごもり、トキコさんはふりかけのラベルを読むふりをした。ちらっと小屋の入り口を見ると、釣り竿が二本並べて置かれている。チュウさんは釣りをしているのではなさそうだ。

何も持たずに川べりに座り込み、先ほどのトキコさんと同じ横顔で暗い水を見つめているチュウさんの姿が、なんとなく胸に浮かんだ。

みんな、いつもと同じでなどいられなくなっている。一生懸命に呑気なふりをしていても、やはりあちこちに綻びが生じているのだ。音もなく自分たちを包囲していくものに、気づかない顔をしつづけることができなくなっているのだ。

トラックに戻るときは、東口も奈々恵も互いに押し黙って歩いた。途中でやっと奈々恵が口をひらいたかと思えば、

「変わってくれるといいんですけどね」

やはり東口と同じようなことに思いを向けていたのだろう、寂しそうにそう言った。

「変えてやるよ、絶対」

何か大きなものに対する反抗の気持ちが、自分の腹の底でわいているのを、東口は意識

した。

「どんどんでかい仕事して、こう、なんか上手いこと、みんなで得するように……いろいろ考えてさ。まずは明日のでかい仕事を確実に取るぞ」

「東口さん。明日、別行動しましょうか」

「何でだ？」

「わたし、チラシを持って営業廻りをして、新しい依頼をとってきます。東口さんは大きな仕事のほうに行ってください。見積もりの段階でしたら、わたしが手伝えることもほとんどないでしょうし、別々に動いたほうが効率的かと」

なるほど。効率的でもあるし、造りつけの家具修理の依頼など滅多に来るものではないので、奈々恵に見積もりの手順を見せて憶えさせても、あまり意味はないだろう。

「じゃ、そうすっか。で、午後に集合と」

「はい」

「ほかの連中は暇かな。チュウさん夫婦にモクさん」

「どうしてです？」

「営業は難しいだろうけど、チラシ撒きだけでも手伝ってもらったら、なんていうか、盛り上がるんじゃねえかと」

何かが少しでも変わってくれるかもしれない。

そんなふうに思ったのだ。

「いいと思います」

奈々恵は眼鏡の奥の両目を輝かせた。

（三）

「そんじゃ、夕方にここで。これ昼飯代」

差し出した四枚の千円札を、しかし誰も受け取ってくれなかった。

「お昼代くらい自分で出しますよ」

「そうよ、ヒガシさん。自分たちでなんとかするわ」

「なあ、必要ねえよなあ」

「うん、いらないよ」

奈々恵、トキコさん、チュウさん、モクさんが口々に言う。奈々恵はつなぎ姿、ほかの三人は東口の病室へ見舞いに来たときのような、可能なかぎりの普通の恰好をしている。

「いや、バイト代も出せねえわけだからさ、もらってくれよ」

押しつけるようにして、四人の手に千円札を握らせた。

環状七号線沿いにあるホームセンターの駐車場だった。電話をくれた客の祖父の家というのは、この近くにあるらしく、ここで待ち合わせをしてから案内してもらうことになったのだ。ならば、奈々恵の営業廻りもほかの三人のチラシ撒きも、同じ界隈でやってみようということで、ここまでいっしょに来た。

「ではスタート！」

東口が手を叩くと、全員サッと背中を向け、住宅の建ち並ぶ一帯へ揚々とした足取りで歩いていった。その背中は、とても頼もしく見えた。もっと早く、こういったことをやっていればよかったのかもしれない。

午前九時半、ホームセンターはまだ開いたばかりで、駐車場に車は少ない。

「どう思うよ？」

しばらく経って、返事があった。

《お前から話しかけてくるとは、珍しいこともあるものだな》

「たまにゃいいだろ。でかい仕事も舞い込んだし、みんなの顔も明るいし、俺はいま久々に上機嫌なんだ」

《〝うまくいくのは、その後、失敗するためだ〟》

「マーフィーの法則。勝手に言ってろ。——あ、ちきしょう、しょんべんしたくなってきた。出るとき、してきたのにな」

どうやら柄にもなく緊張しているらしい。時間を確認し、まだ待ち合わせまで余裕があることを確かめてから、東口はホームセンターの外にあるトイレを借りに小走りに駐車場を横切った。そういえば客は、自分の車で来て、現場まで先導してくれるのだろうか。それとも歩いて来るのだろうか。首をひねりながら用を足し、鏡の前で髪型を整え、あまり意味はないが顔の左右を映してからトラックに戻ると、

「ん」

　運転席に人が乗っていた。

「きみは……誰かな？」

　訊いて当然のことを訊いた。

「どうもす」

　運転席に座ってこちらを見下ろしているのは、角刈りの若い男だ。まだ少年といってもいいくらいの年齢に見える。何だってこのトラックには、いろんな奴がこういきなり乗ってくるのだろう。

「どうもすじゃなくて、きみは誰？」

「東口さんすよね。自分、案内をするように言われて来たんすけど」

「あ、棚の修理の」

「助手席、乗ってもらっていいすか」

「俺が？」

「そう言われてるもんで。自分が運転していきます」

少年のような顔をしているが、免許証を持っているということは十八は過ぎているらしい。なんだかよくわからないが、きっと現場の家までの道が入り組んでいるとか、そういったことなのだろう。東口は言われたとおり助手席に乗り込んだ。青年は灰色のスウェットの上下にフードつきのジャンパー、素足にサンダルという、言葉遣いに似つかわしい恰好をしていた。ガニ股で運転席に座っている。

「いきなり自分のトラックに人が乗っていたから、驚いたよ」

「じゃ、連れていきますんで」

イグニッションキーを回してトラックを発進させる。すこんすこんと手慣れた様子でギアを入れ替えながら駐車場を出ると、片手で灰皿を引き出し、ポケットから煙草を取り出して断りもなく火をつけた。ということは二十歳も過ぎている——のかどうかはわからない。

「それ、つけてもらいたいんすけど」

自分と東口のあいだあたりを、青年は顎で示す。サイドブレーキの脇に、なにやら黒い布製の、昔よくあった受話器のカバーのようなものが置かれている。端をつまんで持ち上げてみたらアイマスクだった。

「何で?」

「そう言われてるもんで」

東口が黙っていると、青年はつづけた。

「べつに変なことに巻き込むわけじゃなくて、ただ家の場所をあんまり知られたくないだけなんす。面倒なことをさせるかわりに、棚の修理代金は高く見積もってもらってもいいすから」

妙に棒読みの口調で言い、一拍おいてから付け加える。

「そう言われてるもんで」

「ちなみに俺がもし目隠しを嫌がったら、どうしろって言われてんの？」

青年はいきなりブレーキペダルを踏み込むと、ウインカーも出さずにトラックを路肩に寄せて停車させた。後ろを走っていたセダンがクラクションの尾を引いて遠ざかっていった。

「それならしょうがないから、一人で帰ってこいって。別の業者に依頼するからって」

「あ、そうなんだ」

もう少し、何というか、自分はいま拉致《らち》されようとしているのだといった気分でいた東口は、少々拍子抜けした。

「してもらっていいすか、目隠し」

「まあ……そういうことなら」

仕方がないとまでは思えなかったが、東口はアイマスクを着用した。当たり前だが、完全に見えなくなった。青年は何も言わない。身じろぎする気配がしたのは、顔でも近づけて本当に見えていないかどうか確認したのだろうか。ごそごそと、また身じろぎ。パチッというスナップボタンを外すような音。しばらくエンジンのアイドリング音だけが聞こえていたかと思えば、運転席が短くひと揺れし、頬にサッと空気の動きが感じられた。

「……何してんの？」

「いえ。そう言われてるもんで」

「だから何してんの」

「いえ」

ふたたびパチッというスナップボタンの音。そして身じろぎ。トラックが発進する。

《想像がふくらむじゃないか》

疫病神が低く囁く。

《先ほどの物音は、お前が本当に見えていないのかどうかを確認していたのだろうが……何だと思う》

わかるわけがない。

《たとえば、こう考えてみるのはどうだ。運転席の若い男はポケットから革のケースを取り出し、パチリとボタンを外してナイフを抜いた。それを素早くお前の顔に近づけ、反応

がないことを確認した上で、ふたたびケースに戻してポケットに仕舞った》

トラックがスピードを上げて走行しはじめたとき、つなぎの胸ポケットで携帯電話が鳴った。

「出てもいいかな?」

「駄目す」

「あそう」

呼び出し音はしばらくすると止まった。トラックは右へ左へと曲がり、信号らしき場所で停車し、やがて軽い上り坂を進んで停車する。運転席のウィンドウが開き、外から男の声がした。

「はいどうも」

ちゃりんと小銭が鳴り、ウィンドウが閉じられる。アクセルが強く踏み込まれ、身体がシートに押しつけられた。ギアがみるみるトップまで切り替えられ、トラックは平坦な道をハイスピードで走行しはじめる。

「首都高に乗った?」

「そう言われてるもんで」

トラックは車線変更を繰り返しながらスピードを上げていく。やがて減速し、一般道に戻るのかと思ったら、運転席のウィンドウが開いてチケットを引き抜く気配があった。どうやらこのまま高速道路でどこかへ向かうらしい。

（四）

「肩に手を」

「どっち？」

「こっちす」

トラックを降ろされ、青年の肩に片手を置いてしばらく歩いた。肩の感触は硬く、ジャンパー越しに冷凍肉でもさわっているようだった。

足下で砂利が鳴っている。

ここがどこであるにしても、都内からかなり離れた場所であることは確実だった。もうたぶん、昼を過ぎているに違いない。途中で一度、あれは高速道路のサービスエリアだったのだろう、青年は満タン給油をし、料金は自分で支払ってまた走行をつづけた。ガソリンをたくさん入れると車が重たくなって燃費が悪くなるため、いつもは小刻みに入れていたので、久々の満タン給油だった。高速道路を下りてからもさらに一時間ほど走りつづけ、だんだんと周囲からほかの車の走行音が消え、何度か道のよくない場所を通り、ようやくここへたどり着いた。

「ちょっと、ここで」

青年は身体をひねって東口の手を肩から外した。足音が遠ざかっていったかと思えば、立ち止まって何かごそごそとやっている。サンダルを脱いでいるのだろうか。不意にすぐそばで、うあ〱、と声がした。いまのは猫の——。

「あ、もう目隠し取っていいすよ」

「なんだよ」

東口はアイマスクを外した。

うっかりそのまま目をひらいてしまい、視界が真っ白になったので、もう一度目を閉じた。瞼の上に両手をかぶせ、みかんの皮でも剝くように小指のほうからゆっくりと外していくと、

「うほぉ……」

視界に入ったものだけで、自分がとんでもない大邸宅の前にいることがわかった。

立っていたのは玄関口だ。御影石《みかげいし》だろう、黒い幅広の石段があり、そこがポーチになっている。高価《たか》そうな石材を貼りつけた柱。少々ありふれた趣向だが、壁際に置かれた大きな壺《つぼ》。重厚な木製扉が半びらきになり、青年の後ろ姿が遠ざかっていく。廊下の床板はウォールナットだろう、濃い茶色をしていて、顔が映るんじゃないかというほど綺麗にワックスがけされている。歩き去る青年の、腰の右側で革ケースが揺れているが、あれは剪定《せんてい》

鋏《はさみ》か。ひょっとして東口の目隠しを確かめるとき、彼はあれを抜き出して顔に近づけたのだろうか。

　茶トラの仔猫が二匹、すぐ足下に並んでいた。ずっとアイマスクをつけていたせいで目がおかしくなったかと思ったほど、毛並みから体格から尻尾の立て方から表情まで、そっくりな二匹だった。東口が見下ろしていると、なあ〳〵と口を三角形にあけて同時に鳴き、鏡に映ったような動きでくるりと身体を反転させ、開けっぱなしの玄関から中へ入っていく。歩き慣れた場所を行く足取りで、二匹は青年に追いついた。青年はそれを気にもせず、廊下の角を折れて消える。

　三和土《たたき》に置かれていたのは、青年が脱いだサンダルだけだ。意外にも丁寧に爪先がこちらを向いている。——と、廊下の奥で青年が誰かに声をかけるのが聞こえた。相手の男が何か答える。ドスのきいた、無感情な、男性ホルモンがいかにも濃そうな感じの声が聞こえてくることを、なんとなく予想していたのだが、それは妙に抑揚のある、愛想のいい声だった。

　青年といっしょに、声の主が現れた。

「どうもどうも、東口家具の東口さん。すみませんねえ変なお連れのしかたをしちゃいまして。ここの主人がね、そうしろって言うもんですからね」

　一息でそこまで喋ってからハハハハハと発作のように笑ったのは、五十代半ばくらいだろうか、小柄で、スラックスにワイシャツ姿の、四角い顔に四角い眼鏡をかけた男だ。

「どうも」

「まあ念のためです、目隠しさせてもらったのは。べつにここの主人、悪いことしてるわけじゃありませんから」

「念のため」

「ええ、念のため。どうぞ、お上がりになってください。モノは二階にありますので」

東口を家に招じ入れると、男はスリッパを履いているくせに足音をさせない歩き方で、スルスルと廊下を先導して突き当たりの階段に向かった。ワイシャツにはきちんと糊がきかせてあり、スラックスも気品のある船のようにアイロンの折り目が前を向いており、ナイロンの黒靴下が異様に似合っている。

「あの、俺もういいすか」

青年が追いついてきた。

「ああ、いいよ。仕事のつづきをやっといで。あとでまた呼ぶ」

青年はポケットから何かを取り出して男に渡すと、角刈りの頭をひょこっと下げて玄関を出ていった。男は青年から渡されたものを自分のポケットに滑り込ませたが、ちらりと見えたそれは、驚いたことにトラックのキーだった。どうして東口にではなく男に渡すのだ。

「このねえ、チラシを、うちのものが見つけて連絡してきたんですよ。それで私のほうから主人に話してみたところ、ああちょうどいいなあなんて話になりましてね」

　男は胸ポケットから半分飛び出していた三つ折りのチラシを抜き出して広げた。東口がいつも配っているものだ。ところで「うちのもの」というのは誰のことで、何が「ちょうどいい」のか。男は眼鏡を額に上げたり、下げたり、また上げたりしながらチラシを見て喋った。老眼なのだろう。髪の毛を真ん中でぴっちりと分けているせいで、なんとなく「器」という字が連想された。

「ゆうべ当社にお電話くださったのは、たしかこちらのお宅の御主人の……お孫さんとか？」

　薄ら笑いで誤魔化された。この男、どうも人を食ったところがある。愛想はいいのだが、よく見ると、眼鏡の奥の両目は二つの爪痕《つめあと》のように奥行きがなく、筋肉の動きだけで笑顔をつくっているような印象だ。顔は終始笑っているが、微笑むということが一度もない。二階の廊下に出る直前で、男は何か呟いて屈み込み、床から小さな小さな埃《ほこり》の塊を拾い上げると、自分のハンカチに包んでポケットに仕舞った。

「こちらです」

　ボウリングをしたくなるほど綺麗に磨かれた床が、真っ直ぐに延びていた。

　いや、よく見ると細かい縦の傷がたくさんついている。これは宅内で猫を飼っている家に特有の傷だが、東口はどうにもアンバランスなものを感じた。猫を飼っている家は大抵、どうせすぐ傷だらけになるのだからと、廊下をあまり磨かない。ここまで丁寧に手入れしておきながら、猫の爪痕に無頓着でいるというのが、ひどく奇妙に思えたのだ。

男は相変わらず足音をさせない歩き方で、東口を突き当たりのドアまで案内した。ドアの上半分にはガラスが嵌まっていたが、廊下の窓から射し込む光がちょうど反射して、中は見えない。

「失礼します」

ん、と中から短い返事があり、男は恭《うやうや》しい身振りでドアを引いた。するっとドアの隙間から一匹の猫が出てきて、何の警戒もせずに東口の両足のあいだを抜けて歩き去った。大人の猫だが、たぶんさっきのやつらの親ではないのだろう。モップみたいに毛の長い種類だ。

「すみませんね、家具屋さん。遠いところ、しかも目隠しで」

部屋の中、黒い革張りのソファーに座っていたのは、痩せて小柄な老人だった。ゆったりとした仙人みたいな服を着て、にこにこと笑いかけている。歳はそう、七十は過ぎているだろうか。それでも真っ白な髪はふさふさと、寺の住職が書き初めで使う巨大な筆のように盛り上がっていた。不精者以上、仙人未満といった長さの鬚は灰色で、顎全体を覆っており、足をちょこんと組んでいるが、それがやけに様《さま》になっている。

「東口家具の東口と申します」

「うん、はい、よろしく」

しかし実のところ、老人のそういった印象はあとになって思い出したことで、そのときの東口は部屋の奥に意識を奪われていた。

巨大な猫が、そこにいたのだ。

一つ一つがラグビーボール以上もある大きな両目を見ひらいて、じっと東口を睨み据えている。左右に引っ張り伸ばしたような瞼のあいだで、縦長の瞳がぴたりと静止しており、ニヤニヤと半びらきになった口の、ぽっかりとした暗がりの中からは、いまにも虚ろな鳴き声が聞こえてきそうだ。

壁いっぱいにつくりつけられた、巨大な戸棚だった。光沢や佇まいから、おそろしく年代物であることがわかる。天井付近にある、その猫の顔の彫り物以外にも、棚には猫がたくさんいた。ひらき戸の表面のところどころに、怪しく笑った猫の顔が彫られているし、最下段の戸には、いくつもの猫の目がランダムに散っている。その目は彫り物ではなく、横向きに張られた平たい格子の一部を、瞼のようにグニャリと外側へ曲げることで、半びらきの猫の目のように見せているのだった。棚は、右の壁から左の壁まで、そして床から天井までを占めている。もとはもう少し色が薄かったのだろうが、木材そのものから生じる油によって、全体が見事なダークブラウンに輝いていた。

「あれが……例の？」

「そう」

すっと立ち上がり、老人は東口の脇へ来ると、並んで棚を眺めた。

「こいつを直してほしい。ここを建てたとき、それまで使っていた海外の別荘を取り壊したんだ。この歳になると、飛行機に乗るのも大儀でね。それでもこいつだけは気に入っていたものだから、移設した。この部屋の間取りも、棚に合わせて決めさせたんだっけなあ」

幅は三間――いや、海外のものであれば、メートル法かポンド法で採寸してあるのだろうか。測ってみないと正確なところはわからない。家具屋が来るので気を遣ったのだろう、見たところ棚の中身はすべて取り出されているようだ。全体を眺めてみる。引き出しと、ガラス扉のついた棚と、木製扉のついた棚と、格子戸のついた棚と、剝き出しの棚が、非常に上手いバランスで組み合わされている。棚の下端――床から四十センチほどまでの部分に、痛々しい縦の傷がたくさんあることに東口は気がついた。どう見ても猫が爪を研《と》いだ痕だ。なんともったいない。

全体を子細に眺めたあとで、東口はふたたび巨大な猫の顔を見上げた。棚の最上部で目を光らせているあの――。

「ん、二匹か」

いまになって気がついた。それは一つの顔のようで、じつは二つの顔が向き合っているのだった。片耳、片目をこちらに向けた猫同士が、向き合って鼻と半びらきの口をくっつけているので、正面から見るとまるで一つの顔のように見えるのだ。

「これはしかし……変わったあれですね」

戸棚の容貌に威圧され、上手く言葉が出てこなかった。

「うん」

「しかも、かなりの年代物ですか？」

「だろうねえ」

何かつづけるものと思ったが、老人は黙って棚を眺めるばかりだった。どうやら具体的な話をすることを徹底的に避けるつもりらしい。先ほど口にした「海外の別荘」という表現も、思えば不自然だった。

「金はいくらかかっても構わないから」

え、と訊き返したが老人は言い直さなかった。

「丁寧に修理してほしいんだ。あんたのことは事前に調べさせたんだけど、どうやらウデは信用していいようだからね。一人じゃできない力仕事なんかがあれば、うちのものに手伝わせてくれればいい。おい、あいつにはもう――？」

老人が目を向けると、男は頷いた。

「ここまで、彼を連れてこさせましたので」

そのとき初めて東口は、先ほどまで老人が座っていたソファーの上に真っ黒い猫がいることに気づいた。ソファーの革色も黒だったので見えなかったのだ。滑らかな筋肉のかたちが見えるほど毛の短いその猫は、東口の視線が嫌だったのか、立ち上がってぶるんと全身を震わせて、とん、と床に飛び降りた。背骨をS字にくねらせながらドアのほうへと向かい、しかし気が変わったのか、直前で引き返してきて床に横座りになる。

「ああそう、じゃあ会ってるわけね。家具屋さん、あんたを連れてきたあの若い男に、仕事を手伝わせてくれればいいから。力仕事だけじゃなくて、何でも言いつけてやらせてい い。あいつはうちの庭の手入れだの、ちょっとした左官仕事だのをやらせてる子だから、役には立つと思うよ」

「わかりました。それで……どんなかたちで修理するかによって、金額が変わってきてしまうんですが、どうしましょう。たとえばこういった古い家具ですと、どこまで古色を残すかという問題があるんです。細かい傷をぜんぶ綺麗にしてしまうと、貫禄がなくなって――」

「いいよ、あんたの裁量で」

長い話を聞くのが面倒だというように遮った。

「あんたにまかせる」

「では、まずお見積もりを」

「いらないよ。いくらかかってもいいんだから。ちゃんと現金で払うから心配しないでくれ」

料金のことを考えずに施工するというのであれば、家具職人としてこの古びた棚にやってやりたいことは、いくらでもある。きりがないくらいだ。しかしそれは、費用にもきりがないということで、やはりある程度の予算幅を聞いておかなければ不安だった。この手の家具の修理代金は、人件費と材料費の比率が大豆と西瓜《すいか》ほどになる。高い材料を仕入れて使ったあとで、そんなに出せないなどと言われたら目も当てられない。

ちらっと背後の男を振り返った。男は中腰になり、また四角い眼鏡を上げたり下げたりしながら、猫足のソファーの下をしきりに覗き込んでいる。やがてふと知らない生き物でも見つけたように手を伸ばし、指先を床に這わせると、それを顔の前に持ってきて何か呟く。それからハンカチを取り出し、膝をついて床を丁寧にこすりはじめた。さっきとはまた違うハンカチだが、いったい何枚ハンカチを持っているのか。

「まあちょっと、見てみてちょうだいよ」

老人に促され、棚のすぐそばまで近づいた。右手を持ち上げ、高貴な人物の服にでも触れるような気分で、扉の彫り物に指をそわせてみる。天井付近の二匹の猫が、自分を胡散《うさん》臭《くさ》そうな目で見下ろしているのを意識しながら、扉をひらいて閉じて、引き出しの中を見て、棚板の具合を確かめ、あちこち覗き込んでは触れてみる。するとすぐに、戸棚をここへ移設したときの業者があまりいい仕事をしていかなかったことがわかった。ところどころに、経年劣化とはまた違う傷みが生じている。もっとも、相当に難しい作業ではあったのだろうから、仕方がなかったのかもしれないが。

「まいったなこれ……」

この戸棚を相手に、やるべきことをすべてやったら、やはりとんでもない金額になりそうだ。幸いにも、彫り物が施された箇所で木材の交換が必要な部分はなさそうだったので、作業として可能か不可能かと訊かれたら、可能だ。おそろしく大がかりで、細心の注意が必要な仕事だが、棚を生まれ変わらせてやることはできる。ただ、材料費が相当なものになってくるのは間違いない。老人はしかし、東口の言いたいことを察したようで、水戸黄門みたいに口をあけて笑った。

「あんたもしつこいね、金のことは気にするなと言っただろうが」

一歩進み出て、骨の浮いた手の甲をコツコツと木製扉に打ちつける。

「それでねえ、まだ言っていなかったと思うけど、全体を少し前に出してほしいんだ。棚全体を、そう、三十センチか四十センチ」

一瞬、言われていることの意味がわからなかった。

「でも、部屋がそれだけ狭くなってしまいますが？」

「いいんだ、狭くなっても。歳とって、だんだん狭い場所のほうが落ち着くようになってね。ほら鴨長明《かものちょうめい》も晩年になって一丈四方の庵《いおり》を結んだりしたでしょう」

　本気だか冗談だかわからない。

「ええと、全体を前に出して……？」

「それだけ。修理して、前に出して設置して、おしまい」

「棚の奥行きを深くするという意味ですか？」

「わからないかな」

　老人は左の掌を棚と垂直に置き、それを壁に見立て、右の掌を手前に重ねた。

「いまがこうでしょ。壁にくっついてるわけでしょ」

「はい」

「それを、こう」

　右の掌を持ち上げ、少し手前にずらしてトンと置く。

「前に出すわけ」

「後ろは？」

「空っぽ」

　やっと理解できた。要するに、この造りつけの戸棚を手前にずらして設置し直すことで、後ろに何もない空間が生じるわけだ。その空間を使ってこの老人は――。

「何をされるんです？」

「何って何」

「いえその、棚の奥のスペースを使って」

カカカカと老人はいきなり笑ったかと思うと、格さんが印籠《いんろう》を出したときのように、すっと両目がすわった。

「それはあんたに関係ない」

のんびりした歩調で、老人は先ほどのソファーまで戻っていく。腰を下ろして足を組むと、その隣に先ほどの黒猫が飛び乗って丸まった。

「昨日、うちの人間が電話をしたとき、祖父の家の棚がどうのこうのと言っていたと思うけど、あれは嘘でね」

さらりと言われた。

「知り合いに教えてもらったんだよ、あんたのことを。それで、あんたなら黙って引き受けてくれるだろうと思って頼んだんだ。ちゃんとした会社の人間はまずいからね。こういうかたちで連れてきて作業させることは難しいし、それにほら、どうしても大ごとになるでしょう、会社や家族が捜索願を出すだの何だのして」

は？　と東口は首を突き出した。

「終わるまで泊まり込みでやってもらうんだ、修理は」

まるでレストランで店員に注文でもするように言う。

「材料だとか、そのほか必要なものは何でも、うちのものに言ってくれれば手配する。専門知識がまったくないから、細かく指示してもらうよ。木材の種類なんて、さっぱりわからないからね。泊まり込んでいるあいだの食事やなんかは――」

と、老人はここで不自然に言葉を途切れさせた。傍らに立った男を顎でしゃくり、「彼が」と話をつづけたとき、いまのはうっかり男の名前を言いそうになったのだとわかった。

「彼がみんなやってくれる。風呂も、大きいのがあるから使ってくれ。夜はテレビもラジオもステレオもある。ビリヤードが好きなら台が三つあるし、カラオケができる部屋もある」

老人は上体をこちらに向け、東口の全身を確認するような目つきをした。

「まあ、どうしても嫌だと言うなら、ほかをあたってもいいんだ。多少手間だけど、もとの場所まで送らせるよ。もちろん目隠しはしてもらうが」

いいえ、と東口は咄嗟に首を振った。

細かいことはあとで考えればいい。

「やります」

その返事に重ねるように、背後から男が言った。

「では、さっそく作業のほうに」

「まずトラックから道具を」

「ご一緒します」

一階まで戻った。階段を下りていくとき、先ほどの二匹の仔猫とすれ違ったが、男はそれが見えていないかのように視線の向きを変えなかった。猫たちのほうも、こちらをまったく気にせず、慣れた身のこなしで二階へと上がっていく。東口が玄関で靴を履いているあいだ、男は「ちょっと失礼」と廊下の奥へ引っ込み、作業着のようなグレーのジャケットに袖を通しながら戻ってきた。これもまた、不必要と思えるくらい糊がきいていた。

玄関を出ると、白い砂利敷きの前庭が広がっていた。その向こうに、豪華な石造りの門柱に挟まれて、太い格子の真っ黒な門がある。門はぴったりと閉じられ、上端に忍び返しがついているのが見えた。ちらりと視線をめぐらせると、屋敷は高いコンクリート塀に囲まれていて、その塀の上にも隙間なく忍び返しがついている。

「防犯が、えらくしっかりしてますね」

「念のためです」

男は東口を促して前庭を横断しながら、塀の上には忍び返しだけでなく人感センサーもついていて、侵入者があれば即座に警報が鳴るのだと説明した。

「まあ、鳴るのは侵入しようとしたときだけではありませんがね」

「と言いますと?」

「乗り越えて出ようとしても鳴ります」

「なるほど」

　向かった先にはコンクリ敷きの大きな駐車場があった。いちばん端に東口のトラックが停められていて、その手前には、これ以上黒くならないというくらい黒い色をした、外国製のセダンが並んでいる。荷台の幌を上げながら、何気なくセダンのナンバープレートに目をやってみると、なんとそこも黒かった。布でプレートを覆ってあるのだ。後輪の脇に、また別の猫が腹を出して寝転んでいた。白黒ぶちのその猫は、物音にどろんと目をひらいて大儀そうに東口の顔を見たが、すぐにまた目を閉じ、もぞもぞと背中を地面にこすりつけた。

　東口がトラックの荷台に乗り込もうとすると、男は片手を差し出して、携帯電話を渡すよう言った。

「は？」

「念のためです」

　つなぎのポケットから電話機を取り出して渡すと、男は勝手にボタンを操作して電源を切ってしまった。そのまま自分のスラックスのポケットにするりと入れてしまう。

「では、どうぞ。必要なものを取ってきてください。重いものなどありましたら、お声がけいただければお手伝いしますので」

両手を後ろに組み、男は妙に優雅な足取りで歩いていく。とはいえべつに遠くへ歩き去ったわけではなく、少し進んで方向転換し、また少し進んで引き返し、いかにも目的もなくぶらついているといった感じで、じっと待っていられるよりも気になった。聞こえない程度に舌打ちし、東口は荷台に足をかけた。乗り込む前に男のほうを振り返ると、地面に屈み込んで、砂利のあいだから顔を出した極小サイズの雑草をつまみ取るところだった。口の中で何か呟き、ポケットからハンカチを出して雑草を挟み込んで仕舞う。驚いたことに、また別のハンカチだった。

《放っておけば日本中を掃除しそうな男だな》

荷台に乗り込むと、疫病神が含み笑いをした。

「この荷台も綺麗にしてくれねえもんかな。――ええと、まずは扉を外して棚板を取り出すから、こいつとこいつ……けっこう木部に染みがあったから、シュウ酸、と。没収されないでよかったなこれ。でもジジタキさんと俺が馬鹿なことに使っちまったから、足りねえかもな」

《ずいぶんと、のんびり構えているじゃないか。こんなに怪しげな出来事に巻き込まれたというのに》

「バラしてみねえことには、何が要るかわからねえか」

《バラされるのはお前かもしれない》

「なかなか上手いこと言うな」

「どんな棚だったんです？」

すぐそばで聞こえた声に、東口は飛び上がった。文字通り両足が、たぶん二十センチほど床から浮いた。着地したあと咄嗟にとった行動は、声のしたほうに向かってカンフー使いのように両手を構えることだった。荷台の隅に布団が丸められている。ぐちゃぐちゃになったシーツの隙間から、丸いものが二つ覗いている。眼鏡だ。

「びっくりさせてしまったのなら申し訳ありません」

「何で、あんた……いる？」

言葉が片言《かたこと》の異国人のようになった。

「ホームセンターの駐車場から出ようとして、寒いのでいちおうトイレに行っておこうと思い、店舗のほうへ向かったんです。ほかのみなさんもいっしょに。そのときふとトラックのほうを見ると、見知らぬ男が勝手に運転席に乗り込もうとしています。すわ車泥棒かとトラックへ引き返したのですが、男はエンジンをかけずにただ運転席に座っていました。東口さんが待ち合わせている相手かもしれないと思い、声をかけようとして、それにしては状況が妙なので、様子を見ることにしました」

「で、荷台に？」

「はい。そうしているうちにトラックが走り出してしまい、これは困ったと東口さんに電話をして様子を伺おうとしたのですが、応答はありませんでした」

「そういや一回電話が鳴ったな」

「何かに巻き込まれたのかもしれないと考え、そのまま荷台に潜んでいることにしたんです。やがてトラックはここへ到着し、幌の隙間からそっと覗いてみると、東口さんがアイマスクをさせられて、屋敷のほうへ連れていかれるのが見えました。警察に連絡しようかとも思ったのですが、きちんと状況を把握してからにしたほうがいいと判断し——」

そのまま荷台に隠れていたのだという。

奈々恵はかぶっていた布団を脇へどけ、ぼさぼさの髪を両手で整えた。

「わたし警察に通報しましょうか？」

言葉を返す前に、床に敷きっぱなしになっていたもうひと組の布団がモコモコと動いた。

「そこにいるのは……何だ」

「え？」

奈々恵は訊き返したが、すぐに自分の説明不足に思い当たったらしい。

「あ、言葉足らずですみませんでした。運転席に男が乗り込んだのを不審に思い、荷台に潜んで様子を見ることにしたのは、わたしだけではありません」

「というと？」

「全員です」

奈々恵が掛け布団を剝ぐと、そこにはモクさん、チュウさん、トキコさんが、おはぎのように身体を丸めて並んでいた。三人とも不安げに顔を強張らせ、上目遣いにこちらを見ている。

「ヒガシさん……これ、やばいことに巻き込まれたんじゃないの？」

チュウさんの声は完全に怯えていた。

「拉致じゃない、どう考えても」

トキコさんが囁き、

「警察呼ぼうよ、警察」

モクさんが切迫した声を洩らした。

「ちょっと待て、いま頭が混乱して」

……ざっ、ざっ、ざっ、ざっ。

「まずい、声が聞こえたか」

……ざ、ざ、ざ、ざ。

「どうしましょう」

……ざ、ざ、ざ。

「どうしよう」

……ざ。

「どうしました？」

幌の隙間から顔を覗かせた男は、そこに見知らぬ人間が四人もいるのを見て表情を固まらせた。東口は何故か両手を上げ、ほかの四人もそれにならって両手を上げた。

（五）

「何かご用がおありのときは、そのローデスクにある内線電話でご連絡ください。受話器を持ち上げれば通じます。念のために申し上げますと、その電話機は内線専用ですので外線機能はついておりません」

まるで憶えてきた台詞を喋るような一本調子だった。

「作業はすべてこの部屋の中で行ってください。トイレは二階にあるものをお使いいただきます。トイレの隣が洗面所です。基本的にその三箇所以外には許可なく立ち入らないようお願いいたします、東口さんも、それから――」

「西木です」

「西木さんも」

ほかの三人には、男は視線も向けなかった。

誤魔化すのは見るからに不可能だったので、四人が荷台に潜んでいた理由はあの場で正直に話した。しかし彼らの素性まで正直に話すわけにはいかず、この四人は東口家具の従業員であり、家具修理にかけてはなかなかいいウデを持っているのだという嘘を並べた。頭数が多ければ作業も早く終わるし、いまから四人を帰すというのも大変なことだし……というしどろもどろの言い訳を、終始無表情で聞いていた男は、やがて携帯電話で青年を呼んだ。東口たちを見張っているよう青年に言いつけ——実際に「見張る」という言葉を使ったわけではないが、意味合いはまさにそうだった——彼は小走りに老人のもとへ向かった。どうなることかと思ったが、男はしかしほんの二分ほどで戻ってくると、東口に作業をはじめるよう指示した。四人に作業を手伝わせることを、どうやらあの老人は案外簡単に承諾したらしい。東口たちは荷台から必要な道具を運び出し、いまこの巨大な棚の前に並んで立っている。

「西木さんは携帯電話をお持ちですか？」

「いいえ」

返答が聞こえなかったかのように、男は片手を差し出した。東口が促すと、奈々恵は無言でつなぎのポケットから携帯電話を取り出して渡した。——この男、どうしてほかの三人には訊かなかったのだろう。東口は内心で首をひねった。先ほどからまるで、三人がホームレスであることを知っているかのような様子だ。チラシ撒きとはいえ、いちおう営業活動に出るつもりで小屋を出てきたので、服装からはわからないはずなのだが。

「では、さっそくはじめてください。私は仕事がありますので失礼します」

部屋を出ていこうとする男を、東口は呼び止めた。

「あの……お名前を教えてもらっていいですかね」

「はい？」

「お客さんのお名前くらい、知っておきたいんで」

「それはできません」

「でも、やっぱり不便でしょう、名前もわからないと」

「では勝手に名付けていただいて結構です」

むかっときたが、せめてもの反抗をしてやろうと、言ってみた。

「器口さんでいいですかね」

「ウツワグチ――はは、なかなか珍しい」

男は自分の掌に指先で文字を綴り、納得げに頷いた。

「東口さんの〝東〟の字をパズルのように分解して、パーツを置き換えたわけですな」

驚くような解釈を勝手にすると、男は乾いた笑いを残して出ていった。眼鏡を上げ下げする様子が「器」という字に似ていたから言ってみただけなのに。

「まあいいや」

東口は彼の名前を器口と決め、ついでに青年のほうはスカと名付けてやった。

「じゃあ……やるか」

東口が顔を向けると、四人は硬い顔で頷いた。

（六）

そうして泊まりがけの大仕事がスタートした。

奈々恵はある程度仕事をこなせるようになっていたが、モクさんやチュウさん、トキコさんは家具修理の知識が皆無だ。彼らに仕事を手伝わせるだけでも大変なのに、素人であることを器口やスカに隠しながらなので、もっと大変だった。――が、相手が巨大な戸棚であることが幸いした。知識のいらない力仕事や、ヤスリがけやガラス磨きといった単純な作業がいくらでも発生したのだ。

「そっち持って」

「こっちすか」

「シートの端に下ろすから」

「そこすか」

スカは意外なほどよく働いた。嫌な顔一つ見せず――というよりも表情一つ変えず、スカスカ言いながら指示されたことを忠実にこなしてくれた。Ｔシャツ姿になった彼は密かに想像していたよりもさらに筋肉質で、二の腕など、そこに握り拳でも詰まっているのではないかというように硬く盛り上がっていた。スカの頭頂部近くには小さなハゲがあり、どうやらそれは古い傷らしい。いつどうしてそんな場所に怪我をしたのかも、本名も生い立ちも、ここでの立場も知らないが、この青年にはこの青年なりに、きっと背負ったものがあるのだろう。スカの寡黙な働きぶりを眺めながら東口はそんなことを思った。

奈々恵は奈々恵で、ほかの面々に一日の長を見せつけようというのか、脇目もふらず作業をこなした。それを見てモクさんやチュウさんやトキコさんも真剣に働いた。互いに協力し合い、見つけたコツを教え合い、手順や効率について意見を交換し——そんな姿を眺めながら東口は、これまでずっといっしょに暮らしてきたのに、いま初めて彼らの本当の姿を見たというような思いだった。

本当はみんな、こうして働きたかったのだ。汗水たらして何かをしたかったのだ。なんだか東口は、自分が小さな工場でも持って、働き者の従業員たちを雇っているような気分だった。夕方になったら「おつかれさん」と笑い合い、近所の居酒屋にでも連れ立って出かけていきたかったが、

《近所どころか、敷地から出ることすら禁じられているとはな》

疫病神の言うとおりだった。

必要な材料や道具類は、作業のはじめに器口に伝えてあり、修理を進めるにつれて新た

に必要となったものも、その都度取り寄せを依頼した。業者に直接連絡できればずっと楽なのだが、なにしろ相手が素人なものだから、この伝言ゲームはなかなか大変だった。

手配してすぐに届きそうなものと、ある程度時間がかかるものは、経験上把握できていたので、なるべく最短の工期で仕上げられるよう作業のスケジュールを組んだ。棚に使われていたのは無垢材《むくざい》の一枚板がほとんどで、手に入りにくい材料だったにもかかわらず、発注後中二日《なかふつか》ですべて作業部屋に届けられたのには驚いた。いったいどういう手段を使えば、こんなに早く手に入るのだろう。トウロ・ファーニチャーを経営していた頃の知識をさらってみてもわからなかった。届けに来たのは業者の人間ではなく、どうやら老人の手の者らしい。ばらばらの作業着を身につけた、お世辞にも人相がいいとは言えない二十代から三十代の男たちは、ひと言も口を利かずに木材を運び込み、作業が終わるとすぐに部屋を出ていくのだった。一度だけ、男の一人がスカと目を合わせ、静かに頷いた。素早く礼を返すスカの顔は、ひどく緊張していた。

作業中は入り口を閉めていたので、猫は入ってこなかったが、ときおりガリガリと外からドアを引っ掻く音が聞こえた。

「あの、猫の爪痕なんですがね」

東口は器口を呼んで確認してみた。

「棚の下のほうについているやつです。あれ、直しても、猫が出入りすればまた同じようにやられちゃいますよね。猫が爪をあてても家具に傷がつかないような、透明なカバーがあるんですけど、手配しますか？　取り外し可能なやつなので、いちおうつけておいたほうがいいかと思うんですが」

確認してくると言い、器口は部屋を出ていったが、すぐに戻ってきた。

「猫なら、いいそうです」

「と、言いますと」

「ですから、そのカバーだかガードだかは不要だそうで」

「しかし、直してもすぐに傷つけられちゃいますが――」

「いいそうです。猫なら」

は、と思わず息だけで笑ってしまったが、器口はにこりともせずに作業部屋を出ていった。

入り口のドアにはガラスが嵌まっていて、そこからときおり老人が中を覗いた。そしてうんうんと頷き、満足そうに灰色の鬚をしごいたり、腕を組んで何か呟いたりして、ドア口から離れていくのだった。あの老人にだけは、たとえ頭の中でさえ、東口はあだ名をつけることができなかった。理由は判然としないが、どんな名前も似合わないというような奇妙な空気を、老人はまとっていた。

食事は朝、昼、晩と、器口が盆に載せて作業部屋まで運んできた。その時々によって料理は温かかったり冷めていたりしたが、味は文句なしで、品数も最低三品はあった。しかし東口もほかの四人も作業に没頭していたので、黙々と箸を動かして平らげ、常時部屋に置かれているポットと急須でお茶を淹れて飲むと、すぐにまた仕事に取りかかった。普段まともな食事などしていないというのに、人間不思議なものだ。

風呂は一階の、階段のそばにあるものを使わせてもらえた。

「ただし風呂場より先には行かないでください」

「でしょうね」

もはや言われるまでもなかった。

湯船に浸《つ》かるのなど東口は数年ぶりで、モクさんやチュウさん夫婦はもっと久方ぶりだったので、大きな風呂には一同喜んだ。トキコさんは長風呂で、顔を火照《ほて》らせながら作業部屋に戻ってくると、湯吞みのお茶で晩酌の真似事《まねごと》をしている輪に入りながら、ラジオを持ってくれれば風呂で聴けたのにとか、髪の毛がすべすべだとか、声を上ずらせながら一人で喋りつづけた。

寝室は二階の、作業部屋のすぐ近くの大部屋を与えられ、ベッドと寝具が五組ずつ用意されていたが、羽毛布団が軽すぎてなんだか気持ち悪かったので、東口は二晩目からトラックの荷台で寝た。すると奈々恵も、東口に付き合うつもりなのか、荷台の布団で寝ると言い出した。せっかくだから綺麗な部屋で寝かせてもらえと言っても、こっちのほうが性に合っていますからと、煎餅《せんべい》布団で身体を丸めて眠りについた。荷台にはときどき猫が勝手に入ってきて足下に潜り込んだ。何度追い出しても入ってくるので、そのうち諦めた。しかし朝になると、いつのまにか消えているのだった。モクさんとチュウさんとトキコさんは高級寝具に大喜びし、一晩目など、チュウさん夫婦は東口が止めるまで自分のベッドで飛び跳ねたり、隣のベッドに飛び移ったりしていた。モクさんはそれを眺めながら声を上げて笑った。モクさんの体調を、東口は心配していたのだが、ここに来てから少しよくなったようだ。あたたかい布団と三度の食事、そして壁や屋根のおかげに違いない。

ある夜、くたくたになった身体を荷台の布団に横たえると、ちょうど幌の隙間から満月が覗いていた。黄色の絵の具だけで描いたような満月だった。山の稜線《りょうせん》にかかりそうなほど低い位置にあり、ものすごく大きく見えた。

「わたし小学生の頃、理科の時間に、高い位置に見える月と低い位置に見える月が同じ大きさだと知って、とても驚きました」

眠たげな声で、奈々恵が呟いた。

「え、同じなのか?」

「低い月が大きく見えるのは、単にまわりに比較対象があるからだそうです。木とか屋根とか。高い月は小さく見えますけど、ものさしで測ってみると同じ大きさらしいです」

「やってみたことあんのかよ」

「ないです。だからわたし、いまだに信じられません。同じ大きさだなんて」
自分のこれまでの人生を、東口は思った。モクさんやチュウさん夫婦の人生を、死んだジジタキさんの人生を思った。隣の奈々恵も、眼鏡に大きな月を映しながら、何かを思っていた。それ以上言葉は交わさず、東口と奈々恵は月を眺めた。

初日の説明で老人は、ビリヤードだのカラオケだのを、さも自由にやっていいというような言い方をしていたくせに、ためしに訊いてみたら器口かスカといっしょでなければ駄目だというので遠慮した。もともと夜は仕事でへとへとになっていたので、遊ぶ気になどなれなかった。ただ、一度だけ作業中にスカとビリヤードの話になり、どうやら腕に自信があるようなので、それなら今晩勝負してみようかという流れになった。夕食後にスカが作業部屋まで迎えに来て、一階の隅にある大部屋へと向かった。モクさんたち三人は照れ笑いをしながら断ったが、奈々恵は興味深げについてきた。三つ並んだ高級そうなビリヤード台の、真ん中の一台で勝負してみると、なるほどスカは上手かった。三勝三敗で臨んだ七ゲーム目、スカは調子よく球を落としていったのだが、大事な局面でミスショットをやらかした。東口が難なく残りのボールを落としていき、最後の九番ボールをコーナーポケットに叩き込んだとき、意外なほどスカは悔しがった。咥え煙草で歯を食いしばり、角刈りの頭に意味もなくグリグリと拳を押しつけながら、彼は奈々恵のほうをちらっと見た。

奈々恵は日中の疲れが出ていたらしく、台の横の椅子にきちんと座ったまま眠っていた。

器口は主婦顔負けの手際のよさと、鑑識官顔負けの念の入れようで、しょっちゅう掃除をしていた。そして手が空くと、スカに何か言い置いて、車でどこかへ出かけていくのだった。外出はほんの三十分ほどのときもあれば、半日帰ってこないときもあった。

老人はときおり作業部屋の外からガラス越しに中を覗く以外、どこで何をしているのかさっぱりわからなかった。ただ、ある夜、風呂を借りたあと、妙な抑揚の声が響いてきたので、そちらに耳をすませてみたら、聞こえているのはどうやら映画の音声らしかった。

廊下は自動照明なので、真っ直ぐな暗がりが、ずっと先までつづいていたが、左側の一室――ドアの下端から白い光が漏れているのが見えた。その光はやさしく明滅し、低く囁くような俳優の声と重なって、何かゆっくりとした、ロマンチックなシーンが映されていることが察せられた。

《フランス語だな》

「似合わねえな」

そう言ったものの、痩せたあの老人がひっそりとソファーに身体をうずめ、膝に載せた猫を撫でながら、古いフランス映画のワンシーンをじっと眺めている光景が、どうしてかはっきりと想像できた。聞こえてくる俳優の寂しげな口調のせいなのかもしれないが、その光景はひどく孤独だった。

「あいつら、大丈夫かなあ」

小屋に置いてきた仔犬たちのことを、モクさんはしきりに心配した。

「橋本さんが、ちゃんとご飯やってくれてるわよ。仔犬たちのファンだもの」

「あの人、俺たちが急にいなくなって心配してるだろうなあ」

「みんなして家出でもしたんじゃないかって、そのへん捜し廻ってたりしてな」

チュウさんが言い、みんなで笑った。

モクさんやチュウさん、トキコさんの顔は、日に日に張りが出てきていたし、まるでだんだん若返ってでもいくように、両目がキラキラと輝きを帯びていた。スクラップ置き場には見あたらなかったものが、きっとここにはあるのだろう。それは決して高級寝具や大きな風呂や日に三度の食事ではなく、かたちのない何かだった。ジジタキさんにもここにいてほしかったと、東口は切実に思ったが、口には出さなかった。

棚の修理作業は着々と進行した。

棚全体を手前に出して設置し直す段になり、東口は器口に内線電話をかけ、老人に確認に来てもらうよう頼んだ。何に使うスペースなのかを教えてもらえないので、位置の判断ができなかったのだ。老人はすぐに作業部屋へやってくると、灰色の鬚を撫でながら、頭の中でなにやらイメージをしているような顔をして、しかし何をイメージしているのかは相変わらず教えないまま、「このへんだね」

もとの場所から四十センチほどの位置を示した。東口も余計なことは訊かず、その位置にビニールテープで印をつけた。

傷んだ部品や部材は新しいものと交換し、それと併せて全体の歪みやガタつきを修正していった。ある日トキコさんが、廃棄に回す棚板の縁に、英語の落書きを見つけた。棚をつくった職人がやったのだろう、部材をバラさないと見えない場所に、何か尖ったもので〝brutal〟と短く刻んであった。意味を思い出せなかったので奈々恵に訊くと、「残酷な」とか「非人間的な」という意味らしい。どうして職人がそんな言葉を書いたのかはわからないが、不吉な単語が刻まれたその棚板は、作業着を身につけた大柄な手伝いの者によって、作業部屋から静かに運び出されていった。

やがて作業は大詰めを迎えた。カレンダーというものがどこにもなかったので、いったいどのくらい日数が経ったのかわからなくなってしまったが、奈々恵はきちんと日を数えていたらしく、ある朝「大寒ですね」と言った。ここへ来てから二週間も経っていたことに、みんなして驚いた。

ほぼ毎日作業を手伝っていたスカは、その頃にはもうけっこうな働きをするようになっていた。生来手先が器用で、勘もいいのだろう。この仕事が終わったら連れて帰りたいくらいだった。それを本人に冗談めかして言ってみたら、スカは手を止めて黙り込み、しばらく経ってから「無理すよ」と呟いた。作業を再開するスカの目が、ふと灰色に見え、その表情はあとあとまで東口の胸に残った。

棚は新しい場所に組み上がり、残すはいよいよ仕上げ作業のみとなっていた。

「おっし、塗るか」

無垢材の塗装にはいくつかの方法がある。表面につるりとした皮膜をつくって傷や汚れを防ぐ、ウレタン塗装が最も一般的で、家庭で使われている無垢材の家具にはこの塗装が施されているものが多い。逆に、傷や汚れには弱いが、いちばん木の表情を活かせるのがオイル塗装で、木の表面に天然油脂を染み込ませることで、木目にメリハリを出すことができる。今回は全面オイル塗装だった。塗装した棚板を乾かすのに場所をとるので、モクさんとチュウさんとトキコさんは庭の一角に養生シートを敷き、その上に棚板を運んで作業を進めた。残りの部分は、東口とスカと奈々恵が三人でオイルを塗っていった。

塗装作業の途中、東口は一度トイレに立った。手を洗って部屋に戻ってくると、珍しくスカと奈々恵が談笑しているところだった。奈々恵が小型の掃除機で、工具箱の隅に溜まったおがくずを吸い出しながら何か言い、スカはそれが聞こえなかったようで、無骨な仕草で耳を突き出した。奈々恵が言い直すと、スカは急に上体をのけぞらせて笑い、奈々恵も口もとに笑みを刻みながら掃除機を動かした。スカが声を上げて笑ったのを見たのは、そのときが最初で最後だった。数日前、重い棚板を持ち上げようとしてモクさんがうっかり放屁《ほうひ》してしまったときでさえニコリともしなかったので、へえ、と思った。東口が床に胡座をかくと、戻ってきたことに気づいていなかったらしい二人が同時に顔を向け、スカが「すんません」と謝った。なんだか居心地が悪かった。

（七）

そして、とうとう作業終了の日がやってきた。

「一年分くらい働いた気分だな」

奈々恵、モクさん、チュウさん、トキコさん、東口。修理が完了した棚を、五人で眺めた。スカは朝にはいたのだが、作業の途中で器口に呼ばれ、残念ながら完成の瞬間は見せてやれなかった。

「俺たちなんて、一生分だよ」

モクさんが言い、トキコさんが口をあけて笑った。

「いやこれ、写真撮ってチラシに使いたいくらいだなあ」

棚はその貫禄を少しも損なわないまま、しかし比べものにならないほど美しく、壁の一面で胸を張っていた。猫の彫り物が醸し出す、あの独特な不気味さも上手いこと維持することができた。いや、全体に光沢が出たことで、雰囲気はむしろ以前よりも増していた。

「東口さん、けっきょく、どのくらいの見積もりになったんですか？」

聞いて驚くなと前置きをしてから、東口は金額を教えた。奈々恵は大いに驚いて背筋をピンと伸ばし、ほかの三人は目と口を大きくあけて言葉を失った。

「それ……新しいトラック買えますね」

「馬鹿言うな、貯蓄だ貯蓄。これから商売を広げるために取っとくんだ。まあ少しくらい贅沢《ぜいたく》はするつもりだけどな。あんたにもボーナスやる。もちろんモクさんにもチュウさんにもトキコさんにも、働いてくれた分の金は受け取ってもらうぞ」

「えっ、ほんとかよヒガシさん」

「でも悪いわ、そんな」

チュウさん夫婦が言い、モクさんも首をすくめて気まずそうな顔をした。

「食事と風呂つきの生活させてもらったし、なあ」

「遠慮はなしにしてくれ。そんで、できればモクさんはその金で医者へ行くこと」

「ああ……はは」

降参したように、モクさんはセーターに顎をうずめて笑った。

本当は、もらった金を使って全員で人生の仕切り直しをしたかった。しかしそれにはさすがに額が足りない。あれこれ考えた結果、まずはみんなにバイト代と病院代を渡し、残りを取っておくことに決めたのだ。そのあとの計画も、じつは漠然と立ててあるのだが、まだ話すには早かった。

スカにも分け前を渡したいが、はたして受け取るだろうか。去り際に、いちおう提案してみるつもりだった。

「帰り道、みんなで買い物していくか。ホームセンターにでも寄ってさ」

疲労を感じなくさせるほどの、懐かしい喜びが全身を満たしていた。

「新品のバッテリーとか、クーラーボックスとか、ゆうべ寝る前にいろいろ考えてたんだ。それと犬小屋。しかしあのスクラップ置き場も、こんだけ帰ってねえと、さすがに懐かしくなるもんだなあ」

「そうよねえ、懐かしい」

「またみんなで、お鍋食べたりしたいですよね」

奈々恵が心底からのようにそう言ったので、東口は思わず顔を見返した。

「……何です？」

黙って首を横に振り、床の養生シートを剝がしにかかった。

床の広い範囲を占めていた養生シートがなくなると、部屋はすぐに作業前の雰囲気を取り戻した。外は天気がいいらしく、初春の白い日差しが床の隅を照らしている。奥に構えた棚は、まるでこの広くて綺麗な部屋の主《あるじ》のようだ。四十センチほど手前に出したのだが、もともと部屋がやたらと広いせいで、違和感はほとんどない。

「よっし、あとは作業終了の報告をして、棚の状態を確認してもらおう。で、道具とゴミを片付けて、現金をいただいてさようならだ。器口の野郎を呼ぶか」

ソファーに腰を下ろして内線電話の受話器を取ったが、呼び出し音が鳴るばかりで応答がない。

「出かけた様子もねえのに、珍しいこったな」

しばらく待ったが誰も出ないので、東口は受話器を置いて立ち上がった。

「ちょっと下まで行ってくるわ。もう最後だから、少しくらい家ん中歩いたって文句言われねえだろ」

部屋を出て階段を下りた。踊り場で折り返すとき、トイレで水を流す音がして、一階の廊下に器口の姿が見えた。こちらが靴下裸足《はだし》で足音がしなかったので、気づいていないらしい。東口は声をかけようとして——ためらった。

「なんだ……あの野郎」

というのは心の声だった。

咽喉がぐっとふさがり、氷の塊でも押し当てられたように下腹が冷たくなっていた。そうさせたのは器口の顔だ。無表情——それも完璧な、まるで能面のような無表情。眼鏡を左手に持っていて、爬虫類《はちゅうるい》に似た両目が剝き出しになっている。薄く汗ばんだ白い額に、ワイシャツの袖をこすりつけ、器口は眼鏡を顔に戻した。能面が眼鏡をかけたような薄気味悪さがあった。そのままトイレのドアを離れ、何かを一心に考えているような足取りで廊下を進み、角を折れて消える。通り過ぎたあとに、冷たい空気が尾を引いているように思えた。これまで一度も見たことのない顔つきと雰囲気に、なにか東口は、ここにきて初めて器口の正体を見たというような気になった。

器口が歩き去るのを待ち、階段の残り半分をゆっくりと下りた。なんとなくトイレのドアをひらいてみると、厭なにおいがする。腹でも壊したのだろうか。

《しかし、それだけではない様子だったな》

「まあ、何かあったのかもしれねえな。どのみち俺たちとは関係のないことだけどよ」

《どうかな》

気になった。

そおっと廊下の角から先を覗いてみる。器口の背中は、まったくぶれずに奥のほうへと進んでいく。歩いているのに、床の上を滑っているといった感じだった。右手のドアの前で立ち止まり、ノックをしてから、するりと中へ消える。入れ違いに毛の長い猫が一匹出てきて、廊下の奥へと消えた。

《行ってみろ》

「まずいだろ」

《作業終了の報告に来たと言えば誤魔化せる》
迷ったが、けっきょく東口は廊下に歩を踏み出した。疫病神のアドバイスに従うのは珍しいことだった。足音を立てないように廊下を進む。ドアを二つ過ぎ、いつかの夜に老人が映画を見ていた部屋も過ぎ、器口が入っていったドアの前に立って聴き耳を立てた。

（八）

東口が作業部屋に飛び込むと、並んで棚を眺めていた四人がビクッと振り向いた。

「養生シート敷け！」

え、と訊き返す奈々恵に、噛みつくように命令した。

「早くっ！」

誰も動かないので、部屋の隅に畳んで寄せておいた養生シートを自分で引っ張り上げて床に投げた。端を掴んで広げようとするのだが、焦ってしまい両手が上手く動かない。しまいにはこんがらがってしまったので、全体を掴んで乱暴に放《ほう》った。

「それ敷いとけっ」

目を丸くしながら、それでも手早くシートを広げていく四人に背を向け、東口は木っ端《こぱ》の入ったゴミ袋を手に取った。結び目をほどくのももどかしく、夢中で破いて中身をシートの上にぶちまける。何か言おうとする四人を無視し、つづいて雑多なゴミが入った袋を引っ張ってくると、それも破いて中身を無茶苦茶に撒いた。

「東口さん――」

「みんな、何か工具持て、何でもいいから！」

工具箱を開けると、目についた順に工具を取り上げて、四人の手につぎつぎ押しつけていった。自分は右手で糸ノコを取り、左手で手近にあった木っ端を引っ掴んで、その場に尻を落とす。

「あの……東口さん？」

歯を食いしばり、東口は大きく息をついて首を垂れた。

「少し待て、いま説明する。頭がまだ――」

そう言っているあいだに、ふと気配を感じて振り向いた。

入り口のガラス戸から、老人が中を覗いていた。老人はドアをゆっくりとひらくと、いつもの飄々とした様子で笑いかけてきた。

「見たところ、もうそろそろ終わりそうじゃないか」

誰かが何か言う前に、東口は素早く答えた。

「いえ、もうちょっとかかるんです。仕上がっているように見えても、細部をいろいろその、調整したりなんかしないとならないんですよ」

「調整」

「なにぶん大きな棚ですからね、仕上げに手を抜くと、すぐにガタがくるんです。棚自体がほら、かなり重たいもので」

「肥った人間の膝が悪くなるようにか」

「まさにそうです」

言い切ると、老人はべつだん疑うような素振りは見せず、ちらっと棚に目をやってフンフンと頷き、何か口の中で聞き取れないことを呟きながらドアを閉めた。ガラス越しに遠ざかっていく老人の痩せた背中を、東口は息をつめて睨んだ。絶対に声が聞こえないと確信が持てるまで待ち、奈々恵を振り向いて、今度はその顔を睨みつけた。

「親父さん、大した立場の人間らしいな」

「え」

「警察庁で警視監《けいしかん》の階級にいる、あんたの親父さんだ」

ぴくりと奈々恵の顔が動いた。ほかの三人がぽかんとした表情でその顔を見た。全員の視線を受け、奈々恵の両目は弱々しく伏せられ、唇が何か言おうとして隙間をあけた。しかし言葉は出てこなかった。

「警視正より警視長より上の警視監——警察のトップクラスじゃねえか」

奈々恵は小さく首を横に振って顔を上げた。

「わたし、べつに嘘をついていたわけじゃないんです」

そう、確かに嘘はついていない。いつか父親のことを訊いたとき、彼女は「公務員」と答えていた。

「隠そうとする気もなかったというか――いえ、まったくなかったわけじゃないんですけど、べつに父親の職業が何であっても自分には関係」

「大ありだ」

東口は遮った。

「そのせいで俺たちは死ぬかもしれねえ」

（九）

たったいま階下のドアの前で耳にした会話を、東口は大急ぎで四人に伝えた。

最初に聞こえてきたのは器口の声だった。

――西木ムネミツ。字は宗教の宗に充足の充。警察庁の幹部で、階級は警視監です。

あの部屋はリビングのような場所だったのだろうか。それともたとえば老人の書斎といった、個人的な部屋だったのか。

――それは……まずい。

相手に話すというよりも、老人の声は独り言に近かった。

――ええ、かなり。

――まあしかし、わかってよかったじゃないか。

老人の声が一転して快活なものに変わった。

――気を利かせて調べてくれて、ありがたいよ。

――念のためです。東口という男のことはある程度調べてありましたが、なにしろほかの連中が現れたのは予想外だったので、帰す前に素性を調べさせました。

＊　＊　＊

「どうやって？」

奈々恵が訊いた。

「知るか。でもどうやらあの爺さん、方々にツテを持っているらしい。そのあとの会話からすると、俺とあんたについては、預けた携帯電話の情報から調べたようだ」

＊＊＊

――仕方がない。もしアレだったら、人を呼んで、なかったことにしなさい。

老人がいとも気軽な口調でそう言ったので、はじめは意味がわからなかった。

――ほんとはなあ、また目隠しして車に乗せて、もとの場所まで帰してやろうと思ってたんだけども。

――それはもう無理かと。

――だろうなあ。家具屋はいい仕事をしてくれたし、ホームレスたちもきちんと働いてくれたし、あの娘もなかなか可愛らしい子だし、残念な気もするな。

――やり方は。

――お前に任せるよ。この近くじゃなければ、どこでどうやってもいい。娘だけは、何か使い道があったら、そっちに使って構わない。それも、お前に任せるよ。最後にきちんと処理さえしてくれればいいから。

――わかりました。

そのとき、毛の長い猫が廊下の角を折れて近づいてきた。猫はドアの前で固まっている東口の前で立ち止まり、不思議そうに顔を見上げた。にゃあと鳴こうとした寸前、東口は咄嗟に両手で上下から顔を挟み込んだ。大人しいやつで幸いだった。猫は無理やり閉じさせられた口で、ぬう、とほんの小さく鳴くと、面倒くさそうに廊下を引き返していった。

――死体だけは絶対に見つからないようにな。

――はい。

――同じ場所で暮らしていた人間が何人も同時に死んでいたら、さすがに警察も丁寧に調べるだろうからな。前回の男のこともあるし。

――承知しました。

＊　＊　＊

「前回の男……？」

「はじめは俺もわからなかった。でもすぐに連中が自分で答えを言った」

「もしかして」

「ジジタキさんだ」

その名前に困惑するチュウさん夫婦とモクさんに、東口はジジタキさんの死の真相と遺書のことを手短に、ものの一分ほどで説明した。ここにきて迷っていても、もう仕方がなかった。

＊　＊　＊

――前回のホームレスについては、もう警察も動いていないようです。ただの自殺で片付きました。

――まあ、もともとただの自殺なんだけどなあ。

――それで、五人はいつ？

――棚の修理が終わってからにしよう、せっかくだから。見たところ、もうすぐ終わりそうだ。

――あの。

おずおずと割り込んだ声はスカのものだった。どうやら彼も部屋にいたらしい。

――念入りに口止めして、帰すってわけには、いかないんすか。

ふと声が途切れた。老人と器口がスカの顔をじっと見つめているのが、ドア越しでもわかった。しばらくして、老人が笑いの滲んだ声で言った。

――仕事を手伝って、妙な情がわいたんだろうなあ。しかしまあ、そういう考えはやめなさい。

――でも。

このとき器口が部屋を出ていく素振りを見せたらしい。スカが慌てた声を出した。

——待ってもらえないすか、もうちょっとだけ。

——馬鹿、便所だ。

東口が聞き取れた会話はここまでだった。部屋を出てきた器口と鉢合わせしてしまったらお終いなので、急いでドア口を離れ、足音を消して廊下を走った。廊下でドアの開閉する音が聞こえたときにはもう、階段を半分ほど上っていた。

＊　＊　＊

「いまさらだけどな……ひょっとしたらって、疑ったことはあったんだ」

胡座をかいた自分の膝先を睨みつけながら、東口は正直に言った。

「あいつら、ジジタキさんのことにも何か関係してるんじゃねえかって」

ヤクザがらみの人間なのか、ヤクザそのものなのか、あるいは何か別の種類の人間なのかはわからない。が、同じ場所で暮らしていたジジタキさんと東口が立てつづけに目をつけられ、仕事を依頼されたのだ。その内容はまったく異なるが、なにしろタイミングからして、相手が同一だと考えたほうが納得がいく。しかしそれを確認する術《すべ》などなかったし、同じ相手だとわかったところで、自分にできることはなかった。何より、ホームレス家具職人になって以来初めての大きな仕事に、我を忘れていたのだ。

「どうするんです、東口さん？」

奈々恵の両目は細かく震えていた。ほかの三人は言葉さえ発せなくなっていた。

「修理が終わらないうちは……終わらないふりをしているうちは、やられねえ。でもあんまし長く演技してりゃ怪しまれる」

糸ノコの柄《え》と木っ端を握り締めて東口は唸《うな》った。唸ることしかできなかった。

「逃げるぞ」

「見つかったら殺されます」

「時間を延ばしていても、いつまでもつづけられないのなら同じことだ。すぐに逃げる」

「昼食です」

器口の声に、肺を鷲摑《わしづか》みにされたように呼吸が止まった。

が、幸いにして会話を聞かれた様子はなく、器口はゆったりとローデスクに盆を置いた。

「棚の作業ですが、あとどれほどで終了しますかね」

こちらの顔を見ないで訊く。

「いやあ、なにせ仕上げが大事ですから。目処《めど》がついたら、またお伝えしますよ。――あそうだ」

咄嗟に思いついた。

「また少し、入り用のものが出てきたんですが、お願いしてもいいですか？」

つなぎの胸ポケットからメモ紙とボールペンを取り出し、なるべく納期がかかりそうな工具やパーツを、頭に浮かんだ順に箇条書きで綴っていった。ただし、あまりに数が多いのは不自然なので、書けることには限度があった。これでどのくらい時間を稼げるだろうかと考えながら、東口はメモ紙を渡した。器口は眉根に皺を刻んでそれを一瞥《いちべつ》すると、スラックスのポケットに突っ込んだ。

「手配します」

「すみませんね、いまさら。よし、飯にしようか。な？」

食事をする気になどとてもなれなかったが、これまでいつも完食していたものを急に残しては怪しまれる。それぞれ皿の中身を無理やり飲み下し、平らげた。

午後は棚からガラス戸と開き戸を取り外し、それを膝に載せる恰好で、五人とも養生シートの上にじっと座り込んでいた。手には工具を持ち、ときおりその工具を別のものに持ち替え、いつ老人や器口が中を覗いても作業中だと思えるよう演技をつづけた。そうしながら、方法を考えた。逃げ出すには。助けを呼ぶには。外部と接触するには。何一つ思いつかなかった。携帯電話は取り上げられているし、車のキーもなく、塀には忍び返しだの人感センサーだのが設置されている。

日が暮れて夜が来た。夕食も無理やり咽喉に詰め込んで食べた。

（十）

翌朝。

「全部すか」

「そう、全部」

「でもオイル塗装って、たしか――」

「やったよ。でも棚板のオイルの乗りが、どうしても気に入らないもんでさ、もう一回塗っときたいんだ。申し訳ないけど、な、手伝ってよ」

顔色を読まれないよう、東口は棚板を一枚一枚外しながら喋っていた。

「これ全部外して庭に出すから、そこで塗ってくれる？」

納得したのかどうか、無表情のまま頷いたスカといっしょに棚板をすべて外しきった。それをモクさんとチュウさんとトキコさんが、庭に敷いた養生シートの上まで運んでいった。

「じゃ、俺は上で別の作業やってるから。モクさんとチュウさんとトキコさんは、ここで彼といっしょにオイル塗り頼むよ。難しいところがあったら、彼にかわりにやってもらって」

「え、俺すか」

「あんた、いちばんセンスあるから」

幼さの残る頰が、少しだけ持ち上がった。こんな状況でも思わず申し訳なさを感じてしまうような、素直な照れ笑いだった。シートの上に胡座をかき、スカはオイル缶の蓋を開け、そこで一瞬ためらうような間を置いてからこちらを見上げた。

「あの……東口さん」

「うん？」

ぎくりと相手の言葉に身構えた。しかしスカは何も言わず、ただ小さく首を振ると、オイル缶の中身を布に染み込ませた。東口はゆっくりと背を向けた。玄関前で振り返ったとき、背中を丸めて作業に取りかかっているスカのほうへ、あの二匹の茶トラの仔猫が近づいていくのが見えた。モクさん、チュウさん、トキコさんの横顔は、普段どおりのふりをしろと強く言っておいたのに、木彫りの面のように硬かった。

「……はじめるぞ」

作業部屋に戻ると東口は、工具箱からカッターナイフとドライバー、そして瞬間接着剤を取り出してつなぎのポケットに滑り込ませた。

「ほんとに、やるんですよね」

寝不足と緊張のせいだろう、東口を見上げる奈々恵の顔は病的に蒼白《あおじら》んでいる。

「ゆうべ言っただろ、いくら普段どおりの態度でいようとしたって無理がある。そのうちきっと奴らに怪しまれちまう。そうなったら、逃げ出すことはいっそう難しくなる」

だからいますぐ行動を起こすべきだと、昨夜トラックの荷台で話し合って決めたのだ。具体的な作戦は二人で立て、ほかの三人には今朝一番で伝えた。本当は五人で話し合えればよかったのだが、寝る場所が離れていたので仕方がなかった。昨夜に限って同じ場所で寝たりしたら、それこそ怪しまれてしまう。

「いくら時間が過ぎたところで、助けなんて来ねえし、俺たちを解放しようって考えが奴らの頭に浮かぶこともねえ。作戦開始だ。俺たちは、今日、逃げる」

最後の三語を東口は、相手の心に叩き込むように発した。奈々恵は色のない唇を横に結んで東口を見返した。つなぎの胸が、ハイペースの呼吸に合わせて大きく動いている。

「逃げられたら――」

無理に押し出された奈々恵の声は、弱々しくかすれて聞き取りづらかった。

「本当の意味で変われるように、努力します」

小さく奈々恵に笑いかけ、ドア口に目を向けた。無人の廊下に靴下で踏み出しながら、東口は昨夜の奈々恵とのやりとりを思い返していた。ここから脱出する手段を話し合ったあと、彼女は東口に、すべてを打ち明けてくれたのだ。

＊＊＊

「ほんとはこれ……生まれつきじゃないんです」

　荷台で東口と向き合い、自分の右脚に視線を置いて、奈々恵は話した。

「父のせいで、こうなりました」

「親父さんの？」

「少なくとも父は、そう思っています」

　奈々恵の視線は右脚に向けられていたが、その目はどこかずっと遠くを見ているように、視点が定まっていなかった。

　五歳の頃の話を、彼女は聞かせてくれた。

　いつも忙しくて家族と過ごす時間などなかった父親が、彼女と母親を、一泊のキャンプに連れていってくれたのだという。

「すごく嬉しくて、前の晩なんてぜんぜん眠れなくて、行きの車の中でもずっと、歌ったり、げらげら笑ったり、外の景色を見てきゃあきゃあ声を上げたりしていました。父は運転席で苦笑いしていましたが、うるさがったり、叱ったりはしませんでした。たぶん父も、嬉しかったんだと思います」

両親と奈々恵は、都内から車で二時間ほどかけて山梨県のキャンプ場に向かった。

「平らに均された原っぱが広がっていて、その奥にある谷を下りていくと、見たこともないくらい透明な川が流れていて、すごく素敵な場所でした。真夏なのに、その水は、氷を入れたみたいに冷たかったんです。でもその水が冷たくなくなるくらい、わたし、大騒ぎして遊びました。小さい魚を追いかけたり、亀を捕まえたりして」

泳いでいる亀を初めて見たと、奈々恵は眼鏡の奥で目を細めた。

その亀を持って帰りたいと頼んだら、父親は別段反対はしなかったが、母親が駄目だと言った。食い下がり、懸命にお願いしても聞いてくれず、けっきょく奈々恵は、ぽろぽろ泣きながら亀を川へ放した。

「谷の反対側の斜面を上ってみようと言い出したのが誰だったのか、よく憶えていません。悔しがっているわたしを、また楽しませようとして、父と母のどちらかが言ったのかもしれませんし、自分で言い出したのかもしれません。でも母は川のそばで待っていたので、きっと父かわたしか、どちらかだったんだと思います」

父親と奈々恵は、川向こうの斜面を上っていった。キャンプ場側よりも、そちらは急で、人の通った跡らしきものはどこにもなかった。そんなところを進んでいくことも、父親といっしょに冒険めいたことをするのも、どちらも生まれて初めてで、亀を諦めた感情の昂ぶりも手伝って、いつしか奈々恵は夢中で手足を動かして斜面を上っていた。

「急すぎて、木の枝を摑まないと上れない場所もありました。それでも父は、ぐんぐんペースを上げて先を行きました。ときどきわたしを振り返って、手を貸そうとしてくれたんですけど、わたしは父と、下にいる母にいいところを見せたくて、自分の力だけでついていきました」

振り返るたびに景色が広がっていった。川のそばで待っている母親の姿が、しだいに小さくなっていった。何度目かに振り返ったとき、何か重たいものが滑る音を聞いた。さっと顔を戻すと、すぐ目の前に父親の両足と靴が見えた。

「何故だかわからないんですけど……写真みたいに、その足が止まって見えました」

しかし実際には、父親は勢いよく滑り落ちていたのだ。あっと思ったときには遅かった。父親の身体のどこかがまともにぶつかり、重たい衝撃とともに、両足から地面の感覚が消えた。

「下まで、一度も止まらずに落ちました。はっきりとは憶えていませんが、途中でぐるっと、自分の身体の向きが逆さまになったような気がします。たぶんそのときに、この脚がねじれたんです」

奈々恵は自分の右脚にそっと手を添えた。

「何かに挟まったかどうかして、身体の重みで、変なほうに曲がったみたいです。それで、気がついたらわたし、河原の石の上に寝ていました。真っ青な空が目の前に広がっていて、空の下のほうに、木のシルエットが並んで……どうしてかはわからないんですけど、そのシルエットがだんだんと伸びて、空を覆って、暗くしていくような感じがしました」

声を上げて泣き出したのは、そのせいだったように思えると、奈々恵は小さく首をかしげながら言った。

「怪我の痛みも、落ちたこと自体の怖さも、まだ感じていませんでした。ただ、なんていうか、世界が急に真っ暗になっていくような確信があって……それが厭で、怖いというよりも、哀しくて、泣いたんです」

病院で治療を受けたが、完全には治らなかった。

それから、奈々恵は目立って右脚を引き摺るようになった。

「極端に引っ込み思案《じあん》な子になりました。幼稚園でも、それまでの友達が遠ざかっていって、いつも一人でいるようになりました。走ったり、速く歩いたりできないわたしとの遊び方が、みんなわからなかったんだと思います。入学した小学校でも、友達はぜんぜんできませんでした。脚のせいじゃなくて、わたしがだんまりになったせいです」

『泣いた赤鬼』のことを、東口は思い出した。

――たぶん、もう二度と青鬼になれないことが哀しくて、その子は泣いていたんだと思います。

そんなふうに、奈々恵は言っていた。

クラスで一番大人しかったという女の子。

あみだくじで青鬼役に決まった女の子。

学芸会が終わると学校へ来なくなり、ようやく登校したと思ったら、誰もいないトイレでずっと泣いていたという女の子。

——お面をかぶったら、その子、別人みたいに大きな声で台詞を喋って、とても堂々としていました。本番でも上手に役をこなして、ほかのクラスの先生たちも褒めていたそうです。

話を聞いたときから、本当はわかっていた。わかっていたが言わなかった。

「学芸会の青鬼役、あんただったんだろ？」

奈々恵は頷き、東口の胸のあたりに視線を向けて訊き返した。

「もしかして……ほかのことも気づいていたんですか？」

東口は頷いた。もう、自分も誤魔化すのはやめようと決めていた。

「外国の旅。マタギのなんとかさん。それから——」

「妹ですね」

奈々恵が自らつづけた。

「あんた、妹なんていねえんだろ？」

「一人っ子です」

――妹とは仲が悪いんです。

――妹は真面目で大人しくて、悪戯なんて絶対にしないタイプだったので。

「あれは……あの妹の話は、自分のことでした」

奈々恵は唇の端をほんの少しだけ持ち上げた。

「引っ込み思案のまま小学校を卒業して、中学校へ入って不登校になって、高校もなんとか入学はしましたけど、そのときにはもう、同じクラスになった人たちとまともに会話をすることさえできなくなっていました。授業中も、休み時間も、家でも、いつも本を読んで、学生時代を終えてからも、就職もしないで、社会と関わりを持とうともしないで、部屋で本ばかり読んで暮らしてました。ついこのあいだまで、ずっとです。両親は何も言いませんでした。二人とも……とくにお父さんは、責任を感じてたんだと思います」

いつの間にか、「父」から「お父さん」に変わっていた。

奈々恵の父親の気持ちは、痛いほど理解できた。もし笙太がいま生きて帰ってきたなら、きっと自分も、子供がどんな人間でいようと構わないと思うだろう。罪の意識が、注意や苦言をためらわせることだろう。

「マタギのなんとかさんってのも――」

言いながら、少し笑ってしまった。

「嘘です。前に、ＮＨＫの番組でマタギの特集をやっていて……それがすごく素敵だったので、勝手に人物をつくってしまいました。なんとかさんが言った言葉というのは、みんな本の中で見つけた一文です」

　膝を引き寄せて抱える奈々恵の目は、うっすらと涙で濡れていた。

「ぜんぶ、嘘なんです。ほんとは外国を旅したことなんて一度もありません。外国どころか、国内旅行さえろくに行ったことがないんです」

「最近やっと日本に戻ってきたなんて言いながら、あんた、前の年の台風のことを知ってたもんな。俺たちと暮らすようになってすぐに両腕が日に焼けてたし、新しいウルトラマンの名前は知ってるし、おかしいとこばっかりだったよ。いまだから言うけどさ」

「嘘をつくって、すごく難しかったです」

　ジジタキさんが死んだとき、奈々恵は自分のせいだと言って泣いていた。

　――みんなでお鍋を食べているときに、わたし、ジジタキさんに、中国の話をしました。

　――そのせいでジジタキさんが、余計中国に行きたくなったってのか？　そんなことたねえよ。

　――違うんです……違うんです……。

　同じ言葉を何度も繰り返しながら、彼女は嗚咽していた。あれはきっと、中国へ行ったというのが嘘だからこそだったのだろう。もしそれが本当で、ただ自分の経験を話して聞かせていただけであれば、あれほどの後悔はなかったに違いない。作り話だったからこそ、奈々恵は自分がジジタキさんの中国行きを後押しした可能性を思って、あんなにも苦しんだのだ。

「東口さんのところへ来る少し前、わたし、生まれ変わる決心をしたんです。このままじゃいけないって、初めて思ったんです。自分の人生がどうこうというより、お父さんとお母さんに申し訳ないって……可哀想だって思いました」

だから奈々恵は一念発起し、こっそりバイクの教習所へ通って免許を取ったのだという。右脚が悪くても問題はなく、彼女は無事に中型二輪の免許証を取得した。そしてバイクショップへ行き、中古のバイクを手に入れた。

「最初は、おっかなびっくりでした。でも、だんだんと慣れて、町を走り回っているうちに、なんだか別の人間に生まれ変わったような気になれました。お父さんといっしょに、ぐんぐん谷をよじ上っていたときみたいに、ドキドキしたんです。変われるって思いました」

しかし、あるとき父親がバイクのことを知った。

「危ないから乗るなと、強く言われました」

とても怖い顔をしていたという。

そのときの父親の気持ちも、東口には理解できた。もしあの日、笙太が生還し、ふたたび自分とともに暮らしていたとしたら、きっともう二度と息子を危険な場所に近づけようとはしないだろう。そして、もしも笙太がそういった場所に足を向けたことを知ったら、強く叱るだろう。理不尽だけれど、その感情をねじ伏せる自信は東口にはなかった。

「それでもわたし、悔しさもあって、毎日バイクで走り回っていました。なんだか不良に憧れる十代の女の子みたいで、こうしてお話しするのも恥ずかしいんですけど」

ある日曜日の朝、マンションのバイク置き場へ行くと、バイクが消えていた。

家に戻って父親に訊くと、処分したと言われた。呆然とする奈々恵に対し、父親の隣で母親もまた、お父さんはあなたのためを思ってやったのだというような言葉をかけた。

「この家にいるかぎり変われないって、わたし、そのとき思いました」

だから、飛び出したのだという。

奈々恵はバイクショップで、今度はおんぼろのカブを手に入れた。しかし外の世界に一人で飛び込む勇気は、すぐにはわかず、小さい頃から可愛がってくれていた祖母を頼ろうと思った。

「そのとき、東口さんのトラックが停まっていたんです。お祖母ちゃんの家の前に」

「俺の家具に興味があったってのは――」

「それは本当でした。ずっと憧れていて、雑誌やインターネットで東口さんの会社と、職人としての東口さんのことを調べていたっていうのも本当なんです。そうじゃなければ、押しかけ弟子になんてなろうと思いません」

「まあ……そうだろうな」

「わたし、東口さんみたいに、何かをつくりたかったんです。自分がここにいる証拠みたいなものが欲しかったんです。もちろん東口さんがやっていたお仕事が、そんなに単純なものでないっていうことくらい、わかっていました。それでも、わたしには憧れだったんです。東口さんがお祖母ちゃんの家を出たあと、わたし、気がつけばバイクでトラックを追いかけていました。本当のことを言うと、そのときはまだ、東口さんに話しかけるつもりなんてなくて、ただ身体が勝手に動いていただけでした。でも、そのあとずっと尾行して、翌朝も遠くから様子を眺めて……いまは家のない状態で仕事をしているんだって知ったとき、驚くより先に、ここへ飛び込んだら自分の人生を一からつくり直せるかもしれないと思いました。一人じゃなくて、東口さんといっしょにつくり直せるかもしれないって。そう思ったら、それまで胸にあった心細さとか不安が、ふっと消えました。でも、いつまたまとわりついてくるかわかりません。だからわたし、いましかないと思って、図書館の駐車場でトラックの助手席に飛び乗ったんです」

そのあとは、東口が知っているとおりだった。長いこと外国を旅してきた行動的な女——ホームレスとの共同生活も気にしない風変わりな女として、奈々恵は東口の押しかけ弟子となり、あのスクラップ置き場でともに寝起きするようになったのだ。そうやって本当の自分を隠したまま、この半年を過ごしてきた。

「生まれ変われたつもりでいました。でも、ああやってみなさんと過ごすうちに、なんだかだんだんと、わからなくなっていきました。本当の自分が何なのか……何がしたいのか。どうなりたいのか。あの場所での生活にも、すぐに馴染《なじ》んだふりをしましたけど、ほんとは精一杯でした」

人と関わらずに生きてきた若い女が、いきなりホームレスたちと共同生活を送るのだから、すぐに馴染めるわけがない。

「みんなでお鍋を囲んで食べたときは、よそってもらったものをどうしても受けつけられなくて……トイレに行って、もどしてしまいました。それで、一人で泣いていました」

そう、あのとき奈々恵がアパートのトイレに行ったまま長いこと戻ってこなかった理由にも、察しはついていた。

「俺も、最初はそうだったよ」

あの場所で暮らしはじめたばかりの、まだホームレスのルーキーだった頃、東口もまったく同じことをしていた。食べさせてもらったものをトイレでもどし、涙こそ流さなかったが、泣いていた。物心ついてからずっと、自分は社会の上澄みの部分で生き、その液体で洗ったものしか食べたことがなかったのだと知った。いまではもちろん何だって抵抗なく口に入れられるが、慣れるというのがはたしていいことなのかどうか、自分でも判断がつかない。

「でも昨日、またああいうことをしたいって言ったのは本当なんです。お鍋も、もう美味しく食べられます。わたし、またああやっていっしょに食事したり、笑い合ったりしたいんです」

もっともそれは、無事に帰れればの話だが。

「しかし……親父さんが警察関係者だったとはな。あんた、ジジタキさんの遺書を見つけたとき、すぐに俺に見せずに隠したけど、あれは親父さんのことを考えたからなのか？」

奈々恵は素直に頷いた。

「娘がああいったことに巻き込まれたとなれば、きっとお父さんに迷惑がかかります。だから、東口さんにお渡しすることが、どうしてもできませんでした」

それでも奈々恵は、あとになってジジタキさんの遺書のことを打ち明けてくれた。東口は遺書の内容を読み、スクラップ置き場を出ていくよう奈々恵に命じた。ヤクザだの何だのが出てきた以上、もう置いておくことはできないと。

「スクラップ置き場を出ていってから、お祖母ちゃんのお葬式があって、葬祭場でお父さんとお母さんに会いました。葬儀が終わると、家に連れ帰られて、どこで何をしていたのかを問いただされました。いくら訊かれてもわたしが答えなかったので、お父さん、家から出ないようわたしに言って、バイクもまた勝手に処分して——」

ほんとに十代の子供みたいですと、奈々恵はいまにも泣き出しそうに笑った。

「それであんた、スクラップ置き場まで歩いて来たわけか」

――バイクは壊れて乗れなくなりました。だからここにいさせてもらわないと困るんです。

「今度こそ戻らないつもりで、出てきたんです」

そこまで話すと、奈々恵は黙り込んだ。

長い沈黙の合間に、洟をすする音が聞こえた。

「わたし、本当に、生きている意味もないような人間なんです。何もしてこなかったし、何もできないんです」

「そんなこたねえ」

「もっと早く、変わろうと決心していれば、もしかしたら上手くいっていたかもしれません。でも、遅すぎました。もう間に合わなかったんです。変わりたいと思っても、どう変わればいいのかもわからなくて、やみくもに動いたら人に迷惑をかけて――」

「あんたのおかげで俺は死なずにすんだだろうが。シュウ酸服《の》んで馬鹿やったとき」

奈々恵は答えず、唇を閉じてうつむいた。その横顔は疲れ切って、天井の白熱灯の下で蒼白んでいた。やがて奈々恵は、両手で眼鏡をずり上げながら手のつけ根を両目に押しつけ、その恰好のまま動かなくなった。口だけで呼吸し、やがて何か言おうとして大きく息を吸い込んだが、けっきょくその息は震えながら細々と吐き出された。

「少し寝ろ。なにしろ明日の脱出作戦は体力使うからな」

返事をしない奈々恵の肩口を見つめ、東口は呟いた。

「あんたが遅すぎるってんなら……俺なんてどうなるんだよ」

＊＊＊

足音を殺し、東口は階段を下りていた。

一歩一歩、慎重に。

どうしても全身に力がこもってしまい、腹の中で胃袋までも固くなっているようだった。

すべてはトラックのキーを手に入れられるかどうかにかかっている。

それがどこにあるのかについて、東口と奈々恵の意見は一致していた。器口が使っている部屋だ。ではその部屋はいったいどのドアなのか。

目星はついていた。

器口は一日中、屋敷の中を行ったり来たりしているが、出入りするのをいちばん多く見かけるのは一階の廊下の奥——東口が老人たちの会話を盗み聴いた部屋の、二つ手前のドアだ。屋敷の三人に見つからず、まずはその部屋に入り込まなくてはならない。方法を思いつき、東口が提案したとき、奈々恵は強硬に反対した。そんなの、上手くいくはずがないと。しかし東口は、体験者にしかわからないあの状況を懸命に説明し、最終的に説得したのだ。

　一階の廊下に出て、トイレを目指す。ドアの前にスリッパがないので、誰も入っていないことはわかったが、念のため軽くノックしてみる。反応はない。東口はドアを開けて中に入り、素早く鍵を閉めると、ポケットからカッターナイフとドライバーを取り出した。

＊　＊　＊

　昨夜、奈々恵が荷台で短い眠りについたあと、東口はテレビ画面を見つめていた。いつものように、テレビのジャックにイヤホンをさし、じっと自分の呼吸音だけを聞きながら。
《パパ、早く》
　楽しそうに笑い合う人々と、冬の羊雲。
《大丈夫だよ、そんなに急がないでも》
《終わっちゃうよ》
　智江の実家近く、日暮れが迫る神社の境内。白いダウンジャケットの笙太が、人混みの中を抜けていく。息子はふと振り返り、視線が一瞬周囲を彷徨う。やがて彼は、ずっと後ろにあるカメラを見つけ――。

東口は手を伸ばし、イヤホンのプラグに触れた。

《いいのか》

疫病神が囁いた。

「もういいよ……どうせ殺されるかもしれねえんだから」

顎に力を入れ、右手でつまんだプラグを一気に引き抜いた。

「もっと早く、こうしてりゃよかったんだ」

テレビのスピーカーから音声が――これまでずっと、プラグをさすことで消していた音声が、荷台の中に響いた。奈々恵が起きるかもしれない。それでもいい。自分のような人間が一人ではないことを、彼女に教えてやれる。いや、奈々恵はすでに気づいているのだ。ずっと前から知っている。ただ東口が、頑《かたく》なに認めなかっただけだ。隠しつづけようとして、無意味な努力をしてきただけだ。

本当は、互いにわかっていた。

同じことをしていると知っていた。

画面では、筮太がカメラに向かって不平そうな声を上げる。音を消して再生するたび、筮太の口の動きに合わせ、心の中で東口は別の声を重ねていた。そして、いつしか本当にそう聞こえるようになっていた。しかしほかのいくつものシーンと同じように、筮太の口は、同じ動きで別の言葉を——正反対の言葉を発しているのだ。

『ママ！』

両目と頰のあたりに、幼い苛立ちを浮かべながら、笙太は近づいてくる。カメラを持つ手が引っ張られ、画面が大きくぶれる。

『笙太ほら、走らない』

智江の声には笑いが滲んでいる。

《いまさら認めてどうする》

「さあ……どうすんだろうな」

声を返した瞬間、画面が涙で揺れた。

「いまさら認めたって、どうしようもねえのにな」

家族を顧《かえり》みず、仕事に没頭していたこと。一人息子と遊んでやることもなく、家に寄りつきもせず、寂しい思いをさせていたこと。いつも、母親と二人きりでいさせてしまったこと。笙太が死に、智江が出ていくまで、妻が録り溜めたビデオを見ようともしなかったこと。

一人きりになってから、東口はこの荷台で何度もビデオを見た。後悔を胸の底に押し込め、ありもしない思い出で胸を埋めようとして。

——大丈夫、じっとしてれば勝手に滑っていくから。ほら、しゃがんだまま、ちょっとだけ前に行って。

飛鳥山公園の、ゾウのすべり台。

——ママ……！

生まれて初めてのすべり台を怖がる笙太。やがて身を縮こまらせて地面まで滑り降りると、両目を大きく広げてカメラに顔を向ける。

——怖くなかった！

男の子らしい嘘をつき、母親のもとへ夢中で駆け寄る。

——もう一回やろうか。

——うん、いいよ。

——ママが撮ってあげる。

——いいよ。

デパートで笙太が欲しがっていた、ウルトラマンの風船。

——どこに浮かせとくのよ。

——庭。

——飛んでっちゃうでしょ。

——二階のベランダ。

——邪魔。

――テレビの部屋。

――叱られるよ。

そう、叱られる。前触れもなく何日ぶりかの帰宅をした父親に叱られる。目障《めざわ》りだと言って、父親は風船を力任せに割り、ゴミ箱に突っ込んでしまうかもしれない。会社の業績が思わしくないとき、社内に解決しがたい問題が生じたとき、決まって父親は何かを壊す。目についたものを。食器、花瓶、電話機、鏡――そうしないといられないから。会社の行く末が不安で、失敗が怖ろしくて、じっとしていることがどうしてもできないから。少しでも気に障ることをすると、父親は大きな声を上げる。何が気に障るのかは、そのときによって違う。すべては会社の状況にかかっている。しかし息子にはそんなことなどわからない。だから、いつも怯えている。父親を怒らせるのは、小さな物音かもしれない。ほんの短い言葉かもしれない。テーブルに残った微かな食器の跡かもしれない。父親の怒った顔が、目が、声が怖くて、部屋に隠れてじっと小さくなっているときもある。すると階下から母親の怒鳴られる声が聞こえてくる。子供にはまだ意味のわからない言葉で、つづけざまに罵倒《ばとう》されている。自分のかわりに怒られているのだろうかと、笙太は思っていたかもしれない。母親を助けに行きたいが、部屋から出るのが怖ろしくて、小さな身体に力を入れて耳をふさいでいたかもしれない。

画面では、笙太が神楽殿で能楽師たちの舞を見ている。子供用に設《しつら》えられた台の上で、小さな身体が背伸びをしている。カメラはその背中を撮す。演者が何か面白おかしい動きをしたのだろう、笙太は笑いながら振り返る。母親がいまの光景を見ていたかどうか確認するように、満面の笑みを向ける。

画面がぶれる。カメラが細かく震えている。笙太の顔に不思議そうな表情が浮かぶ。その息子のほうへ、カメラは近づいていく。

『どうしたの？』

息子は訊ねる。

『笙太……』

母親は声を洩らす。

まだ、カメラは震えている。

泣いているのだ。

母親が唐突に泣き出した理由がわからず、笙太もまた泣きそうな顔をする。画面が横へ動き、何もない場所を映す。洟をすする音がして、智江が涙声で何かを言いかけ、しかしそこで画面は暗転する。

ビデオには、もう何も映っていない。

「あんたも……もうその面、取っちまえよ」

傍らの疫病神に顔を向けた。

《取るのは構わないが、そう簡単には逃げられんぞ》

何から逃げられないのかを、疫病神は言わなかった。しかし東口は訊き直さなかった。

「取っちまえよ」

東口に顔を向けたまま、疫病神は右手を持ち上げた。痩せた白い指で、面の頰を摑み、撫でるように下へ引っ張ると、面はずるりと移動し、その上端に色白の額が覗いた。かたちのやさしい眉が見える。表情を失くした両目が東口に向けられている。小ぶりな鼻と、薄い唇と、顎と——。

「久しぶりだよな」

智江は何とも答えず、ただ冷たい視線で東口の顔をひたと見た。

「いまさら謝っても、どうなるもんでもねえんだろうな。でも……ほんとはわかってたんだ。ずっとわかってた。みんな俺のせいなんだよな。お前が井澤のところへ行ったのも、笙太が死んだのも」

すっと目をそらし、智江は暗転したテレビ画面を見下ろした。

——笙太が死ぬ何日か前に、あんたを初めて見た。

——俺を最初に見たのは、息子の一回忌が終わったあとではなかったのか。

——ほんとは、その一年前に見てたんだ。車で会社を出て、取引先に向かってるときに。

あのとき東口はハンドルを握りながら、新設計画を進めている工場について思いをめぐらせていた。十字路の赤信号で車を停めたとき、フロントガラスの左端に、見慣れたシルエットが入り込んだ。

——ぼんやりした、黒い影の塊みたいに見えたよ。でも俺はそれを、見なかったことにした。あんまり不吉だったからな。

本当は、はっきりと見ていた。あれは智江だった。四つ角でぼんやりと立ち、夏の朝の風に髪を揺らしながら、東口が停まっている道と交差する道路の前後に、彼女はときおり目をやっていた。やがてそこに一台のセダンがハザードランプを点滅させて停まった。知っている車だった。誰の車だったかを思い出す前に、運転席のウィンドウ越しに井澤の横顔が見えた。智江がちらりと周囲に視線を投げてから助手席に乗り込むと、井澤の上体が智江のほうへ傾き、そのまま数秒静止した。やがてセダンはウインカーを出しながら車の流れに滑り込み、視界から消えた。

見間違いだと思った。そう思い込むことにした。考えなければならないことが山ほどあったから。社長として向き合うべき課題が無数にあったから。東口の記憶の中で、智江の姿はおぼろになり、しだいに曖昧な、黒い影のようなものへと変わっていった。

数日後、筌太が水死した。消防署の署員たちが筌太を捜索しているとき、河原で並んで項垂れていた智江からは、普段かいだことのない香水のにおいがした。昼に迎えに行くはずだったのだが、買い物が長引いて行けなかったのだと、東口の目を一度も見ずに妻は言った。

　笙太の死後は、それまで以上に仕事に没頭した。何かで頭を埋め尽くさずにはいられなかった。自分が息子を喪《うしな》ったと同時に、妻もまた息子を喪ったのだという、そんな当たり前の事実にさえ気づかないほど、会社経営だけに心を向けた。たまに帰る自宅では、もう智江と会話することもなかった。話すかわりに、大きな声を上げ、ものを壊した。笙太の一回忌が終わったあと、智江は家を出ていった。署名済みの離婚届だけが送られてきて、その直後、井澤が東口を呼び出して会社の倒産を告げた。東口の会社も連鎖倒産し、すべてが消えた。

　――そんときに確信したよ。ああ俺は一年前、たしかにあんたを見ていたんだって。あの朝、俺が道で見かけたのはたしかに――。

　東口がすべてを失くして路頭に迷うことを、智江は知っていたのだろう。イザワ商事の計画倒産。トウロ・ファーニチャーの連鎖倒産。井澤はおそらくすべてを事前に説明していたはずだ。だからこそ智江は東口のもとを去り、井澤を選んだ。しかしそれは決して智江が非情だったからではない、東口が変わらなかったせいだ。彼女の居場所をつくってやることができなかったせいだ。哀しみや後悔と心中するか、新しい生活へ逃げ出すか、智江が選べる道は二つに一つしかなかった。息子の死という絶対的な苦しみを抱えながら、あんな状態の夫と暮らすことなどできなかった。その死の原因の一部が自分にあったことなど関係ない。子供が死んだ哀しみには、そんな理屈の入り込む余地はない。

「……そうなんだろ？」

問いかけてみたが、智江は表情のない横顔を向けたまま、何も答えてはくれなかった。

家が競売にかけられることが決まった日の夜、暗いリビングに座り込み、東口はテレビ画面を眺めていた。笙太の姿を録り溜めたビデオは何本もあった。そのビデオの存在さえ、東口は知らなかった。最初に再生してみた一本には、神楽の映像が映っていた。智江の実家近くの神社で行われる舞を、彼女が笙太と二人きりで見に行った映像だった。派手な衣裳をまとった能楽師が、太鼓の音に合わせ、舞台の上で滑稽な仕草を繰り返していた。右へ動けばカメラもそれを追い、左に動けばまた追い――やがてカメラはズームして、能楽師の被った白い面が大写しになり――やがて笙太の小さな背中が映った。映像の最後で、智江は泣いていた。振り返って無邪気に笑う笙太に近づいていき、唐突に、哀しくてたまらない子供のように泣いていた。暗いリビングで、東口は自分の感情に生き埋めになってしまいそうだった。後悔しても遅かった。哀しんだところで、苦しんだところでどうにもならなかった。

「何かのせいにしなきゃ、生きていけなかったんだ……もういっぺん立ち上がることが、どうしてもできなかった。それでも俺、生きていきたかった。やり直したかった」

そして孤独だった。

だから、記憶を覆った。

智江、井澤、冷たくなった笙太、そして過去の自分——もう二度と見たくない、すべての顔を持つその記憶の塊に、東口は滑稽な白い面を被せ、疫病神と名付けた。そうすることが、生きていくための最後の手段だった。

しかし、記憶は自分そのものだ。それを何かで覆い隠すことは、自分自身が面を被って生きることにほかならなかった。過去にすっかり諦めをつけ、飄々と生きている男。成功を夢見ることもなく、家のない仲間たちと賑やかに暮らしているホームレス家具職人。そんな面を、東口は自分の顔に被せたのだ。

「成功することが、怖くもあったんだ。仕事が……何かが上手くいくことが怖かった。大事なものができるのが怖かった」

そして何より、面の下に隠したはずの、本当の自分を見るのが怖かった。笙太の墓参りに行けなかったのも、落ちぶれた父親の姿を息子に晒すのが厭だったからではない。墓を前にしたとき、東口自身が、自分の素顔を目にしてしまうのが怖かったのだ。見たくなかった。認めたくなかった。しかしそれはときおり不意に、

——わかっていたんだろう？

——知らなかったさ、何も。

——いいや気づいていた。お前は二人の関係を知っていた。だからこそ、警察署の入り

口を見張って待っていたんだ。だからこそ、お前は俺を——。

——違う！

東口の前に顔を出した。

白い滑稽な面の下から、過去はいつも唐突に囁きかけた。

——お前はいまでも、まっとうな人間でありたいと思っている。ここの連中に自分の過去を話し、同情されたり、哀れみを受けたりすることに、お前は耐えられない。奴らと同じ場所か、あるいはもっと低い場所まで落ちてしまうことが怖いからだ。

——お前は連中と同じだ。病気の身体で、医者に診てもらうこともできずに空き缶を拾っている男と同じだ。犬を毒薬で殺し、その同じ毒を服《の》んで、ゴミのように川に浮いていた男と同じだ。世の中の人間たちが懸命に働いているあいだ、並んで釣り糸を垂れている夫婦者と同じだ。

耳を塞いでも無駄だった。自分自身の声を聞かずにいることなどできなかった。

——お前は妻を愛していた。

——どんな女であれ、愛していた。

——本当に、このままでいいのか？

——すべてをあの男に持っていかれたままでいいのか？　すべてにおいて、あの男に負けたままで。

逃げることなどできないのだと、ようやくわかった。

――思い通りにはならねえぞ。あんたが何だったとしても。

――必死でやってみるがいい。

だから東口は、けじめをつけようとした。

――俺に抵抗してみろ。

自分自身の過去と対峙《たいじ》し、決着をつけようとしたのだ。もう、そうするしかなかった。

――笙太んとこ行くんだ。

井澤の前でシュウ酸を服《の》んだとき、それがようやくできたと思った。

――親が子供に会いに行って、何が悪い。

しかし失敗した。奈々恵によって命を救われ、この世で目を醒ましてしまった。

そしてふたたび、東口は自分の顔に面を被せた。面の下にはいつも、頬を強張らせ、両目を見ひらいて必死に何かを求め、しかし求めるものを見つけることさえできずに震えている自分がいた。未来に逃げられ、現在に裏切られ、過去に嗤われ、それでも無様に生きている自分がいた。

「何もできねえんだ、俺は」

智江の目が、すっと横に動いた。

「忘れようとしても、けじめをつけようとしても――」

その視線は東口の背後に向けられて静止した。

振り返ると、奈々恵が布団の上に上体を起こし、こちらを見ていた。

「独り言が、うるさかったか？」

奈々恵はそっと首を横に振った。

「ビデオのこと、あんたずっと気づいてたんだよな」

荷台の隅、笙太のビデオが詰め込まれた段ボール箱を顎で示し、訊いてみた。奈々恵は一瞬だけ迷うように視線を伏せたが、やがて小さく頷いた。

都電の中を映したあのビデオを再生しているとき、

――笙太は外の景色を見んのが好きだった。窓に顔をくっつけるようにして、珍しいもんが見えると、ほらこうやって。

――東口さん、やめましょう。

――……どうしてだ。

――やめましょう。

彼女は東口に、それ以上の言葉を継がせなかった。

「どうしてわかったんだよ。いつも音は消してあったし、カメラ持ってる女房の姿は映ってなかったはずなのに」

「笙太くんの目線です」

「ああ……」

苦笑し、何も映っていないテレビ画面に目をやった。

「警察署の前でお見かけしたとき、智江さん、すごく小柄な人でしたから」

それから朝が来るまで、東口と奈々恵は互いにひと言も口にせず、ただじっと座っていた。

智江も東口に横顔を見せたまま、うつむいて黙り込んでいた。

＊＊＊

「来たか」

階段の途中で、東口は一階を窺っていた。廊下の奥から器口が歩いてくるのを見て、思わず全身に力がこもった。器口は不機嫌そうにトイレのドアを開けて中へ入る。

胸の中で数をカウントしながら待つ。

十秒——二十秒——三十秒——。

「大だ……！」

小便ではないと確信できた瞬間、東口は二本足のゴキブリのように階段を下りた。

先ほども一度、器口はトイレに入ったのだが、そのときは小便だったようで、すぐに出てきた。しかし今回は違ったらしい。足音を立てず、それでいて素早く、東口はトイレのドアを通り過ぎた。身を起こしつつ、一階の廊下をさらに奥へと向かう。どうしたわけか、珍しく猫とまったく行き会わないのは僥倖《ぎょうこう》だった。器口は便器の上。スカは庭でオイル塗り。――あとは老人に出くわさないことを祈るのみだ。

目星をつけておいた部屋まで急ぐ。ドアに耳を密着させて気配を窺う。自分の呼吸音が邪魔だったので、掌を押しつけて鼻と口を覆ったら、今度は心臓の音が耳の奥でずくずくとやかましい。時間はない。東口はノブを握り、ドアに肩を押しつけながら、そっと押した。何度も器口がここへ出入りするのを見ているのだから、ここはあの男の部屋に違いない。止めていた息を吐き出しつつ、ドアの隙間から顔を突っ込んだ。しかし目に飛び込んできた光景は、予想していたものとはまったく違っていた。

「ハズレか……！」

そこは狭い納戸のような場所で、片側の棚に掃除道具が詰め込まれているだけだった。東口たちから取り上げた携帯電話やトラックのキーがここにあるとは、とても思えない。

「くそっ」

どうしてこんな部屋に、ほかと同じ立派なドアをつけるのか。

息を殺して廊下の左右に視線を投げる。いまごろ器口は便器の上で動けなくなっているはずだ。東口が細工しておいたウォシュレット――水圧を最強に設定した上、カッターナイフで配線を切って、「おしり」以外のボタンを利かなくしておいたウォシュレットを相手に、まさに「器口」といった顔をしているに違いない。しかし時間は限られている。コンセントの金具を瞬間接着剤で固定して、ちょっとやそっとの力では抜けないようにはしてあるが、それでも恐慌をきたした男の全力には勝てないだろう。

東口は隣のドアへ急いだ。そこに老人がいたときの言い訳など、まったく考えていなかった。考えていたところで、上手く演技ができるとはとても思えない。ノブを掴み、顔に風が吹きつけるほど勢いよくドアを押しひらく。部屋の様子がいっぺんに視界に入り込む。正面に腰高窓。その下にサイドボード。部屋の左手に誰かいる。こちらに背を向けて――いや、あれは上着だ。椅子の背に上着がかかっている。椅子の向こうには木製デスクとパソコン。反対側には書棚と薄型テレビ。これは誰の部屋だ。そのとき東口の脳が、遅まきながら反応した。椅子の背にかかっている作業服のようなグレーのジャケットは、器口が庭に出るときに着ていたものだ。

もう考えている暇などなかった。すぐさまデスクの引き出しを掴み、つづけざまに開けていく。雑多な事務用品、大量の万年筆、買い置きの煙草とライター、書類が綴じられたバインダー、使い古された革のペンケース――。

目の隅に、それはちらりと見えた。最後に開けたワゴンの引き出しのいちばん手前に、白いビニール袋がぞんざいに入れられ、表面に何か長方形の輪郭が浮き出している。飛びつかんばかりに袋を摑み上げると、嘔吐《おうと》寸前の男のように、東口は袋の口をひらいて顔を突き出した。見つけた。二台の携帯電話とトラックのキー。袋ごとつなぎのポケットに突っ込み、身体を反転させて部屋を出た。忍者のように背をこごめて両足を素早く動かしながら廊下を戻る。しかし階段近くまでたどり着いたとき、すぐ目の前でトイレのドアがひらかれた。口から心臓が飛び出しそうになり、東口はぐいっと咽喉をそらして立ち止まると、壁に背中をつけて両目を閉じた。両目を閉じれば見つからないというような、根拠のない咄嗟の行動だった。ドアの閉まる音。短い溜息のような息遣い。いま自分は相手から丸見えの場所にいる。インベーダーゲームで、ただ一匹残ったインベーダーのような恰好で、壁に張りついている。しかし反応はなかった。恐る恐る目を開けてみると、器口が口の中で何かぶつぶつ言いながら階段のほうへ歩いていくのが見えた。思わずその場にへたり込みそうになる身体を無言で叱り飛ばし、ふたたび動いた。前傾姿勢でぐっと首を伸ばし、器口の両足が階段の上に消えるのを待つ。音を立てずにそのあとを追う。這いつくばるようにして階段を上り、二階の廊下へ顔を出す。器口は屈託した足取りで奥へ歩いていく。奈々恵がいる作業部屋の前に立ち、ドアを押そうとする。しかしドアは動かない。中から奈々恵が三角形の木っ端を挟んで固定してあるのだ。器口は部屋の中に何か声をかける。その声には怒りと苛立ちと、たぶん疑いもこめられていた。奈々恵がドアに近づいてくるのがガラス越しに見えた。鼻から下にタオルを巻いた彼女は、身振りをまじえて何か言う。いまちょっと揮発性《きはっせい》の薬剤を使っているのでドアを開けられないんです。猫が入ってきたら大変ですから。打ち合わせどおりならば、そう言ったはずだ。奈々恵の後ろでは、つなぎを着た男が背を向けている。ちょうどソファーの陰になっているせいで、よくは見えないが、その顔はやはりタオルで覆われている。いや顔だけでなく、念入りに頭も別のタオルで覆ってある。奈々恵は後ろ姿のその男に、ドアは開けないほうがいいんですよねと訊ねる。男は何も答えないが、彼女はいかにも聞こえたかのように、器口に向き直って首を横に振る。

「たのむぞ……メビウス」

階段を下りて玄関まで走った。そっとドアを開閉して前庭に出ると、スカがこちらを振り向いたのでニコッと笑いかけた。

「塗装、どんな感じかな？」

「もう少しす」

「この三人のことも、ちゃんと見てやってな」

「ええ、はい、ちゃんと」

くすぐったさを隠すように頷き、スカはふたたび棚板に顔を向けた。ほかの三人には敢えて何も話しかけないと決めていた。声を出したら絶対にぼろが出るからだ。黙々と進められる単純作業を三人に割り当てたのも、怯えているのを気取《けど》られないようにするためだった。

オイルの染み込んだ布を手に、三人はじっとうつむいて、淡々と木の表面をこすり、スカも生真面目に作業をつづけている。東口はのんびりとした歩調で、しかし心は全速力でトラックへと向かった。駐車場の隅に大勢の猫がたむろしている。どうりで出くわさないと思ったら、こんなところで集会中だったのか。総勢十匹ほどの猫の中には、この期《ご》に及んで初めて顔を見るやつもいた。全員で東口のほうを一瞥し、また思い思いの方向に顔を戻す。

「持ってきたと思ったんだけどなあ……っかしいなあ」

わざとスカに聞こえるように呟きながら、いかにも何か忘れ物を取りに来たような顔で、東口は荷台へ乗り上がった。

「あそうだ、たまには布団を干しとかねえと」

隅に丸めてあった掛け布団を引っ張り出し、荷台の屋根の上に投げ上げる。ちらりとスカを振り返る。スカは角刈りの頭頂部をこちらに向けて作業に熱中している。東口は一気に荷台から滑り降り、ひとつづきの動きで車体を回り込むと、運転席のドアを開けてシートに乗り上がった。このままトラックを発車させ、それに気がついて駆け寄ってくるスカをよけつつ、養生シートの脇まで一気に走る。そこでモクさんたち三人が荷台に飛び乗り、トラックは間髪いれずに作業部屋の下へ。すると作業部屋でエンジン音に聴き耳を立てていた奈々恵が内側から窓を開け、荷台の屋根に敷いておいた布団の上へと決死のダイブをする。東口がふたたびトラックを動かすとともに、彼女は荷台の屋根を端まで移動し、中の三人の手を借りて、幌の縁から内側へ飛び込む。東口は追いかけてくるスカをかわしつつ、トラックを前庭の先へと走らせ、頑丈そうなあの黒い門扉をぶち破る。そして脱出成功。大丈夫、きっと上手くいく。何も問題はない。東口はポケットからキーを取り出して差し込み――。

「何だよおい……」

手を止めた。

黒いワンボックスカーが一台、門扉の向こう側から近づいてくる。ウィンドウにはスモークが貼ってあり、乗っている人間の姿は見えない。エンジン音に気づき、スカが顔を上げた。持っていた布をシートの上に放り出し、両手を作業ズボンにこすりつけながら立ち上がると、近づいてくる車のほうへ小走りに向かう。

鍵を使って内側から門扉の閂《かんぬき》を外し、スカはワンボックスカーを中へ招じ入れた。首を突き出すようにして頭を下げ、東口のトラックのすぐ脇を示す。車が門を抜けると、スカはすぐにまた門をかけて施錠した。ワンボックスカーはトラックのすぐ隣に停車する。低いエンジン音が腹の底にどろどろ響いてくる。ドアがひらき、車の中から男が出てきた。器口が眼鏡を外したときと同じような目つきをした、いかにも堅気《かたぎ》ではない様子の男が一人……二人……三人四人五人六人。誰だこいつらは。いったい何事だ。頭を低くして息をひそめた。どっどっどっどっと心臓が鳴っている。サイドミラー越しに男たちの様子を確認してみると、運転席から出てきた男——いちばん若そうな男が、車の後部に回り込んでハッチを開けるところだった。ポケットから軍手を出して両手にはめ、しかしそこで上体を屈めたので、姿は見えなくなった。男がふたたび身を起こしたとき、その両手には重たそうな段ボール箱が抱えられていた。あれは何だ。箱の上部は閉じられておらず、中に銀色の、拳銃のようなものが入っているのが見えた。恐怖と驚愕が尻から背筋を一気に這い上り、そのまま脳天を直撃した。が、違う。拳銃なんかじゃない。よく見るとそれは、東口が知っている工具なのだった。スポンジカッター。そう、間違いない。家具の修理でウレタンやスポンジをカットするときに使用する、L字形の電動カッターだ。しかし、いったい何のためにこの男たちはスポンジカッターなど——いや。

「俺か……」

ようやく思い出した。東口が注文したのだ。昨日、作業がまだ終わっていないことを示そうとして器口に手配を頼んだものの中に、スポンジカッターも入っていた。小さな店では手に入らない商品で、納期がかかると思ったからだ。それを、まさかこんなに早く手に入れてくるとは。

どうやら器口は、さっさと必要な工具を揃え、さっさと作業を終わらせ、少しでも早く東口たちを始末する気でいるらしい。段ボール一箱の工具を届けるのに、これだけの人数で来たということは、もしや連中は東口たちを消すための人員なのかもしれない。棚の修理が終わったという報告を聞きしだい、器口はこの男たちに命じて東口や奈々恵、ほかの三人を始末するつもりなのかもしれない。

間違いない。東口がそう確信したのは、ミラー越しにスカの横顔が見えたからだ。頬も額も青褪《あおざ》め、何かを一心に考えているように視線を下げている。さっきまでとまったく様子が変わっている。男たちが何のために来たのかを、彼は知っているのだ。

スカの先導で、男たちは屋敷の玄関へと歩いていき、ミラーの外に消えた。イグニッションキーに添えたままの右手に目を移す。ひどく震え、指がぶれて見える。頭を持ち上げ、ウィンドウ越しに振り返る。スカが玄関ドアを支え、男たちがその前を過ぎて順々に中へ入っていく。その男たちの肩越しに、器口の姿が見えた。どうする――呼吸が速まり、咽喉の奥で痰《たん》が絡み、息をするたびまるで誰かが胸の中でノコギリでも引いているような音がする。どうする。どうする。どうする。

「こうするしかねえ！」

イグニッションキーを一気に回した。久方ぶりのエンジン音が響くと同時にサイドブレーキを下げ、ギアをバックに入れてアクセルをふかす。ハンドルを左へきりながらトラックを後退させ、急ブレーキとともにギアを一速に叩き込む。ふたたびアクセル。ハンドルを右に戻しながら前庭を突き進み、養生シートの上で怯えている三人のもとへと向かう。

「乗れ！」

ウィンドウから顔を突き出して叫んだ。ブレーキペダルを蹴り下げて急停車し、三人がカエルのように荷台に飛び乗るのをミラーごしに確認し、ふたたびアクセルを踏み込む。ハンドルを目いっぱい回して方向転換し、一直線に作業部屋の下を目指す。フロントガラスに屋敷の壁がぐんぐん近づき、そのとき視界の端で人間が素早く動くのが見えた。スカだ。玄関から飛び出して、両手両足を中途半端なかたちで固まらせて口をあけている。トラックが屋敷に突っ込む直前、東口はブレーキペダルを渾身の力で蹴り込みながらハンドルを左へ回した。車体は反転してぴたりと壁に近づいて停止し、東口はその壁とのあいだに頭をねじ込んで叫んだ。

「飛べ！」

スカが走ってくる。後ろから男たちがばらばらと現れ、その男たちを追い越して器口が飛び出してくる。器口が何かひと言発すると、男たちはまるで動物が命令を出されたように同時に走り出した。スカと同じくこちらへ向かって突進してくる。

「早く！」

二階の窓枠には奈々恵の姿がある。左足を枠の下端にかけ、大きく見ひらいた両目をこちらへ向けている——動けないのだ。高すぎて怖いのだ。

《無理よ》

　智江の囁き声が聞こえた。

「うるせえ！」

　怒鳴りつけた瞬間、胸を錐で貫かれたような痛みが走った。東口は屋敷の壁に拳を叩きつけ、奈々恵を睨み上げた。奈々恵は石像のように固まっている。上体を突き出した恰好で、髪の毛だけが風に煽《あお》られて動き、それ以外は完璧に静止している。彼女の脳裡には、右脚に大怪我を負ったあの事故のことがよぎっているのだろう。長年にわたって右脚を引き摺るというのが、どれだけ大変なことなのかは本人にしかわからない。少なくとも東口にはわからない。奈々恵が弱音を吐かなかったから。いつも何でもないような顔をしていたから。しかし何でもないはずがないのだ。そして、その原因となった出来事を、心から追い出せるはずがないのだ。――それでも。

「あんた、変わるんだろうが！　こっから逃げて、変わるんだろうが！」

　奈々恵が動いた。被っていた面でもかなぐり捨てるように、彼女は勢いよく顔から眼鏡を振り払い――眼鏡は壁に沿って飛んでいき、それが地面に落ちる前に、彼女は左足で窓枠を蹴った。

　ずん、とトラックが揺れた。

「絶対落ちんなよ！」

アクセルペダルを踏み込んでハンドルを切る。スカと男たちは、もうすぐそこまで近づいている。よけきれるだろうか。しかし、もし連中をかわせたとしても、その動きで荷台の屋根にいる奈々恵がバランスを崩し、地面に放り出されてしまうかもしれない。

《停まって》

ふたたび聞こえた智江の声をエンジン音で掻き消すように、東口はアクセルを踏み込んだ。後頭部がヘッドレストに押しつけられ、景色が白く消え、しかし目の前の男たちの姿は、フロントガラスが瞬時に磨かれたように、さっきまでよりも鮮明に見えた。近づいてくる。ぐんぐん迫ってくる。

《あなたのせいでまた人が死ぬ》

男たちは足を止め、その場に立ち塞がる。

《また自分ばかりを大事にして》

張りつめた顔で、男たちはこちらを睨みつけている。

《そうやって誰かを殺す》

東口はハンドルを力いっぱい手前に引きつけ、もうこれ以上踏み込めないアクセルペダルに、自分の全体重を載せた。トラックが停車も方向転換もしないと知るや、男たちの表情がさっと変わった。

《やめて!》

誰が最初に動いたのかはわからない。男たちは一斉に、ボウリングのピンのように左右へ飛び散った。その真ん中をトラックは、誰の身体にも触れずに猛然と走り抜けた。

「変わってやる！」

智江にでも奈々恵にでもなく、自分自身に向かって叫び、東口は駐車場を目指して車をターンさせた。しかしそのとき右のサイドミラーに、何かがどさりと地面に投げ出されるのが映った。全身が凍りついた。奈々恵の名前を叫ぼうとするのと、右足がブレーキペダルを踏もうとするのは同時だった。が、違う。奈々恵じゃない。地面に投げ出されたのは、荷台の屋根に載せてあった布団だ。その布団に、スカが足をとられた。彼の身体はふわりと宙を舞い、横ざまに地面に転がり、すぐ後ろを走っていた男が、スカの身体に足を引っかけて倒れた。あとはもう、ほとんど全員同時だった。男たちはばらばらと、つづけざまに転倒した。

ずん、と荷台が揺れた。奈々恵が屋根の端までたどり着き、中へ飛び降りたのだ。黒い門扉がフロントガラスに近づいてくる。そのフロントガラスの手前に、智江の顔が浮かぶ。真正面から、刺すような視線で睨みつけている。

《誰もあなたを許してない……わたしも笙太も》

見ひらいた自分の両目が一瞬で涙に覆われた。それでも東口はアクセルペダルから右足を離さなかった。すぐ目の前で、智江は東口を睨みつづけていた。半透明のその顔の向こうに、左手から小さな影が二つ走り込んだ。智江の両目が僅かに広がり、痩せた頬が嬉しげに持ち上がった。

《ほらまた子供が死ぬ》

この屋敷にやってきたとき最初に東口を出迎えた、あの仔猫たちだった。突然の騒動に恐慌をきたし、ほかの猫たちのもとへ夢中で駆け寄ろうとしている。トラックに気づき、二匹の仔猫は東口の目の前でビクンと跳ね上がって身体を反転させようとした。しかし勢いのついた身体は止まらず、四つ足が空回りして全身が横倒しになった。二組の目が丸く見ひらかれ、迫ってくるトラックを見る。確実に撥《は》ねてしまう。もうすぐそこにいる。意識する前に、東口は船の舵を切るほどの勢いでハンドルを右へ回していた。トラックの車体がねじれるように真横になり、片輪が浮き、身体が助手席のほうへ持っていかれた。ほとんど横倒しの体勢のまま、東口はハンドルの上端を力いっぱい引っ張った。車体はふたたびねじれるように向きを変え、浮き上がっていた片輪が地面にぶちあたり、その瞬間、後ろから巨大な隕石にでも衝突されたように、トラックは一気に加速した。フロントガラスの向こうに見えていた黒い門が瞬時に大映しになり、爆発のような衝撃がトラックを襲い、胸がハンドルに衝突して肺から空気が叩き出され、フロントガラス全体に罅《ひび》が走った。その罅の向こうに、もう門扉はなかった。トラックは何度かバウンドしながら前進をつづけ、やがてタイヤはふたたび地面を摑んだ。必死にハンドルを切りながら、東口は山道にトラックを飛ばし、ポケットに手を突っ込んでビニール袋を取り出した。自分の携帯電話を探って電源を入れる。どこにかければいい。警察か、それとも――。

　一瞬の迷いをついて着信音が鳴り響いた。

　東口は反射的に通話ボタンを押した。

『あんた、逃げたのか』

　老人の声だった。

『まあ……お察しの通り、こっちにはいろいろと事情があるからな、追いかけるわけにはいかないんだ』

　何かとても面白い笑い話でも聞かされたように、その声には笑いが滲んでいた。

『家具屋さん、ぎりぎりで逃げられてよかったじゃないか。でも、あれだ。もちろんわかっているとは思うが――』

　ここで見聞きしたことを少しでも誰かに話したら、あんたたちは死ぬ。

　老人はそう言った。

　言われないでもわかっていると、東口は胸の中で答えた。

『それとな、ある男が、あとであんたに少しだけ話をすることになると思う』

　それが誰なのか東口には見当がついた。しかし今度も声は返さなかった。

『彼の話は素直に聞いたほうがいい』

言いたいことを言ったので、もう用はないというように、老人はそれからすぐに通話を切った。

と――ふたたび電話が鳴った。

電話機を耳にあてると、聞こえてきたのは老人の声ではなかった。

『あの……この番号、東口家具さんでよろしいですか？』

「は」

頭が混乱して、もう何がなんだかわからない。

「ああえ」

条件反射で口が勝手に答えていた。

「家具の製作と修理、東口家具でございます」

『ああ、よかった。私あの、以前に飛鳥山公園でお世話になった……娘が乗っていたおもちゃの車を直していただいた者で、そのときいただいたチラシを見て電話してみたんです。うちに古い簞笥がありまして……もうだいぶ引き出しなんかもガタついているんですけど、かなり古いやつでも修理はできるものなんでしょうか？』

「もちろんです」

ハンドルを切りながら、自動的に言葉が出ていた。

「ピカピカの、しっとりですよ」

『しっとり？』

「古い家具は古色も大事にしながら直すんです、せっかくの貫禄を消してしまわないように——」

エピローグ

「……やっぱし不自然だよなあ」

首をひねり、東口は立ち上がった。

「おし、もう一回だけ」

土の上を後退し、適当なところで足を止める。前方には養生シートが広げられ、その上に布団が敷かれている。頭の中で三、二、一とカウントし、東口は地面を蹴って駆け出す。腕を振り、腿《もも》を高く持ち上げて全速力で走り、走り、走り、行く手を邪魔する布団に片足をとられて転倒し、身体は派手なでんぐり返しの恰好で回転し——。

「……だよなあ」

大の字に寝ころんで、また首をひねる。

目の前には春の青空が広がっている。鳥が一羽、珍しい人間を見物するように上空でホバリングしていたが、やがてぷいっと身体を反転させてどこかへ飛んでいった。それをぼんやり目で追っていると、太陽を遮るようにして、トキコさんの訝《いぶか》しげな顔が突き出された。

「……何してんのよ？」

「いやべつに」

「さっきから何べんも一人で走って転んで走って転んで、べつにってことないでしょ」

「実験してんだ」

「何を？」

そう訊かれ、東口は唇を曲げた。

「……何をだろうな」

「しっかりしてよ、ヒガシさん」

屋敷から逃げ出すとき、トキコさんたちは荷台の中で身体を縮こまらせていたので、スカが転倒した瞬間を見なかったのだ。

小さく笑い、トキコさんは橋の下へと戻っていく。そこにはチュウさん夫婦の小屋とモクさんの小屋が並んで建っている。モクさんの小屋の前には東口がつくってやった犬小屋があり、いまだに名前をつけられていない四匹の仔犬たちが、半分本気でじゃれ合っている。トキコさんが近づいていくと、仔犬たちは千切《ちぎ》れんばかりに短い尻尾を振り回して彼女の足下にまとわりついた。トキコさんは何かなだめるようなことを言ってから、自分の小屋に上体を突っ込み、ドッグフードの袋を手に出てくると、中身を犬小屋の前のアルミ皿にぱらぱらと入れる。紐で勢いよく引っ張られたように、四匹の仔犬たちは一斉にアルミ皿へ顔を突っ込んでガツガツ食べはじめる。入院中のモクさんにかわり、仔犬たちの世話はトキコさんがやっているのだ。少し離れた場所にカラスが数羽並んで、自分たちの分け前が生じるのを辛抱強く待っていた。

「チュウさんは？」

腰をさすりながら身を起こす。

「これ」

トキコさんは剣道の構えのようなポーズをして笑う。川のほうへ視線を伸ばすと、背の高い雑草の向こうに、釣り竿を持って背中を向けたチュウさんがぽつんと見えた。

「ああ、今日は土曜日か」

「そ。でも何か手伝うことあったら言ってね」

「いいよ。土日はゆっくりしてな」

スクラップ置き場からほど近いこの場所にみんなで引っ越してきてから、もうひと月ほどになる。以前のように風呂やトイレはないが、すぐそばに公園があるので事足りた。魚も、前の場所よりたくさん釣れるようだ。

平日、チュウさん夫婦には仕事を手伝ってもらっている。住宅地にチラシを撒いてもらったり、力仕事やオイル塗装に協力してもらったり。バイト代を払うと東口が言っても、仕事をさせてもらっているのだからという矛盾した理由で、二人とも受け取ろうとしない。仕方なく東口は、払ったつもりで、その金を荷台の空き缶に入れ、いつか渡す機会が来るのを待っていた。

「しっかし……」

口の中で呟きながら視線を転じ、養生シートの上に敷かれた布団を見下ろす。

何度実験してみても、やはり結果は同じだった。真っ直ぐ前方を目指して走っている人間が、布団に足をとられて転んでも、絶対に身体が横向きになったりはしないのだ。——いや、ひょっとしたらそんな場合もあるのかもしれない。もっと何度も実験してみたら、一回くらいは横向きに転がることがあるかもしれない。しかし東口は、もうこれでお終いにしようと思った。わざとやらない限り、人間は全速力で走りながら転倒したとき、身体が横向きになったりはしない。そういうことにしておこう。

あのときスカは、わざとやってくれたのだ。

賑やかな声に振り返ると、土手の上に芹沢さんが立っていた。下にいるトキコさんと笑い合っている。

「よう」

「あ、ヒガシさん、おはよ」

「買い物かい？」

「そう、娘の洋服。上の子は自分で選ぶんだけどねえ、下の子はなんだか恥ずかしがってる感じで、あたしに買ってきてって頼むのよ。それで、ちょっと柄《がら》が気に入らないと文句言うの。そのくせ自分の好みをはっきり言わないもんだから、困っちゃう」

「娘は難しいな」

「ねえ」

芹沢さんは苦笑しながら土手の上の道を歩き出したが、あ、と足を止めて振り返る。

「今度また、染み取りお願いしていいかしら。座布団なんだけどね。アパートの裏のほら、おじいちゃん、一人暮らしの」

「ああ、前に座椅子に染みつけた？」

そうそうそうと芹沢さんは頷き、そのおじいちゃんが今度は座布団を綺麗にしてほしがっているのだと言った。

「いつでも持ってきなよ。そこにトラックが停まってなけりゃ、トキコさんかチュウさんに預けといてくれればいいから」

「悪いわね」

鼻に皺を寄せ、顔の前で手を合わせる。その手を下ろしながら、芹沢さんは東口とトキコさんの背後に広がるグラウンドを見渡した。

「今年は雪が降らなくてよかったわよねえ」

「なあ」

「もうすぐあったかくなるわ」

「ここ、タンポポがたくさん咲きそうだなあ。土んとこはあれだけど、端っこの芝生のあたりは」

「タンポポって可愛くて好き」

春の空気を長々と鼻から吸い込み、芹沢さんは東口たちに笑いかけると、土手の上をのんびり歩いていった。風が吹き、光の帯が斜面を左から右へさっと走る。

「奈々恵ちゃん、いまごろどうしてるのかしらねえ」

ドッグフードの袋を持ったまま、トキコさんもグラウンドを見渡した。その声には素直な寂しさがこもっていた。最近気にしているらしい小鬢《こびん》の白髪が、ゆるい風にちろちろと揺れている。

「さあなあ……俺にもわからねえよ」

というのは本当だった。

あれからすぐに、奈々恵は東口のもとを去った。家出をやめて実家に帰り、両親ときちんと話し合い、新しい生活をはじめるつもりだと言っていた。チュウさんやトキコさん、モクさんにも最後に挨拶をし、近くの駅までトラックで送ると言う東口にかぶりを振り、笑顔で出ていった。

以来、一度も連絡はない。

奈々恵のいないトラックの助手席や荷台は、ひどくがらんとして見えた。疫病神も消えたのだから、なおさらだ。

あの出来事については絶対に口外しないよう、五人で決めた。きっと全員、死ぬまで約束は守りつづけるだろう。

奈々恵が出ていった日の午後、東口は堤防の壁の向こう側で、蕎麦ふりかけの瓶を開けて中身を川に流した。ジジタキさんが浮かんでいた、ちょうどそのあたりだった。腐ったような自転車は、まだそこでハンドルを突き出していて、流れたふりかけはハンドルに触れて二すじに分かれた。魚が下からつついていたのだろう、ときどき水面がぽこぽこと小さく動いた。食べ物を捨てたのなど、ホームレスになってから初めてのことだ。東口が流したのは、橋本に渡すつもりで忘れていた蕎麦ふりかけだった。

あの屋敷があったのは、長野県と群馬県のちょうど県境《けんざかい》あたりの山中だった。

パトカーと行き合わないよう、裏道を選んで走ってきたので、帰ってくるまで半日かかった。翌朝、通りかかった芹沢さんがトラックの状態を見て、何があったのかとひどく心配してくれたが、仕事中、停めているあいだにぶつけられてしまったのだと東口は誤魔化した。

その日の夜、奈々恵が荷台で眠り込んでいるときに、トラックの外から橋本が東口を呼んだ。予想していたことだったので、東口はすぐに荷台から出て、二人で近くの公園まで歩いた。ジジタキさんがよく読書をしていた、終夜灯っている街灯の下のベンチに、並んで座った。

――あんたが棚の修理をした屋敷の人から、伝言があるんだ。

橋本はそう切り出した。

いい仕事をしてくれたから、東口もほかの四人も、全員見逃す。ただし電話でも言ったように、今回の出来事はすべて忘れること。もし誰かに話したら、

――みんな死ぬよ。あんたも奈々恵ちゃんも、モクさんもチュウさんもトキコさんも。

公園の暗がりに目を向けたまま、橋本は言った。

東口が頷くと、橋本は上着の内ポケットから封筒を取り出した。受け取ると、けっこうな持ち重りがあった。

――部屋に置いてあった見積書の合計額から、門扉の修理代を引いてあるそうだ。細かいことは、私にはわからないけどね。

橋本はしばらく黙り込み、やがて東口の顔を見ないまま、ほとんど独り言のように呟いた。

――あんたと奈々恵ちゃんは、長生きしたほうがいい。ちゃんとしてるからね。ほかの三人については、何とも言えないが。

怒りのような、強い哀しみのような感情が、胸を満たしていた。しかし東口は何も言わず、封筒をつなぎのポケットに突っ込んだ。橋本は先に立ち上がり、チョンと敬礼のような仕草で右手を額にぶつけると、背中を向けた。しかし顔だけで振り返り、もう一つ伝言を忘れていたと言った。

――仔猫を、轢《ひ》かないでよかった。

答えずにいると、橋本は顔をそむけて闇に目をやった。

――そう伝えてくれと言われた。

夜の路地へと歩き去る背中が、暗がりにまぎれて消える寸前、

――橋本さん。

東口は声をかけた。橋本は足だけを止めて言葉のつづきを待った。自分は何を言おうとしていたのか。どんな言葉を聞かせたかったのか。

――モクさんの仔犬たちの世話、してくれてたんだよな。俺たちがいないあいだ。

気がつけば、そんなことを言っていた。

――ありがとよ。

答えず、橋本は歩き去った。その姿が完全に見えなくなるまで、東口は動けなかった。

夜の木々の湿ったにおいが、あたりを包んでいた。

翌日から、橋本は姿を消した。数日後に不動産関係の人間がやってきて、共同で借りて

いたアパートの部屋を片付けるよう言われた。スクラップ置き場も売却されることになったので、近日中に場所を移るよう、横柄な口調で命じられた。東口たちは素直に従った。チュウさんもトキコさんもモクさんも、首をひねりひねりだった。何があったのだろうかと、三人はそれからしきりに橋本のことを心配していたが、東口はただわからないと答えるしかなかった。

あの屋敷で、ドア越しに老人と器口の声を盗み聴いたとき、奈々恵にもほかの三人にも伝えなかった会話《やりとり》を、東口は耳にしていたのだ。

――死体だけは絶対に見つからないように。

――はい。

――同じ場所で暮らしていた人間が何人も同時に死んでいたら、さすがに警察も丁寧に調べるだろうからな。前回の男のこともあるし。

――承知しました。

そのあと、器口が薄笑いの声で、こんなことを言った。

――しかし、橋本のところから調達した人間は、あとになって必ず問題が起きますね。

――仕事はちゃんとやってくれるんだけどなあ。

それを聞いたとき、東口の頭の中に散らばっていた違和感の欠片たちが、すっと集まって一つの絵になった。

まるで本人が中国へ行きたがっているのを知っていたかのように、連中がジジタキさんを運び屋に選んだこと。軟禁状態で棚の修理をさせるのに、ホームレス家具職人である東口という最適な人間を探し当てたこと。そして、ガンさんのこと。ホームレスを卒業してアパート暮らしをはじめたガンさんが、久方ぶりにスクラップ置き場へやってきたとき、不意に橋本が現れて、

――駄目だよガンさん、ここ来ちゃ。

まるで追い払うかのようにガンさんを立ち去らせた。

――ちょっと問題があってさ、警察が出入りしてるんだよ。べつにガンさん、悪いことしちゃいないだろうけど、近寄らないほうがいいんじゃないかな。

あのとき橋本の言葉にガンさんは顔色を変え、そそくさと出ていった。

トキコさんとチュウさんの言葉にも、

――駄目よそんな、頑張り屋のガンさんが博打なんてやっちゃ。せっかく真面目に頑張ってお金貯めて、ホームレスじゃなくなったんだから。

――そうだよ、ガンさん、こつこつ空き缶集めたり、段ボール集めたり、ペットボトル集めたり、あんた人より努力していまの生活を手に入れたんだぞ。

ガンさんはどこか気まずそうな顔をして、

――うんまあ……でもちゃんとやってるから、大丈夫だよ。

そう言葉を返すまでに、妙な間があった。

おそらくガンさんも、ジジタキさんのように、かつて何か非合法な仕事に協力させられたのだろう。ホームレスを卒業してアパート暮らしをはじめることができたのは、こつこつと廃品回収などで稼いだ金のためではなく、そのとき受け取った報酬のおかげだったのに違いない。ジジタキさんや東口同様、まさか橋本が手引きをしていたとは知らなかっただろうが、いまの暮らしが後ろ暗い行為の上に成り立っていることを、ガンさんは自覚していたのだ。だから、逃げるようにあの場を立ち去った。

過去に、ほかにも何かに利用されたホームレスがいたのかどうかはわからない。もともと橋本がスクラップ置き場を提供しはじめたのが、集まったホームレスたちを利用するためだったのかどうかもわからない。いや、そもそも橋本がどういう人間なのかもわからないのだ。雨の中、サンタの身体を埋める穴を掘るのを手伝ってくれたのも、モクさんの体調を気遣ってくれたのも、正月につきたての餅を配ってくれたのも、どういう気持ちからだったのか。橋本だけではない。あの老人が何者だったのか。棚の裏につくったスペースを、いったい何に使うつもりだったのか。橋本とは正確にどのような関係だったのか。答えの見えないことは、いくらでもある。ただ一つだけ言えるのは、ホームレスを何か犯罪めいたことに利用するには、橋本という存在はひどく有用だったということだ。その都度、適切な人間を選んで提供できるのだから。そしてその橋本のような存在を、老人は複数抱えているような口ぶりだった。

夢中になってドッグフードをがっついている仔犬たちに、東口は目を移す。まだ身体は小さいが、もう毛並みは成犬と同じように立派だ。

いまとなってはもう、あれこれ考えてみても仕方がない。ジジタキさんのことを思うと、怒りに似た思いがこみ上げはするけれど、なにもジジタキさんは連中に殺されたわけではない。自殺したのだ。あの連中は、おそらく社会の敵と目される類の人間たちなのだろうが、東口はその「社会」の中に自分たちが含まれているのかどうかさえ自信がなかった。

橋本から受け取った金で、東口はトラックを修理した。工具類をすべて屋敷に置いてきてしまったので、それも買い揃えた。自分の銘が入り、自分の手のかたちに黒ずんで凹んだ工具たちと別れることになったのは、ひどく寂しかったが、再出発するにはちょうどいいのかもしれないと思った。思うことにした。

モクさんとトキコさんとチュウさんは、分け前を受け取ろうとしなかった。もらうのが怖いというのが理由だった。その気持ちはわからないでもない。東口も無理には押しつけず、しかし自分で使うわけにもいかないので、三つの封筒に入れてトラックの荷台に仕舞ってある。

その上で、モクさんにだけは、もともと自分の財布に入っていたありったけの金を渡し、病院に行くようもう一度頼んだ。東口が今度はあとに退《ひ》かず頑張ったので、最終的にモクさんは首を縦に振り、一週間ほど前、病院で肺の手術をした。昨日、チュウさんとトキコさんと三人で見舞いに行ったら、モクさんは少し肥っていた。しかし相変わらず声はか細かった。帰り際、いつか東口が病室でそうしたように、モクさんは東口を呼び止めて、受け取った金は借金だからと念を押した。いつか必ず返すからと。東口が頷くと、モクさんは平べったい顔で頷き返した。

「おっし、そろそろ出るかな」

大きく伸びをして、地面の布団と養生シートを丸めた。土手の上まで運び、停めてあったトラックの荷台に突っ込む。

「早いとこ、安い駐車場見つけなきゃな」

「近くにあるといいんだけどねえ」

昨日も警察がやってきて、トラックについてきつく注意されたのだ。

しかし、もし上手く駐車場が見つかって、そこにトラックを停めるようになっても、きっと夜はここへ来て、自分はスクラップ置き場の頃と変わらない時間を過ごすのだろう。

「じゃ、行ってくるからよ」

「お仕事、たくさん取ってきてね。ウナギが釣れたら、ヒガシさんも食べるでしょう？」

「たくさん釣れたらでいいよ、五匹とか、六匹とか」

「今夜あたりから、キュウリも食べられるわよ」

「ぬか漬けか」

トキコさんのぬか床は、この場所へ引っ越してきたのを機にまた新しく仕込まれていた。味が馴染んでおらず、以前に食べさせてもらっていたものには遠く及ばないが、それでもやはり美味かった。

「楽しみにしてるよ」

頷き返すトキコさんの顔には、いつものやさしい笑みが浮かんでいる。あんなに怖い目に遭ったのに。長年暮らした場所を離れなければならなかった上、橋本という頼れる存在がいなくなってしまったというのに。明日はどうなるかもわからない毎日なのに。もちろん笑顔だからといって笑っているとはかぎらないが、気むずかしそうな顔や不安げな顔をしているよりずっといいと東口は思った。素顔を晒して生きている人間なんて、そもそもどこにもいないのだ。ジジタキさん、奈々恵——あの老人や器口、スカだってそうだった。大晦日の狐の行列が思い出された。面をつけた大勢の人間の中で、面をつけていない者はかえって目立っていた。

「みんな、道化師か……」

自分を守るため、誰かを守るため、みんな懸命に素顔を隠して生きている。そうして人の顔や心を鎧《よろ》っていたものが、あるとき剝がれ落ち、内側がむき出しになったとき、東口が疫病神と名付けたものが貌《かお》を持ち、言葉を騙《かた》る。道化師《ハーレキン》たちを操ろうとする。だから人はいつも、仮面が剝がれてしまわないよう、自分の顔に押しつけながら暮らしている。どうしたって、それを被って生きていかなければいけない。――ただ。

どうせ素顔を覆うなら、笑顔で覆ったほうがいい。

「出発」

トラックに乗り込んでイグニッションキーを回した。側道に出ると、しばらく土手の脇を走って横道に入った。

「どんも」

「おはようございます」

図書館に入り、女性事務員に声をかけて館内をぶらぶら歩く。ラックから朝刊を抜き出し、閲覧室でばさりと広げる。本日も大したニュースはなし。四コマ漫画もいまひとつ。ラジオ欄に八〇年代歌謡の特集番組が載っていたので、時間とチャンネルを憶えておくことにした。トキコさんに教えてやろう。

あくびをして立ち上がり、東口は玄関を出ようとしたが、ふと思い立って絵本のコーナーに足を向けてみた。

「た……た……だいすきなグー……たかしとお花ぎつね……」

おっ、と声を洩らしてしゃがみ込んだ。あったあった。

背の低いその棚から、懐かしい『竹の子童子』を抜き出す。表紙が傷み、角が少しつぶれているから、新しい本ではなさそうだ。以前に探したときは見つからなかったが、きっと誰かが借り出していたのだろう。しゃがんだまま、東口は『竹の子童子』の表紙をひらいた。

《小僧、小僧》

竹の中から声が聞こえている。ためしに三吉がそれを切ってみると、中から竹の子童子が出てきて礼を述べ、三吉の願いを七つまで叶えてやろうと言う。三吉は目をつぶり、自分を侍にしてくれと頼む。目を開けてみると、腰に刀をさした侍になっている。大喜びした三吉は、竹の子童子に礼を言い、さっそく武者修行へと出立する。

《あと六つ、すきなものをいいなさい》

竹の子童子が呼び止めても、もうこれでいいと答え、三吉は歩き去っていく。

鼻で笑い、東口は本を棚に戻した。立ち上がると、膝がぽきぽき鳴った。

「何でもいっぺんに叶っちゃ、面白くねえもんな」

というのは負け惜しみだろうか。奈々恵たちとともに巻き込まれたあの出来事で、思えば自分の願いは一つ叶った。疫病神と決別することだ。いまはもう、仮面を被ったあの影は、自分に付きまとってはいない。

もちろん忘れたわけではない。記憶や後悔が消える日など絶対に来ないし、来てはいけない。しかし、それを背負って生きていくための覚悟を、ようやく持つことができた気がする。

「俺も武者修行に出ねえとな」

最初の行き先は、もう決まっていた。笙太の墓だ。花を手向《たむ》け、手を合わせて祈り、哀しませたことを詫びなければならない。取り返しがつかないことは承知だが、心を捧げて謝らなければならない。もちろん、許してもらえるはずもないが。

「できる……できる……できる」

独り言を訝る女性事務員を尻目に、玄関を出た。駐車場まで戻り、運転席のドアを開け、トラックに乗り込もうとして——ぎくりと固まった。

「あんたといると……妙なことにばっかし巻き込まれるんだよな」

東口は眉をしかめて頭を掻いた。

「そこで何やってんだ？」

同じ相手に向かってこれほど何度も同じ質問を発する人間も滅多にいないだろう。

「きちんと話し合った上で、先日正式に家を出てきました。といっても、また東口さんのトラックで寝起きさせてほしいというわけではありません。近くに安いアパートを借りたので」

「近くってのは？」

「荒川土手の近くです。通勤距離は短いほうがいいですから」

通勤距離、と思わず鸚鵡返《おうむがえ》しに言った。助手席に座った奈々恵は上体をこちらに向けて頭を下げる。高い位置にいるので、ただぐっと顔を近づけただけに見えた。

「また仕事を手伝わせてください」

溜息とともに腕を組み、東口は考えた。

ただし、それはほんの短い時間だった。

「ま、せっかく厄年だから、疫病神がいたほうがしっくりくるわな」

「そんな扱いでも構いません」

にこっと笑う奈々恵の顔を直視できなくて、東口は目をそらした。つなぎの袖口の、オイル汚れが気になるふりをしながら、運転席に乗り込んでドアを閉めた。

「ただし、あれだぞ。何か別にやりたいことが見つかったら、すぐに言うんだぞ。無理してつづけてる必要ねえんだからな」

「当たり前です」

「そうかい」

舌打ちし、左右を確認しつつ路地に出る。

「眼鏡、買ったんだな」

「はい。似たようなやつを探して」

「少しは違うのにしてみりゃよかったのに」

「どうしてです？」

「気分が変わるだろ」

「気分を変えてもしょうがないじゃないですか」

「まあ……どうなんだろうな」

ジジタキさんの老眼鏡で変装したとき以外、東口は眼鏡というものをかけたことがなかったので、よくわからなかった。

「東口さん」

「ん」

「ありがとうございました」

「何が」

「べつに」

角を右。しばらく直進して左。昨日見舞いに行ったとき、モクさんは病室の窓から空を見て、明日は完璧な晴れだねと言っていたが、その予想は見事に的中だ。

「ところで今日はどんな仕事を？」

「前半戦はチラシ撒きと営業廻りだ。で、午後はソファーの引き取りに行く。張り替えを頼まれてるのが一脚あってな。どんどん仕事して、東口家具のことをもっと世の中の人に知ってもらわねえと」

いつかまた会社をつくろうと思っていることを、少し迷ったが、東口は奈々恵に話してみた。それは、あの屋敷で巨大な棚を直しながら、密かに描いていた計画だった。

「何年後になるかわからねえけど、それまであんたが手伝ってくれてたら、なるべくいい給料やるよ。ただ、それまでは――」

「気にしないでください。アルバイトもやっているので」

夜のシフトで、ピザの宅配をやっているのだという。

「店長がすごく素敵な人で、脚のこともぜんぜん気にせず、すんなり採用してくれました。けっこう忙しいですけど、バイクで町を走れるので楽しいです。最近わたし、お酒もおぼえたんですよ。お店が終わったあと、店長が居酒屋に連れていってくれるんです。いつも最後は店長が酔っぱらって、わたし介抱役なんですけど」

「大変だな」

「ちなみに店長は女性です」

「どっちでもいいよ」

「そうですか」

自分にも一つ目標があるのだと、奈々恵は言った。

「いつか余裕ができたら、インドに行ってみたいと思っています。お祖母ちゃんが行きたがってたので、かわりに」

「インド旅行ってのは、どのくらいかかるもんなんだ？」

「お金だけじゃありません」

奈々恵はフロントガラスの向こうに目をやった。

「もっと、いろいろなことに対して余裕ができたら、行ってみたいんです」

東口は黙って頷いた。

「会社つくったら、モクさんもチュウさんもトキコさんも雇って、みんなで楽しくやりてえもんだな」

「ええ、みんなで」

「チュウさんとトキコさん、あれから俺の仕事を手伝ってくれてんだ。モクさんもなかなかスジはいいし、そのうち三人とも、十分使えるようになるんじゃねえかな。そんで全員で営業して仕事とってきてさ、作業してさ、作業が終わったら、夜はみんなで鍋なんか食ったりしてさ。今年は俺、厄年だし、まだうまくいかねえだろうから、来年以降が勝負だな。会社が軌道に乗ったら、みんながちゃんとした家に住めるようにしてやって、たまには社員旅行なんかも行こうと思ってる。ほら、ジジタキさんの墓が岩手のほうにあんだろ、だからそっちまで行って、墓に線香立てて、みんなで手え合わせて、晩飯は新鮮な刺身かなんか食いながら、地元の美味い酒飲んでさ――」

言いながら、急に目の裏側が熱くなった。それはちょうど、いつか見よう見まねで筆箱をつくったとき、初めての作品を撫で回しながらこみ上げてきた涙に似ていた。洟をすすったら恰好悪いので、言葉を切って黙っていると、隣でかわりに奈々恵が洟をすすった。

「泣いてんのか」

「泣いてません」

「そうかい」

ギアを入れ替えてアクセルを踏み込んだ。路地を折れて大通りへ出ると、土曜日のせいか、走っている車は少なかった。路面が春の陽を跳ね返し、目の前に白い光が広がっていた。少し眩しすぎるくらいの光だった。

『笑うハーレキン』　二〇一三年　中央公論新社刊

引用文献『日本むかしばなし集（三）』坪田譲治（新潮文庫、一九七六年）

解説

小泉今日子

「自然に、ナチュラルな表情で」というのを私のような仕事をしているとよく求められる。求められた時点で全くナチュラルではなくなってしまうのだけどプロだからやる。それは芸能の世界でのみ通用するナチュラルである。では、仕事をしていない時の私はナチュラルなのか？　いやいや、人はどんな時も何かしらの仮面を被《かぶ》って生きているのではないかと思う。時にはハーレキン（道化師）の仮面さえ被って。

　ホームレスの出張家具職人、東口太一は仕事道具と僅かな家財道具を積んだトラックの荷台で暮らしている。まだ幼かった一人息子を事故で亡くし、妻とは離婚、仕事仲間にも裏切られ、経営していた会社は倒産に陥る。悲しみ、後悔、怒り、絶望。そういう感情を捨てるためにホームレス生活を選んだのかもしれない。人生が転落する少し前から見えるようになった黒い塊。今では青白い仮面を被った人の形になり、助手席からいつも話しかけて来る。疫病神と名付けた謎の相棒だ。その正体を暴くために私はページを読み進める。難しいなぞなぞみたいなことばかり言う疫病神に少し苛つきながら。

住処《すみか》にしているスクラップ置き場には数人のホームレス仲間が住んでいる。そこで起こるいくつかの謎の事件。「弟子にして下さい」と、突然現れる若い女の正体もまた謎である。これはミステリーなの？　サスペンスなの？　謎の組織まで現れ、アクション映画さながらのスリリングなカーチェイスまで。あー面白い。

全てを失った男が謎の事件に巻き込まれ、謎の女を救うために生きる希望を見出した時、疫病神の仮面はとうとう剝がされる。その正体を知ったとき、やっぱりそうかと胸が苦しくなった。人ってなんて弱い生き物なのだろう。それでも生きてさえいればいつかなんとかなるものだと信じたい。人はとっても強い生き物でもあるのだから。彼等に向かって大きな声で頑張れ！　頑張れ！　と声がかれるまで叫びたくなった。

（こいずみ・きょうこ　女優）

読売新聞二〇一三年二月一七日掲載の書評より

中公文庫

笑《わら》うハーレキン

2016年1月25日　初版発行
2019年7月25日　3刷発行

著　者　道《みち》尾《お》秀《しゅう》介《すけ》

発行者　松田陽三

発行所　中央公論新社
〒100-8152　東京都千代田区大手町1-7-1
電話　販売 03-5299-1730　編集 03-5299-1890
URL http://www.chuko.co.jp/

ＤＴＰ　嵐下英治
印　刷　三晃印刷
製　本　小泉製本

Published by CHUOKORON-SHINSHA, INC.
Printed in Japan　ISBN978-4-12-206215-3 C1193

中公文庫既刊より

各書目の下段の数字はＩＳＢＮコードです。978－4－12が省略してあります。

あ-10-9
終電へ三〇歩　赤川次郎
リストラされた係長、夫の暴力に悩む主婦、駆け落ちした高校生カップル……。駅前ですれ違った他人同士の思惑が絡んで転がって、事件が起きる！
205913-9

か-74-1
ゆりかごで眠れ（上）　垣根涼介
南米コロンビアから来た男、リキ・コバヤシ――マフィアのボス。目的は日本警察に囚われた仲間の奪還と復讐。そして、少女の未来のため。待望の文庫化。
205130-0

か-74-2
ゆりかごで眠れ（下）　垣根涼介
安らぎを夢見つつも、憎しみと悲しみの中でもがき彷徨う男女。血と喧噪の旅路の果てに彼らを待つものは、一体何なのか？　人の心の在処を描く傑作巨篇。
205131-7

か-74-3
人生教習所（上）　垣根涼介
謎の「人間再生セミナー」に集まってきた「落ちこぼれ」たちは、再起をかけて小笠原諸島へと出航する。『君たちに明日はない』の著者が放つ、新たなエール小説。
205802-6

か-74-4
人生教習所（下）　垣根涼介
斬新な講義で変わっていく受講者たち。そして最後にして最大の教材、小笠原の美しい自然と数奇な歴史に織り込まれた真理とは？　謎のセミナー、感動の最終章へ。
205803-3

と-25-32
ルーキー　刑事の挑戦・一之瀬拓真　堂場瞬一
千代田署刑事課に配属された新人・一之瀬。起きる事件は盗難ばかりというビジネス街で、初日から若い男性が被害者の殺人事件に直面する。書き下ろし。
205916-0

と-25-33
見えざる貌　刑事の挑戦・一之瀬拓真　堂場瞬一
千代田署刑事課そろそろ二年目、一之瀬拓真。管内で女性ランナー襲撃事件が発生し、捜査に加わるが、なぜか女性タレントのジョギングを警護することに⁉
206004-3

と-25-35
誘爆　刑事の挑戦・一之瀬拓真　堂場瞬一
オフィス街で爆破事件発生。事情聴取を行った一之瀬は、企業脅迫だと直感する。昇進前の功名心から担当を名乗り出るが……。〈巻末エッセイ〉若竹七海
206112-5

と-25-37
特捜本部　刑事の挑戦・一之瀬拓真　堂場瞬一
公園のゴミ箱から、切断された女性の腕が発見される。その指には一之瀬も見覚えのあるリングが……。捜査一課での日々が始まる、シリーズ第四弾。
206262-7

と-25-40
奪還の日　刑事の挑戦・一之瀬拓真　堂場瞬一
都内で発生した強盗殺人事件の指名手配犯を福島県警から引き取り、駅へ護送中の一之瀬ら捜査一課の刑事たちが襲撃された！　書き下ろし警察小説シリーズ。
206393-8

と-25-42
零れた明日　刑事の挑戦・一之瀬拓真　堂場瞬一
一世を風靡したバンドのボーカルが社長を務める、芸能事務所の社員が殺された。ストーカー絡みの犯行、という線で捜査を進めていた特捜本部だったが……。
206568-0

と-25-36
ラスト・コード　堂場瞬一
父親を惨殺された十四歳の美咲は、刑事の筒井と移動中、何者かに襲撃される。犯人の目的は何か？　熱血刑事と天才少女の逃避行が始まった！〈解説〉杉江松恋
206188-0

と-25-43
バビロンの秘文字（上）　堂場瞬一
カメラマン・鷹見の眼前で恋人の勤務先が爆破。彼女が持ち出した古代文書を狙う、CIA、ロシア、謎の過激派組織——。世界を駆けるエンタメ超大作。
206679-3

と-25-44
バビロンの秘文字（下）　堂場瞬一
激化するバビロン文書争奪戦。鷹見は襲撃者の手をかいくぐり文書解読に奔走する。四五〇〇年前に記された、世界を揺るがす真実とは？〈解説〉竹内海南江
206680-9

ほ-17-1
ジウI　警視庁特殊犯捜査係　誉田哲也
都内で人質籠城事件が発生、警視庁の捜査一課特殊犯捜査係〈SIT〉も出動するが、それは巨大な事件の序章に過ぎなかった！　警察小説に新たなる二人のヒロイン誕生!!
205082-2

各書目の下段の数字はISBNコードです。978−4−12が省略してあります。

ほ-17-2　ジウⅡ　警視庁特殊急襲部隊　誉田哲也

誘拐事件は解決したかに見えたが、依然として黒幕・ジウの正体は摑めない。捜査本部で事件を追う美咲。一方、特進をはたした基子の前には謎の男が！　シリーズ第二弾。

205106-5

ほ-17-3　ジウⅢ　新世界秩序　誉田哲也

〈新世界秩序〉を唱えるミヤジと象徴の如く佇むジウ。彼らの狙いは何なのか？　ジウを追う美咲と東は、想像を絶する基子の姿を目撃し……⁉　シリーズ完結篇。

205118-8

ほ-17-4　国境事変　誉田哲也

在日朝鮮人殺人事件の捜査で対立する公安部と捜査一課の男たち。警察官の矜持と信念を胸に、銃声轟く国境の島・対馬へ向かう。〈解説〉香山二三郎

205326-7

ほ-17-5　ハング　誉田哲也

捜査一課「堀田班」は殺人事件の再捜査で容疑者を逮捕。だが公判で自白強要の証言があり、班員が首を吊った姿で見つかる。そしてさらに死の連鎖が……誉田史上、最もハードな警察小説。

205693-0

ほ-17-6　月光　誉田哲也

同級生の運転するバイクに轢かれ、姉が死んだ。殺人を疑う妹の結花は同じ高校に入学し調査を始めるが、やがて残酷な真実に直面する。衝撃のR18ミステリー。

205778-4

ほ-17-7　歌舞伎町セブン　誉田哲也

『ジウ』の歌舞伎町封鎖事件から六年。再び迫る脅威から街を守るため、密かに立ち上がる者たちがいた。戦慄のダークヒーロー小説！〈解説〉安東能明

205838-5

ほ-17-11　歌舞伎町ダムド　誉田哲也

今夜も新宿のどこかで、伝説的犯罪者〈ジウ〉の後継者が血まみれのダンスを踊る。殺戮のカリスマvs.新宿署刑事vs.殺し屋集団、三つ巴の死闘が始まる！

206357-0

ほ-17-12　ノワール　硝子の太陽　誉田哲也

沖縄の活動家死亡事故を機に反米軍基地デモが全国で激化。その最中、この国を深い闇へと誘う動きを、東警部補は察知する……。〈解説〉友清　哲

206676-2